民國文化與文學^{研究}

民國文化與文學 研究文叢

（蘇州大學特輯）

九　編

湯哲聲、李怡　主編

第 5 冊

中國現代通俗小說再思錄

湯哲聲　著

國家圖書館出版品預行編目資料

中國現代通俗小說再思錄／湯哲聲 著 — 初版 — 新北市：花
木蘭文化事業有限公司，2017〔民106〕
目 2+180 面；19×26 公分
（民國文化與文學研究文叢 九編：第 5 冊）
ISBN 978-986-485-027-3（精裝）
1. 中國小說 2. 通俗小說 3. 文學評論
820.9   106012777

ISBN-978-986-485-027-3

9 789864 850273

民國文化與文學研究文叢
九　編　第　五　冊　　　　　ISBN：978-986-485-027-3

中國現代通俗小說再思錄

作　　　者　湯哲聲
主　　　編　湯哲聲、李怡
企　　　劃　四川大學現代中國文化與文學研究中心
　　　　　　北京師範大學民國歷史文化與文學研究中心
總 編 輯　杜潔祥
副總編輯　楊嘉樂
編　　　輯　許郁翎、王　筑　美術編輯　陳逸婷
出　　　版　花木蘭文化事業有限公司
社　　　長　高小娟
聯絡地址　235 新北市中和區中安街七二號十三樓
　　　　　　電話：02-2923-1455／傳眞：02-2923-1452
網　　　址　http://www.huamulan.tw 信箱 hml810518@gmail.com
印　　　刷　普羅文化出版廣告事業
初　　　版　2017 年 9 月
全書字數　168772 字
定　　　價　九編 8 冊（精裝）新台幣 15,000 元

中國現代通俗小說再思錄

湯哲聲　著

作者簡介

湯哲聲，文學博士，現爲蘇州大學教授、博士生導師。主要研究方向：中國現當代通俗文學與大眾文化。爲國家社科重大項目「百年中國通俗文學價值評估、閱讀調查及資料庫建設」首席專家。主要社會兼職有：中國武俠文學學會副會長、中國張恨水研究會副會長等。

提　　要

　　本書論述了 4 個問題。一是現代通俗小說的理論思考。主要論述了中國現代通俗小說的內涵、概念、批評標準以及中國現代通俗小說與新文學之間的關係。這是現代通俗小說的自我特性。二是現代通俗小說的世俗風情。主要論述了鴛鴦蝴蝶派、狹邪小說、黑幕小說、弄堂小說和北派通俗小說等小說文類展示的城市想像。這是現代通俗小說的文學表情。三是現代通俗小說的文化傳播。以現代通俗小說的電影、戲曲、彈詞的改編實例和廣告宣傳策略的分析，論述中國現代通俗小說市場的機制和實績。這是中國現代通俗小說的運行表現。四是當代通俗小說的作家作品研究。對中國當代懸疑小說、官場小說、武俠小說、科幻小說和網絡小說進行了價值評估，對這些小說文類的基本性質和主要美學特徵進行了分析。這是現代通俗小說的當代呈現。

本書爲

國家社科項目

「現代通俗文學與大衆文化思潮、文化產業發展的關係研究」

（10BZW079）最終成果

國家社科基金重大項目

「百年中國通俗文學價值評估、閱讀調查及資料庫建設」

（13&ZD120）階段性成果

《民國文化與文學研究文叢》
蘇州大學特輯序

湯哲聲

　　2015 年，「蘇州大學中國現代通俗文學研究中心」成立，標誌著蘇州大學中國現當代通俗文學研究團隊建設進入了新的階段。爲了總結和展示蘇州大學中國現當代通俗文學研究近 40 年來的科研成果，應李怡教授和臺灣花木蘭文化事業有限公司之約，策劃了《民國文化與文學研究文叢‧蘇州大學特輯》。

　　蘇州大學中國現當代通俗文學研究團隊是中國現當代通俗文學研究隊伍最整齊、成果最豐富的研究團體，是中國現當代通俗文學研究的排頭兵。蘇州大學中國現當代通俗文學團隊多年來的研究對學科最重要的貢獻和意義在於：改變了中國現當代文學研究的價值觀念，完善了中國現當代文學史的格局，增添了中國現當代文學教學的新內容，被國內外學界認爲是近 40 年中國文學研究的重大成果之一。

　　20 世紀八十年代初，中國文學研究進入了新時期。1981 年開始，由中國社會科學院文學所牽頭，文學史料在全國範圍內的大規模整理得到開展。大概是考慮到「鴛鴦蝴蝶派」作家作品主要誕生於上海、蘇州、揚州地區，《鴛鴦蝴蝶派文學資料》就由蘇州大學（當時稱之爲「江蘇師範學院」）承擔。經過數年的努力工作，70 多萬字的《鴛鴦蝴蝶派文學資料》於 1984 年出版。署名：芮和師、范伯群、鄭學弢、徐斯年、袁滄洲。這五位學者也成爲蘇州大學中國現當代通俗文學研究的第一個學術團隊。

　　1984 年蘇州大學中文系開始招收現當代文學碩士研究生，中國現當代通俗文學專業被列入招生方向，1990 年蘇州大學現當代文學專業被國務院學位

委員會評爲博士學位授權專業，開始招收中國現當代通俗文學方向博士研究生。特別是 1986 年，以范伯群教授爲主持人的「中國近現代通俗文學史」被評爲國家哲學社會科學首批 15 個重點項目之一。明確了研究方向和研究目標之後，蘇州大學中國現當代通俗文學研究團隊進行了重新組合。該團隊由范伯群教授爲學術帶頭人，主要成員有芮和師教授、徐斯年教授、吳培華教授以及湯哲聲、劉祥安、陳龍、陳子平。學術團隊在資料整理的基礎上，開始了作家作品的整理和研究。經過數年努力，1994 年出版了《中國近現代通俗文學作家評傳》一套 12 本，共收 46 位近現代通俗文學作家小傳及其代表作。在整理和研究作家作品的基礎上，經過團隊成員的相互協作和努力工作，《中國近現代通俗文學史（上、下）》於 2000 年由江蘇教育出版社正式出版。這部著作是中國第一部近現代通俗文學史，共分八卷，分別是「社會文學卷」「武俠文學卷」「偵探文學卷」「歷史文學卷」「滑稽文學卷」「通俗戲劇卷」「通俗期刊卷」「通俗文學大事記」。這部著作的出版對現當代文學研究產生了極大影響，引發了國內外學者的密切關注。

在完成《中國近現代通俗文學史（上、下）》的基礎上，2000 年以後，學術團隊成員根據各自的研究方向進行了學術拓展，出版了一批學術專著，發表了一批學術論文，且精彩紛呈。這些成果進一步奠定了蘇州大學中國現當代通俗文學研究的學術地位，使蘇州大學成爲中國現當代通俗文學的研究重鎮。

2013 年，以湯哲聲教授爲首席專家的「百年中國通俗文學價值評估、閱讀調查及資料庫建設」被評爲國家社科重大項目。該項目側重於現當代通俗文學的理論研究、市場研究和資料數據庫的收集、整理與建設。

2015 年，「蘇州大學中國現代通俗文學研究中心」成立。該中心以范伯群教授爲名譽主任，以湯哲聲教授爲主任。學術團隊有了新的組合。

2014 年，范伯群教授被蘇州市人才辦公室授予「姑蘇文化名家」稱號。在蘇州大學和蘇州市的支持下，以范伯群教授爲主持人的「中國現代通俗文化研究」課題組成立，開始了中國現代大眾文化與通俗文學的研究。該研究從過去的中國現當代通俗文學研究拓展到中國現當代大眾文化研究。

蘇州大學現當代通俗文學研究的發展軌跡主要有三個特點：（1）以項目爲中心形成團隊。其優勢在於有明確的研究方向和研究成果，容易形成凝聚力。

（2）研究紮實地推進，軌跡是：「資料整理——作家作品研究——文學

史研究——理論的研究——文化研究」。每一個階段都是新的拓展，每一次拓展都有新的成果。認準目標，潛心研究，踏踏實實，用成果說話，是該團隊最爲突出的特點，受到學界認可。

（3）注意學術新人的培養，保證了學術團隊的健康更新。蘇州大學中國現當代通俗文學研究團隊已完成了老中交接，第三代學人也正在培養之中。經過近 40 年傳承，學術團隊歷久彌新，在全國學術界並不多見，有很好的口碑。

經過近 40 年的潛心研究，蘇州大學中國現當代通俗文學研究團隊成果豐碩，這些成果對中國現當代文學研究格局產生了深刻的影響，體現在：

（一）中國現當代通俗文學的認識觀念發生了根本性的變化。中國現當代通俗文學過去被認爲是中國現當代文學中的「逆流」，現在成爲中國現當代文學的重要組成部分，得到了學界較爲普遍的認可。2008 年，國內總結黨的十一屆三中全會以來文學史研究界取得的成績時，學界均肯定了通俗文學研究取得的良好成績。例如《文學評論》上的兩篇總結三十年來近代文學和現當代文學研究的文章都提到了蘇州大學通俗文學的研究成果及其影響。現當代文學研究專家朱德發教授評價《中國近現代通俗文學史》時說：此書的出版「隨之帶動起一場通俗文學『研究熱』」。他指出了這場「研究熱」的時代與社會背景：「自改革開放以來，隨著思想解放運動的深入和新市民通俗文學的崛起，研究者主體突破了雅俗文學二元對立認知模式的羈絆與局限，而且以現代性的視野對以鴛蝴派爲代表的通俗文學從宏觀與微觀的結合上重新解讀重新評價，既爲現代中國文學梳理一條雅俗並舉互補的貫通線索，又把張恨水、金庸等通俗文學納入現代文學史大家的地位……」（朱德發，現代中國文學研究三十年〔J〕，文學評論，2008（4）：9-10）而近代文學研究專家關愛和、朱秀梅在合撰的文章中也充分肯定了《中國近現代通俗文學史》推出後取得的學術影響，認爲這部專著已「由論及史，既意味著論題的相對成熟，也爲以鴛鴦蝴蝶派爲代表的通俗文學進入文學『正史』做了充分的鋪墊……」（關愛和，朱秀梅，中國近代文學研究三十年〔J〕，文學評論，2008（4）：14）

（二）中國現當代文學史的格局得到了更爲合理的調整。自 1950 年代以來，中國現當代文學史均爲新文學史，是「一元獨生」的現當代文學史，承認了通俗文學的文學價值之後，文學史的格局自然就有了很大調整。（1）中國現當代文學將產生「多元共生」的格局。文學史中通俗文學顯然佔有很大

比重。（2）中國現當代文學史的起點需要「向前位移」，直接影響了中國文學古今演變與文學史重新分期的思考。（3）中國大眾文化將成為中國現當代文學產生、發展中的重要文化源泉。不僅僅是精英文化或者意識形態文化，市民文化也成為中國現當代文化的組成部分。（4）中國現當代文學有著魯迅、茅盾等精英文學優秀作家及其作品，也有張恨水、金庸等通俗文學優秀作家及其作品。（5）中國現當代文學的批評標準不再是單純的新文學標準，而是包含著多元指標的現代文學標準。中國現當代文學史成為真正意義上的「現當代文學」。

（三）對中國現當代文學的教學和學科建設產生了影響。20 世紀九十年代以後，中國現當代通俗文學已作為文學史教學的重要的部分，進入了大學課堂，無論是史學研究還是作家作品，通俗文學都成為教學中的重要環節。在本科生、碩士研究生、博士研究生的學位論文答辯中，以通俗文學某一問題為學位論文題目的數量也在逐年增加，逐步成為了學科的「顯學」。

范伯群教授主編的《中國近現代通俗文學史》是學科團隊成果的重要標誌，獲得了多項大獎。

序號	成　果	獎　項	頒獎單位	年　度
1	《中國近現代通俗文學史》（上、下）	第三屆全國高等院校人文社會科學優秀成果獎中國文學一等獎	教育部	2003 年
2	《中國近現代通俗文學史》（上、下）	第二屆「王瑤學術獎」優秀著作一等獎	中國現代文學研究會	2006 年
3	《中國現代通俗文學史（插圖本）》	第二屆「三個一百」原創圖書出版工程	國家新聞出版總署	2008 年
4	《中國近現代通俗文學史（新版）》（上、下）	第三屆「三個一百」原創圖書出版工程	國家新聞出版總署	2011 年
5	《中國近現代通俗文學史（新版）》（上、下）	第四屆中華優秀出版物獎	國家新聞出版總署	2013 年
6	《中國近現代通俗文學史（新版）》（上、下）	第三屆中國出版政府獎	國家新聞出版總署	2014 年

2015 年《中國近現代通俗文學史（新版）》（上、下）又被國家社科外譯基金辦公室審定列為中國學術原創代表作五十本之一，譯為英文，向海外推薦。

　　蘇州大學中國現當代通俗文學學科研究團隊得到了海內外學術界好評。臺灣《國文天地》雜誌在 1997 年第 5 期的《編者報告》中就注意到蘇州大學學術團隊的學術貢獻:「長期被學者否定與批判的鴛鴦蝴蝶派小說,在近年來逐漸受到學界的重視。」當蘇州大學的一批學者開始將現代文學研究的重心轉移到近現代通俗文學中時,當時鄙視通俗小說的學界一片「譁然」,可是經十餘年努力,當他們整理資料並進行理論建設之後,「終於取得豐碩的成果,引起學界的興趣與重視,重新評價通俗小說。」(《編輯部報告》,載臺灣《國文天地》第 12 卷第 12 期(總第 144 期),首頁(無頁碼),1995 年 5 月 1 日出版。)

　　華東師範大學陳子善教授評價蘇州大學通俗文學學術研究成果時說:「上世紀 80 年代以降,蘇州大學理所當然地成了中國現代文學研究界探索通俗文學的大本營,一部又一部鴛鴦蝴蝶派作品精選和研究專著在這裡問世,迄今為止最為完備的長達百萬字的《中國近現代通俗文學史》(范伯群主編)也在這裡誕生。這部由蘇州大學教授湯哲聲所著的《流行百年——中國流行小說經典》則是最新的令人欣喜的研究成果。」(2004 年香港《明報》開卷版)中國社科院楊義研究員認為蘇州大學學術團隊是新時期的「蘇州學派」:「如果從現代文學研究的學者(術?)格局來看,我覺得它是一個蘇州學派……它從一個獨特的角度切入到我們現代文學整體工程中去,做了我們過去沒有做的東西。」(2000 年 9 月 20 日《中華讀書報》)韓穎琦教授認為蘇州大學學術團隊有著承繼和發展:「在中國通俗文學研究領域,范伯群教授是拓荒者,湯哲聲教授則是繼承者,他把研究的目光拓展和延伸到當代,填補了當代通俗小說沒有史論的空白,進一步完整了中國大陸通俗文學史的構建。」(2009 年《蘇州大學學報》第 4 期)

　　2007 年《中國近現代通俗文學史》榮獲第二屆王瑤學術優秀著作獎一等獎時,該獎項評委會的評語是:「范伯群教授領導的蘇州大學文學研究群體,十幾年如一日,打破成見,以非凡的熱情來關注、專研中國近現代通俗文學,顯示出開拓文學史空間的學術勇氣和科學精神。此書即其集大成者。皇皇百多萬字,資料工程浩大,涉及的作家、作品、社團、報刊多至百千條,大部皆初次入史。所界定之現代通俗文學的概念清晰,論證新見迭出,尤以對通俗文學類型(小說、戲劇為主)的認識、典型文學現象的公允評價、源流與演變規律的初步勾勒為特色。而通俗文學期刊及通俗文學大事記的史料價值也十分顯著。這部極大填補了學術空白的著作,實際已構成對所謂『殘缺不

全的文學史』的挑戰，無論學界的意見是否一致，都勢必引發人們對中國現代文學史的整體性結構性的重新思考。」

　　這些評價從一定程度上對蘇州大學中國現當代通俗文學研究學術團隊的學術成績作出了肯定。

　　蘇州大學中國現當代通俗文學研究正在發展中。這套專輯展示的成果將保持一貫的團隊精神，老中專家引領，青年學者爲主。在這裡出版的青年學者的著作都曾是受到過答辯委員會高度評價的博士論文。這些青年學者的科研成果特別關注中國現當代通俗文學和大眾文化的發展趨勢，將中國現當代通俗文學與大眾文化發展中的新狀態、新動態納入了研究視野，其成果選題具有相當強的學術敏感性；成果的論證和辨析注意到中西文化的融合，既保持了團隊的中國化研究的風格，也體現出新一代學者的學理修養；成果的語言風格有著嚴格地科研訓練的嚴謹的作風，也展示了充滿個性的青春氣息。任何一個有貢獻的學者都是一步一步地前行者，但願這套叢書成爲這些年輕學者們前行中的一個紮實的腳印。

　　　　　　　　2015 年 12 月於蘇州市蘇州大學教工宿舍北小區

目

次

第一章 中國現代通俗小說的
　　　　理論辨析

第一節　現代通俗小說的概念和內涵到底如何理解

　　現在學界有一種觀點，那就是一講到通俗小說馬上就與輕鬆、消閒、趣味性等同起來，馬上就做出判斷，通俗小說就是輕鬆、消閒、趣味性小說。為什麼會有這樣的觀點呢？那是因為論者將當下中國的流行文學的感觀移植到現代通俗小說的批評之中了。這樣的觀點並不全面，因為論者並沒有真正弄懂現代通俗小說的概念和內涵。

　　在 1917 年新文學登上文壇之前，現代通俗小說並沒有特殊的名稱，就是中國小說。新文學登上文壇之後，為了取得正宗的地位，他們對前階段的小說展開了批判，稱他們為「鴛鴦蝴蝶派」。根據現有資料，這個名稱最早是周作人 1918 年命名的。他是在批評中國小說作品舉例說明時稱：「此外還有《玉梨魂》派的鴛鴦蝴蝶體、《聊齋》派的某者生體，那就更古舊得利害，好像跳出在現代的空氣以外，且可不必論也。」〔註1〕「鴛鴦蝴蝶派」就成為了現代通俗文小說最早的命名。在以後文章論述中，雖然很多人就以「鴛鴦蝴蝶派」稱呼現代通俗小說，但是總的來說名稱是五花八門，茅盾稱他們是「舊文藝」，或者「封建主義舊文藝」（如《封建的小市民文藝》）、魯迅稱他們是「佳人才子書」（如《上海文藝之一瞥》）、張恨水稱之為「章回小說

〔註1〕周作人《日本近三十年小說之發達》，胡適編選《中國新文學大系‧建設理論集》，上海：上海良友圖書印刷出版公司 1935 年版，第 292 頁～293 頁。

體」（如《總答謝》）、范煙橋稱之爲「民國舊派小說」（如《民國舊派小說史略》）。「通俗小說」的名稱出現得比較遲，是 1942 年通俗文學作家在上海開展「通俗文學運動」時給自己起的名稱。他們稱新小說是西洋派，舊小說是古典派，認爲要打破壁壘，就要將新舊文學都歸置於「通俗文學」的體制中。〔註2〕上世紀 80 年代蘇州大學范伯群教授帶領的學術團隊開始對這些文學作品開展研究，最早的時候命名他們是「鴛鴦蝴蝶——禮拜六派」（如范伯群《禮拜六的蝴蝶夢》），後來開始文學史寫作的時候，才正式稱呼他們爲「通俗小說作家」。

論述現代通俗小說命名的過程主要是想說明兩個問題：一是通俗小說不止是「通俗小說」一個名稱，它還有很多名稱；二是要說明不管現代通俗小說名稱如何多，也不管這個名稱如何亂，有一個事實是確定的，那就是現代通俗小說是從中國傳統文學延續而來，是中國傳統小說在新時期的表現，它只不過是用「通俗小說」的名稱稱呼之。

說它是傳統的小說，主要是指它的文化價值判斷的傳統性。與新小說追求人性的價值、個性的價值等人道主義觀念不一樣，中國現代通俗小說還是以中國道德文化作爲是非判斷的價值標準。在民族和國家觀念上，他們有很強的「民族意識」和「國家意識」，因爲這是中國傳統道德中的「大節」。在家庭觀念和個人行爲上，他們要求忠孝和規範，因爲這是中國傳統道德中的「小節」。我舉兩個例子說明這個問題。自晚清以來，中華民族一直處於被欺辱的狀態之中，國家一直處於被肢解的危險之中，抗日戰爭的爆發更是民族和國家的巨大災難。如果我們看看中國文學界的反映就會發現，直接描述這些生活的新小說作品並不多，大概也就是老舍的《四世同堂》等作品（即使是這樣的作品也是寫淪陷區市民生活的片段）。新小說主要是從思考人生問題出發討論農民問題和知識分子問題。真正寫民族問題和國家問題的小說正是現代通俗小說。梁啓超等人的政治小說是對國家未來強盛的暢想，是「國家暢想小說」；李伯元等人的譴責小說是國家暢想之後的失落，是恨鐵不成鋼的憤怒，是「國家譴責小說」；進入民國以後，民族和國家的災難更爲深重，1915年日本和德國在中國青島開戰，以《禮拜六》爲陣地的中國作家們開始了「國難小說」的寫作。「國難小說」的寫作一直延續到 1931 年的「九、一八」事

〔註2〕陳蝶衣《通俗文學運動》連載於 1942 年《萬象》第 4 期 130 頁～141 頁；1942 年《萬象》第 5 期 124～127 頁。

變和 1932 年的「一、二八」事變，王鈍根的《國恥錄》、周瘦鵑的《亡國奴家的燕子》、包天笑的《滄州道上》、程瞻廬的《不可思議》等作家作品最具代表性；抗日戰爭全面爆發之後，張恨水寫了《大江東去》、《虎賁萬歲》等大量的「抗戰小說」，成爲了中國現代文學中寫抗戰題材最多的作家。〔註 3〕從梁啓超的「國家暢想小說」到張恨水的「抗戰小說」無論側重點如何不同，民族唯上、國家重也，都是絕對的價值標準。這樣的文化價值判斷在當下通俗小說中同樣延續，20 世紀九十年代以來的「域外小說」「歷史小說」「官場反腐小說」在「大節」問題上毫不含糊，一直是判斷事件的是否、臧否人物優劣的標準。再例如道德問題，現代通俗小說作家對此看得很重，認爲這是做人的根本的根基，從這個視角出發，他們強調人要講究「孝道」，強調家庭的重要性，他們反對新文學所宣揚的講孝道就是扼殺人性的論點，更是嘲笑新文學中那些「衝破家庭」的描述。他們寫晚清官場的腐敗、袁世凱的稱帝、軍閥的混戰以及當代官場的腐敗現象均是從做人的角度出發，寫這些人背後骯髒的私生活，告訴讀者這些人道德如何地敗壞，「做人」都做不好又怎麼能治理國家呢？雖然不斷地受到各種文化的影響，以中國傳統價值觀念作爲文化標準是中國現代通俗小說核心內涵。從這個角度出發，說中國通俗小說最具「中國特色」並不爲過。

當然，現代通俗小說畢竟發生在新的時期，新的文化環境一定會對它產生影響。這些新的文化環境決定通俗小說的「現代」的特色。在我看來，通俗小說「現代」的特色起碼表現在以下幾個方面：首先是市民階層快速地壯大，成爲了現代通俗小說的主要的創作主體和閱讀層面。進入現代中國，社會變革最突出的事件之一就是都市社會的迅速形成，1843 年開埠之前，上海只是一個只有 3 萬多人的小漁鎮，上海開埠之後逐步成爲了 20 多萬人的城鎮、100 多萬人的城市，到了 1949 年的時候，上海已經成爲了近千萬人的東方都市。快速壯大的市民階層爲通俗小說培養了作者、提供了素材，也保證了穩定的讀者。由於這些市民都是由鄉民轉變而來，中國傳統的文化觀念還是他們的價值觀念，又由於他們進入商品社會，利益的追逐、欲望的滿足、

〔註 3〕 關於張恨水的「抗戰小說」有兩個意義應該特別強調，一是他將訴說民族和國家苦難的「國難小說」提升到寫民族和國家奮戰的「抗戰小說」；二是他寫的「抗戰小說」主要是寫正面戰場的抗日。從歷史眼光看，當時承擔著正面戰場的抗日主要是國家的軍隊。

時尚的消費逐步成爲了他們的生活態度。中國特色的市民性質直接決定了中國特色的通俗小說性質。說中國現代通俗小說就是中國現代市民小說也可成立。其次是大眾媒體的運用。中國現代文學都十分重視大眾媒體，通俗小說尤甚，從最初的報紙、後來的電影、電視，到當下的網絡，現代通俗小說幾乎是與大眾媒體一起同步發展。這種狀態的形成，原因有三：一是中國大眾媒體幾乎是與市民階層同時崛起壯大；二是科舉制度的廢止給傳統的中國讀書人提供了成爲第一代媒體人的機會；三是大眾媒體的大眾訴求和通俗小說爭取更大讀者群的目的相一致。大眾媒體的性質影響了通俗小說的創作機制、審美內涵和閱讀態度。再次是開放的創作思維。追求市場利益最大化使得通俗小說具有開放的創作思維，它能夠感悟到什麼是讀者喜歡看的東西，並且很快地將其吸收進來。現代社會給通俗小說的開放性思維提供了更大的空間，它不僅能夠吸收精英小說（這個名稱並不科學，姑妄稱之）的營養，還能吸收外國文學的營養。「鴛鴦蝴蝶派」除了繼承明清小說的模式之外，林紓等人的翻譯小說對它的影響力不可小覷。張恨水小說之所以被稱爲趕上「新時代」〔註4〕主要是接受當時大爲盛行的新小說的影響，當下中國通俗小說之所以被認爲有很強當代性，就是這些小說之中夾雜著很多當下世界的流行文化。開放的思維和多方面的影響直接影響了通俗小說的價值取向的變化。一個時代有一個時代的文學，中國現代通俗小說既有傳統的延續性，又有鮮明的時代特徵。

　　從以上的中國現代通俗小說的概念和分析中，我們可以合理地作出這樣的論斷：輕鬆、消閒、趣味性只是通俗小說美學特徵之一，它不能代表更不能代替中國現代通俗小說的性質；如果以 1917 年 1 月胡適的《文學改良芻議》爲中國新文學登上文壇的標誌，那麼在 1917 年以前的發表在報刊上的小說均應該是現代通俗小說，因爲它們均是中國傳統小說在新時期的延續，這些現代通俗小說既包括梁啓超等人的「政治小說」，也包括李伯元等人的「四大譴責小說」和蘇曼殊、林紓、陸士諤等人的傷感小說、社會小說、理想小說。它們的存在說明晚清以來的中國通俗小說的豐富多彩；同樣的道理在沈雁冰接編《小說月報》之前，中國文學期刊只能是通俗文學期刊，這些期刊既包括《禮拜六》等雜誌，也包括稍前的《新小說》、《繡像小說》、《月月小說》、

〔註4〕 張恨水《我的創作與生活》，魏紹昌編《鴛鴦蝴蝶派研究資料》上冊，上海文
　　　　藝出版社 1984 年版，第 254 頁。

《小說林》、《新新小說》、《中外小說林》等雜誌；現代通俗小說是中國傳統小說延續，它有一個發展演變的過程，這個過程不受什麼古、近、現、當的斷代史的影響。其實將小說史實橫向地強行地分代只是便於歷史學總結歷史和教師課堂授課，很不適合縱向發展的小說史實，如果再用橫向斷代史的思維論定縱向發展的小說史實的性質那就只能是主觀強加，其結論必然是謬誤千里。

第二節　現代通俗小說與「五四」新文學究竟是什麼關係

「五四」新文學有很多特徵，但是核心價值是兩個，一個是高舉「民主」「科學」大旗的啓蒙主義，一個是要求白話進行文學創作，就是胡適所說的「國語的文學，文學的國語」。〔註5〕要討論現代通俗小說與「五四」新文學的關係，就必須從這兩個核心價值的視角出發。

現代通俗小說有沒有啓蒙，回答是肯定的。中國現代通俗文學興起於1892年到1902年，標誌性的事件有這樣幾個：1892年韓邦慶的《海上花列傳》最初連載於《海上奇書》上；1897年嚴復和夏曾佑發表《國聞報附印說部緣起》；1902年《新小說》創刊；1902年梁啓超發表《論小說與群治之關係》。這幾件事件說明什麼呢？說明一個具有詩文傳統的國家開始重視具有大眾色彩的小說創作，並且以小說創作作爲「新國民」的手段；說明小說創作告別「說史」和「傳奇」，開始注重「今社會」的描述；說明小說創作不再是個人創作、私人刻印散發的個人行爲，進入了利用大眾媒體印刷傳播的大眾時代。這些方面都表明了中國小說創作開始與中國古代小說切割開來。正因爲具有這樣重大的意義，這段時期小說的改革被稱爲了「晚清小說革命」。現在的問題是他們在這個時期要求的「新國民」的內涵究竟是什麼。如果我們結合這個時期嚴複寫的《論世變之亟》、《原強》等論著、梁啓超寫的《中國積弱溯源論》、《十種德性相反相成義》、《自由書》，特別是他的《新民說》等論著就可以明顯地看出他們是要教育中國國民成爲具有「自由意識」「主人意識」「國家意識」的「新國民」，他們所宣揚的「民」不是中國古代的「君之民」，而是具有現代意義的「國之民」。如果我們再延伸到小說描述來看，這個時期的小說

〔註5〕胡適《建設的文學革命論》，1918年4月15日《新青年》第四卷第四號，第1頁。

無論是什麼題材，都貫穿著「新民」的思想。我舉一個例子。我們都知道這個時期的翻譯小說很多，由於這些翻譯小說常常是譯述，是根據外國作品的故事情節隨意的發揮。這樣隨意的翻譯態度受到後來人的很多批評。但是如果我們再仔細分析他們又在外國小說中「述」了什麼，就會發現他們的那些「述」基本上都是要「新民」。蘇曼殊是這個時期的重要小說家，他完全知道別人的小說不能隨意的改動，可是就是他的譯作中的「述」相當地嚴重。他是最早將雨果的《悲慘世界》引進中國來的人，就在他的譯作《慘世界》中就有這樣話：

> 那支那的風俗，極其野蠻，人人花費許多銀錢，焚化許多香紙，去崇拜那些泥塑木雕的菩薩。更有可笑的事，他們女子，將那天生的一雙好腳，用白布裹起來，尖促促的好像那豬蹄子一樣，連路都不能走了，你說可笑不可笑呢？〔註6〕

這是多麼令人驚奇的議論，十九世紀初的雨果居然在法國嘲笑中國敬菩薩、裹小腳。這分明是蘇曼殊「述」的言論。蘇曼殊為什麼要這樣做呢？他就是要借雨果的小說新中國之民。他們不僅要啟蒙中國國民成為「新國民」，還宣揚一些「新科學」。小說與理論文章不一樣，小說中的很多科學思想都具體化了，例如什麼是電光時速（吳趼人《新石頭記》）、什麼是飛機（陸士諤《新野叟曝言》、包天笑《鴨之飛行術》）、什麼是高樓、汽車、水泥（陳冷《新西遊記》），甚至還描述什麼是機器人（包天笑《新造人術》）等等，他們顯然是將一些先進的物質文明通過神奇的描述介紹給國人。在新小說登上文壇之前，中國小說有沒有白話文學，回答同樣是肯定的。關於這個問題已經有很多學者作了精闢的論述，〔註7〕我在這裡補充兩點，一是白話寫作本來就是小說這種文體所決定的。在中國文學中話本是現代小說起源之一，大眾化是小說創作的主要動力，所以利用最淺顯的俗話進行創作理所當然；二是「鴛鴦蝴蝶派」應該是最早提出運用白話進行文學創作主張的文學流派。1917 年 1月包天笑主編的《小說畫報》創刊。包天笑在雜誌的《例言》中標明：「小說以白話為正宗，本雜誌全用白話取其雅俗共賞，凡閨秀學生商界工人無不咸宜。」同年同月，胡適在《新青年》上發表《文學改良芻議》提出白話為正

〔註6〕 蘇曼殊譯《慘世界》，原名《慘社會》，曾在 1903 年 10 月 8 日至 12 月 1 日上海出版的《國民日報》上連載，署名法國大文豪囂俄著，中國蘇子穀譯。

〔註7〕 嚴家炎、吳福輝、袁進等先生均發表過有關文章，他們分別從白話文學的淵源、白話小報、基督教教士的白話宣傳對此作過分析。

宗的主張，包天笑有這樣見解，十分難得。《小說畫報》從第一期開始就是全部白話創作，當時《新青年》還是文言寫作，《新青年》的白話創作是要到 1918年 5 月魯迅的《狂人日記》才開始。

當然，這些通俗小說作家所宣揚的「新國民」與「新科學」與「五四」新文學宣揚的「民主」與「科學」有著不同的內涵。「五四」新文學的「民主」要求的是「人之民」。陳獨秀在《駁康有爲致總統總理書》中說得很明白，他相當地感謝康有爲、梁啓超等人給他知識和啓發，說：「吾輩今日得稍有世界知識，其源泉乃康、梁二先生之賜。」但是他所要求的「新國民」並不是康、梁的「國之民」，而是「今日競爭世界」之中的具有「共同原則之精神」的「平等人權新信仰。」〔註8〕顯然，他並不想受國家民族的限制，而是要將具有普世價值的人性和人道主義賦予到人民身上。魯迅說得更明白：「國人之自覺至，個性張，沙聚之邦，由是轉爲人國。」〔註9〕至於「科學」，當然也不僅僅是那些先進的物質文明，而是具有科學思維的「科學主義」。「五四」新文學主張的白話創作與通俗小說作家主張的白話創作也有著區別。這樣的區別在我看來，有兩點相當突出，一是「五四」新文學是從科學主義的態度要建立一種「文學的國語」，而不是僅僅看中白話的世俗性和淺顯性加以利用，因此他們是用比較規範的白話寫作，而不是「說話」寫作；二是他們創建了白話詩。詩歌是中國傳統的最有規範的文體，雖然在晚清的時候的「新派詩」對中國詩歌中的那些規範作了調整，但總體上還是依照規範辦事。白話詩是徹底地解放了的詩體，其背後的意義在於自主、解放、創造的意識貫穿於文學創作之中，哪怕是最有規範性的中國詩歌領域也不例外。

現代通俗小說的啓蒙主義和白話寫作不同於「五四」新文學的啓蒙主義和白話寫作，但是他們具有一致的改革創新的思維觀念。正是在這一點上，現代通俗小說與古代小說體現出更多的區分，而與「五四」新文學體現出更多的聯繫。所以我認爲：應該將晚清興起的現代通俗小說與「五四」時期興起的新文學看成一個整體，它們一起構成了中國現代文學的發生期；又由於它們之間有著區別，因此應該將現代通俗小說興起看成是中國現代文學發生的初級階段，將「五四」新文學的興起看成是現代文學發生的高級階段。

〔註8〕　陳獨秀《駁康有爲致總統總理書》，《獨秀文存》，安徽人民出版社 1987 年版，第 68 頁。

〔註9〕　魯迅《墳・文化偏至論》，《魯迅全集》第一卷，人民文學出版社 1987 年版，第 44 頁。

其實，不僅是改革創新的思維觀念上現代通俗小說與「五四」新文學割不斷，一些文學現象的發生發展也無法將兩者斷裂下來。我舉一個例子，我們都知道魯迅「五四」時期社會批評的重要問題之一就是婦女問題和婚姻問題，《祝福》、《我之節烈觀》等小說和雜文產生的影響經久不衰。對於魯迅這些作品，從新文學的角度分析已經有很多論述，這裡不加贅敘，但是，如果我們將現代通俗小說的創作實際結合起來深入地探討就會發現，魯迅的這些作品只是代表著當時關於婦女問題、婚姻問題的一個層面。關於婦女問題和婚姻問題是清末民初以來社會討論的重點問題之一。在當時產生重要影響的小說起碼有這樣幾部：徐枕亞的《玉梨魂》、吳雙熱的《孽冤鏡》、包天笑的《一縷麻》、李定夷的《二十年苦守記》等等。如果將這些小說與魯迅的作品結合起來考慮，我們可以得出三個結論：一是無論是通俗小說作家和新文學作家對社會轉型期的社會問題都進行了思考，儘管他們的結論並不相同；二是這些文學作品都認為當下的婦女地位急需改善，當下的婚姻制度不合理。這些小說幾乎都是悲劇告終。悲劇意識是中國現代文學的一個重要標誌。悲劇和喜劇的區別在於：喜劇總是給人希望，悲劇是對社會黑暗和不公的絕望和批判；三是這些文學作品之間有著反襯、鋪墊和傳承的關係。魯迅的《祝福》《我之節烈觀》不是飛來之石，祥林嫂等形象也不是突兀而起。這樣的作品和這樣的形象是當時討論婦女問題、婚姻問題的一個組成部分，只不過他們代表著新文學的一端。而魯迅的這些作品之所以能夠產生重大影響與其它作品的鋪墊有關係。不管是什麼態度，以悲劇告終的婦女婚姻小說總是讓人產生很多聯想，為什麼她們就不能婚姻自主？為什麼她們都要以死作為代價呢？為什麼發乎情偏要止乎禮呢？其中有沒有文化社會問題呢？這些作品看多了，心中的疑問就累積多了，於是魯迅的文學作品發表之後就在知識分子中間產生更多的共鳴，否則，魯迅的那些描述只能讓人感覺到激進和驚奇而已。我這樣分析魯迅的作品絕沒有否認魯迅作品意義的企圖，只是想說明如果將現代通俗小說和「五四」新文學當做一個有聯繫、有區別的整體看待，對一些文學現象我們就能看得更加全面。

第三節　如何看待現代通俗小說的市場性和娛樂化

這是最為人們所詬病的現代通俗小說的兩大問題，很多人一講到通俗小說就簡單地斥之為「文字垃圾」和「文字泡沫」，一講到通俗小說的暢銷就認

爲這是大眾的「淺閱讀」。爲什麼會有這樣的評價呢？我認爲關鍵是對通俗小說的創作機制和閱讀取向缺乏瞭解。

通俗小說本身就是市場的文學。我們只要以 20 世紀作爲座標系分析中國現代通俗小說的發展趨勢，就會看到通俗小說的發展從來就是伴隨著市場經濟的發展而前行。中國通俗小說最爲強勁的發展時期就是清末民初時期、20 世紀二、三十年代和 20 世紀九十年代至今。如果我們將這三個時期與社會發展的階段對應起來看，這三個社會發展階段正是中國市場經濟發展的比較強勁的時期。如果我們再放眼世界通俗文學發展的勢頭，這個結論就更爲明確，歐洲現代通俗文學起步於 19 世紀，是伴隨著工業革命發展起來的文學作品；美國的通俗文學被稱爲「美國學」，它的強勁的發展是二次世界大戰之後，與美國強勁的經濟發展同步；日本的通俗文學被稱爲大眾文學，同樣是在 20 世紀六十年代以後隨著經濟的強勁發展而繁榮起來。通俗文學就是市場經濟的產物，是商品大潮推出來的文學浪花。

這當然還是一種表面的現象比較。更值得我們思考的是爲什麼通俗小說就是市場經濟的產物呢？這是通俗小說的性質所決定的。首先通俗小說作家都是職業作家。所謂的職業作家就是以寫作作爲謀生的手段。其次，他們的創作過程完全依靠市場來運作。再次，他們的存活要依賴一個比較龐大的閱讀市場。可以這麼說，通俗小說的生存線完全隨著市場擺動。反過來講，如果作家靠體制生活，創作靠計劃安排，閱讀靠組織派發，這樣的小說也就不是通俗小說了。市場給予了通俗小說的性質，市場同樣也需要通俗小說。當市場經濟成爲社會發展的主要取向的時候，人們並不單純地要求文學反映重大的社會問題和人生問題，並不單純地要求文學扮演思想啓蒙書的角色。而是要求文學更多地表現出生活的快樂感和精神的愉悅感，要求文學成爲一種通俗的閱讀物。這個時期，文學也就是與其他商品一樣是一種消費品，只不過它屬於精神領域中的消費品而已。精神領域的消費品也就是通俗小說最根本的特徵。

那麼我們怎樣評價通俗小說的市場化的性質呢？過去的評論大多是貶多於褒。確實，由於市場化的要求，通俗小說特別容易「跟風」，「跟風」的結果就很容易庸俗、媚俗，甚至對社會造成傷害。但是，我認爲僅僅看到庸俗的一面是不夠的，還應該看到市場化給通俗小說創作帶來的活力。這種活力在我看來起碼有以下幾個方面：它給通俗小說創作帶來了敏感性。通俗小說

作家完全靠自己作品的銷量而存活。既然依靠市場，當然就要關注市場的需求，因此通俗小說作家對市場的熱點問題相當地敏感，現代通俗小說題材的時代感就特別強烈，舉例子說明：清末民初的「鴛鴦蝴蝶派」爲什麼那麼熱衷於言情小說創作？20 世紀三十年代末的通俗小說作家爲什麼寫那麼多的「抗戰小說」？20 世紀九十年代初《北京人在紐約》爲什麼引發「域外小說」的創作熱？20 世紀九十年代中期之後《蒼天在上》等小說爲什麼一哄而上？道理很簡單，婚姻問題、民族問題、出國創業問題、腐敗問題都是那些時期人們所關心的社會熱點。不是說通俗小說作家對社會問題有什麼深刻的思考，而是說他們對時代的人們所關注什麼有著特別的職業感悟力。它給通俗小說帶來了激烈地競爭性。通俗小說的競爭性要比精英小說要殘酷得多，因爲它完全是依靠市場的生存和市場的淘汰，具體表現在兩個方面，一方面是通俗小說的作家面廣量大，而且通俗小說作家特別喜歡「軋堆」，一種類型的小說走紅了，就一起擠進去，但是眞正被市場所關注的作家並不多，大多數都在競爭之中被淘汰了。另一方面是通俗小說的創作取向特別容易追逐熱點，熱點就是當前市場所關注的對象。通俗小說的創作實踐看，整個 20 世紀至今的通俗小說發展史就是一個熱點接著一個熱點堆積而成。一個作家在前一個熱點中是主要作家，並不代表是下一個熱點的主要作家。舉個例子，瓊瑤是 20 世紀六十年代到八十年代言情小說的代表作家，時至今日又有多少人那麼癡迷於瓊瑤小說呢？不是通俗小說作家不努力，而是市場的熱點變換得太快。通俗小說創作的淘汰就是這麼無情，不管你創造多麼輝煌的成就，說淘汰就淘汰。這樣的競爭對作家來說是壓力，對讀者來說是福音，讀者可以永遠看到新鮮話題的通俗小說作品。它也給通俗小說創作帶來了創新性。那種以爲通俗小說的創作就是那麼地守舊、那麼地一成不變的觀念並不對。通俗小說的創作方法一直處於變動革新之中。就以言情小說爲例，「鴛鴦蝴蝶派」時期的言情小說受到的是中國傳統的才子佳人小說的影響，是純粹的唯情小說；張恨水時期的言情小說就不一樣了，他把社會的因素加入其中，形成了社會言情小說的格局。到了瓊瑤時期，言情小說又不一樣了，還是唯情，但是人物性格的生動要超越其前輩們；到了當下，言情小說創作彌漫著情緒化的色彩，成爲了作家主觀情感的傾訴物。言情小說爲什麼會出現這樣的變化，市場的壓力是主要原因。張恨水爲什麼會變，因爲那種哭哭啼啼的小說在 20 世紀二、三十年代的中國根本就不合適宜，當時的中國需要的是社會的批判。

張恨水明白這一點，他就跟新文學學習，加入了社會批判的元素。到了 20 世紀六十年代再寫社會批判顯然不能吸引讀者，此時的讀者需要的是女性應該具有什麼樣的愛情觀和婚姻觀，瓊瑤的小說迎合了此時讀者的要求，她將精英小說和外國小說的一些創作技巧吸收過來，在浪漫的故事之中寫女性的現代性格。當下的人們再看瓊瑤的小說就會覺得小說的愛情觀和婚姻觀的蒼白和虛空。愛情生活中的人生究竟有多少價值，感情究竟有多少分量是人們思考的問題，於是現代主義小說中的那些人生思考和情緒表達就被當下的言情小說作家接受了過來。讀者是上帝，他們督促著通俗小說作家必須時時創新，否則就不能走紅，就會失去生存的資本。市場化是給通俗小說創作帶來弊害，但是積極因素大於消極因素。其實任何一種性質的小說存在都有它的兩面性，精英小說走向極端就會晦澀或者成為政策的文學讀本。事實上這樣的問題在中國的精英文學實踐中一直存在著。

通俗小說確實是追求娛樂的最大化，沒有了娛樂性，通俗小說也就失去了自己的屬性。對於通俗小說的娛樂性，我認為應該從兩個方面作出思考，一是應該承認追求娛樂是小說創作的本質特徵之一。人們讀小說首先就是為了滿足精神中的一種需求，一種調劑，誰也不會將小說與思想分析論文和社論相提並論，小說只有通過愉悅才能傳達出思想。要求小說承擔宣教的任務，實際上是將其他領域裏的事叫小說來做。我這樣說並不是否認小說要表現健康向上的文化精神，也不是要割裂精神文化的那種割不斷的聯繫，只是強調小說有自己的本分，強調由於表現休閒娛樂的精神情感就受到指責是有違小說的基本性質，強調通俗小說追求娛樂是符合文學的本體特徵。其實小說追求娛樂是一個基本道理，為什麼一講到小說的娛樂就受到排斥呢？這和 20 世紀以來中國的主流文學強調的小說的主體意識有很大關係。20 世紀中國小說具有強烈的社會責任感，小說的社會功能被發揮到極高的地步，就是強調啓蒙和宣傳。這樣的小說主體意識應該理解，在思想激烈交鋒和社會體制更替轉換的時代，小說的社會功能自然要得到強化，現實使之必然。不過，我們也應該看到 20 世紀小說的社會功能的強化確實遮蔽了小說愉悅的功能。用小說的社會現實意義取代小說功能的歷史價值，並對文小說的價值的高低做出判斷性的評價，確實是有偏頗之處。二是通俗小說怎樣表現娛樂化。優秀的通俗小說從來都是以娛樂的表現方式反映出深刻的文化問題、社會問題和人生問題，優秀的通俗小說作家從來都是通過娛樂的故事情節思考問題，從而

達到娛樂、思考俱佳的目的。我舉武俠小說中的幾個例子加以說明。王度廬《臥虎藏龍》中的玉嬌龍形象很為人們稱道，就在於這個人物形象具有閨秀和俠女兩重性格，白天是閨秀，讀書刺繡，晚上做俠女，騎馬奔馳。前者尊崇禮法，後者個性張揚，最後是衝出家庭走向自己選擇的生活道路。這樣的人生價值追求，就是王度廬的人生價值思考的結果，它符合20世紀三十年代新青年所要求的人生選擇。如果從新小說的角度追尋作者的創作靈感的來源，就會發現這樣的人物形象和生活道路的選擇在巴金的《家》中就有典型的演繹。王度廬是從寫新小說轉向為寫武俠小說的，他再用新小說中的文化價值來思考武俠人物。再例如金庸《天龍八部》中虛竹形象是用佛家文化來思考問題，他的人生命運是天生注定，隨緣而動。但是他偏偏又喝酒，又吃肉，還近了女色。雖然這些行為雖是被迫，卻也不符合佛家的規矩。不合規矩的人同樣做成了大英雄，說明了什麼呢？說明了金庸既推崇佛學，又對佛家有自己的反思。至於對社會政治的演繹和反思，優秀武俠小說的大家們更是特別注重。朱貞木的小說那麼強調「朝廷意識」，與他 20 世紀四十年代創作背景有很大關係，社會動亂國家為上，朱貞木寫的是武俠小說，思考的當下的社會問題。這樣的例子在金庸小說中就更多了。很多人都喜歡令狐沖的形象，就因為這個形象在你爭我奪的江湖世界中張揚個性獨自逍遙。這樣形象的塑造正是金庸對中國文化大革命紛亂的世界中人生態度的反思。用文化來構造情節、塑造人物、反思社會，帶給小說的不僅僅是深度和內涵，還有批判的力量。因為作家所秉持的文化總是充滿著自我解讀，自我獨特的文化解讀總是不合潮流。特異於潮流，批判的力量也就蘊含其中了。只是單純的追求感官刺激，沒有什麼文化、社會和人生的思考，只停留在虛擬世界，很少關注現實生活，只能說明這些寫手們缺少文化的儲備，缺少社會和人生的思考能力，這樣的作品確實也只能以垃圾稱之，其實這樣的作家作品，優秀的通俗小說作家也不屑。

第四節　清末民初的小說譯作對中國小說現代美學形成的貢獻

　　19 世紀末，中國大量翻譯西方科技、政治等方面的書籍，以圖「師夷長技以制夷」。同時隨著維新變法運動的發展，維新派領袖們更加注重全面學習

西方；1887 年，梁啓超在《論譯書》中說：「處今日之天下，則必以譯書爲強國第一義。」〔註10〕同年，康有爲刊行《日本書目志》，其「小說門」收日本小說（包括筆記）1058 種，並附「識語」云：「丞宜譯小說而且進通之。泰西尤隆小說學哉！」〔註11〕同樣在 1897 年，嚴復、夏曾佑又發表《本館附印小說緣起》，說「且聞歐、美、東瀛、其開化之時，往往得小說之助」〔註12〕。1898 年，梁啓超在《譯印政治小說序》中明確提出：「特採外國名儒撰述。而有關切於中國時局者，次第譯之」。這一批有志之士改革求變的觀點，傳達出兩個信號：一是當時知識界認爲中國在聲光電化等「實學」方面「誠相形見絀」，但在「詩賦詞章」「文章禮樂」等方面都「不逮中華遠甚」；二是對西方社會科學、自然科學的翻譯開始向文學方面移動。1902 年，在分別提出「詩界革命」、「文界革命」之後，梁啓超又舉起「小說界革命」的旗幟。在梁啓超不無誇張的「小說爲文學最上乘」〔註13〕的號召下，一股西方小說翻譯的高潮終於在中國出現了。

在這股小說翻譯高潮中，通俗小說作家承擔了翻譯的主要工作，成爲當時小說翻譯的主力軍。〔註14〕據粗略統計，當時翻譯過外國小說的通俗文學作家有三十多位。他們是（按照他們翻譯外國小說出現的早遲爲排列順序）：包天笑、周桂笙、陳景韓（冷血）、徐卓呆、許指嚴、王蘊章（西神）、李涵秋、張春帆、惲鐵樵、周瘦鵑、貢少芹、張毅漢、徐枕亞、嚴獨鶴、胡寄塵、程瞻廬、陳蝶仙、李定夷、程小青、葉小鳳、李常覺、陳小蝶、朱瘦菊、陸澹安、姚民哀、許瘦蝶、吳綺緣、王鈍根、顧明道、聞野鶴等等〔註15〕。

與林紓等人不懂外語不一樣，這些通俗文學翻譯家或深或淺都多少懂一

〔註10〕梁啓超：《變法通議》、《飲冰室合集》，中華書局 1989 年影印本，第 1 冊，第 66 頁。

〔註11〕《康有爲全集》（三），上海古籍出版社 1992 年版，第 1213 頁。

〔註12〕阿英編：《晚清文學叢鈔・小說戲曲研究卷》第 12 頁。

〔註13〕陳平原，夏曉虹：《二十世紀中國小說理論資料》（第一卷），北京大學出版社 1997 年版，第 51 頁。

〔註14〕「通俗文學作家」這一名稱說明：首先是稱爲「傳統文學作家」；30 年代稱爲「民國舊派作家」；40 年代作家們自稱「通俗文學作家」；80 年代後范伯群教授稱爲「鴛鴦蝴蝶—禮拜六派」；湯哲聲教授稱爲「市民小說家」；海外學者稱爲「報刊作家」；後 1999 年范伯群主編的《中國近現代通俗文學史》出版，統稱爲「通俗文學作家」。

〔註15〕范伯群、湯哲聲、孔慶東：《20 世紀中國通俗文學史》，高等教育出版社 2006 年版，第 93 頁。

點外語，因此對外國小說的感知程度要超過林紓等人。近代翻譯名家林紓在譯了不少西方小說之後曾感歎：「頗自恨不知西文，將朋友口述，而於西人文章之妙，尤不能曲法其狀」〔註16〕，表達了自己不懂外文，無法直接領會西方文學精華之妙的遺憾。懂一點外語的通俗小說作家們在翻譯外國文學作品時，他們有了更自覺的鑒賞水平。正由於有這樣的優勢，翻譯外國小說後來還成爲了他們謀生的一種方式。包天笑在《釧影樓回憶錄‧譯小說的開始》裏說「翻譯小說成了一種『補助生活』的副業」。〔註17〕范煙橋也曾提到：民國初年「翻譯小說的興起，爲懂外文的人多闢了一條出路」，也爲以鴛蝴派爲代表的「舊派小說的寫作的取材與技法，提供了參考的資料」。〔註18〕

通俗小說作家翻譯的小說包括了偵探、社會、科學、言情、軍事等三十餘種，涉及了英、美、法、俄、日、德二十多個國家的作者的作品。根據日本學者樽本照雄編的《清末民初小說年表》統計，從 1912 年至 1917 年，通俗小說作家翻譯的小說總數約在 500 種左右，約占這一時期翻譯小說總數的三分之一。翻譯小說發表最多的 1915 年裏，總數爲 347 種的譯作，通俗小說家的翻譯就有 110 種，其中周瘦鵑一人在這一年就發表了 49 種譯作。

這些通俗小說的翻譯家們基本上是當時中國文壇上的主要創作者。他們的外國小說翻譯在自覺和不自覺中對他們的文學創作產生了影響。可以這麼說，這一批作家之所以能夠使得中國通俗小說完成了由傳統向現代轉型，他們的外國文學知識起到了重要的作用。

翻譯小說引導了中國小說價值取向的轉型。中國小說創作取向從傳統的歷史中描寫兒女英雄轉向爲現實社會中各種問題的思考是中國小說現代化的標誌，此時翻譯小說的引導功不可沒。中國傳統小說本沒有政治小說、偵探小說、教育小說等名稱，這些名稱都是翻譯小說最早出現，例如梁啓超翻譯的《佳人奇遇》、《經國美談》等小說都掛上「政治小說」的名稱。在翻譯小說的引導下，此時的掛有政治小說、偵探小說、教育小說名稱的作品只要翻開任何一部文學雜誌滿篇皆是，這些小說是否就是寫的政治、法制和教育內容另當別論，但是其中所表現出的小說創作價值取向相當明顯。小說創作與社會現實有著密切的關係，要爲社會啓蒙而寫，要爲社會現實服務。此時的

〔註16〕林紓：《洪罕女郎傳‧跋語》，上海商務印書館 1913 年版。

〔註17〕包天笑：《釧影樓回憶錄》，香港大華出版社 1971 年版，第 175 頁。

〔註18〕范煙橋：《民國舊派小說史略》，魏紹昌編《鴛鴦蝴蝶派研究資料》（上卷）上海文藝出版社 1984 年版，第 269 頁。

翻譯小說首先開了這個頭，舉個例子，人們一般對此時的翻譯文本中刪改增添多有批評，確實，刪改增添不僅改變了原著的敘事結構，也改變原著的風格和品味，阻礙了原作思想的傳達，造成文本的誤讀，理解的偏差。仔細分析這樣的翻譯現象，主要是三個原因造成，一是很多譯家外語水平不高，他們只是對原作只能看個大概，然後就開始連猜帶估的翻譯，例如包天笑幾部從日文翻譯的教育小說均是如此；二是為了顧及中國讀者的閱讀習慣，常常將外國小說很多美學要素刪去，使其道德化、故事化、情節化，例如林紓翻譯《迦因小傳》就被腰斬，理由就是要符合中國道德。更為重要的是中國作家有意為之，他們就是要在譯作中增添一些內容來評述當下中國的社會文化現象，例如蘇曼殊翻譯雨果的《悲慘世界》等。所以說這個時期翻譯文學的刪改之風是特殊時代的特殊的現象，其中的負面意義和正面意義都需要我們客觀地理解。

要論清末民初小說翻譯的品味，並不低。從當下的眼光看，屠格涅夫、托爾斯泰、果戈理、契訶夫、莫泊桑等世界一流作家作品是他們首先引進到中國來。據禹玲博士研究，周瘦鵑從 1915 年開始就翻譯莫泊桑的小說，到 1947 年時，共翻譯了莫泊桑 39 部小說。民國初年周瘦鵑翻譯的短篇小說涉及到意大利、西班牙、瑞典、荷蘭、塞爾維亞等 14 個國家。他後來將其編成《歐美名家短篇小說叢刊》，共二卷，於 1917 年 3 月由中華書局出版，收入的 49 篇小說。當時魯迅正在教育部主持通俗教育研究會小說股的工作，曾與周作人共同報請教育部表揚這套譯作，並充滿熱情地稱贊此書：「所選亦多佳作。又每一篇告著者名氏，並附小像略傳，用心頗為懇摯，不僅志娛悅俗人之耳目，足為近年來譯事之光……當此淫佚文字充塞坊肆時，得此一書，俾讀者知所謂哀情、慘情之外，尚有更純潔之作，則固亦昏夜之微光‧雞群之鳴鶴矣。」〔註 19〕沒有一定的品味，魯迅和周作人是根本看不上眼的。

不過，應該看到這些世界一流作家作品在當時並不是小說翻譯的主流，當時小說翻譯的主流是言情小說和偵探小說。言情小說的翻譯自林紓 1899 年在福州刊行《巴黎茶花女遺事》之後，就一直是清末民初翻譯的熱點作品。至於偵探小說那就更多了，阿英說：「當時譯家，與偵探小說不發生關係的，到後來簡直可以說是沒有。如果說當時翻譯小說有千種，翻譯偵探要占五百部以上。」〔註 20〕這些言情小說和偵探小說也只是外國的流行小說，要說思

〔註 19〕載《教育公報》第 4 卷 1917 年 5 月第 15 期「報告欄」。
〔註 20〕阿英《晚清小說史》，人民文學出版社 1980 年版，第 187 頁。

想深刻當然比不上那些世界一流小說家，值得我們思考的是爲什麼這些外國的流行小說在當時的中國就有那麼大的市場需求呢？結論只有一個，那就是中國社會需要它們。

伴隨著大量的煽情情節和語言，《巴黎茶花女遺事》等翻譯言情小說都有一個共同的主題，那就是要求戀愛自由、婚姻自主。這些關注到個人切身生活問題對正處於變革時期的年輕人來說極具吸引力，「可憐一卷茶花女，斷盡支那蕩子腸」，嚴復 1904 年寫《出都留別林紓詩》中的這句詩句很準確地表達出了當時的讀者對那些言情小說譯作的讀後感。

同樣，偵探小說除了情節的曲折之外，小說中所表現出來的法制意識也正切合尋求國體、政體變革的時代氛圍。偵探小說翻譯家周桂笙曾說過這樣一段話：

> 蓋吾國刑律訟獄，大異於泰西各國，偵探小說，實未嘗夢見。互市以來，外人伸張治外法權於租界，設立警察，亦有包探名目。然學無專門，徒爲狐鼠城社，會審之案，又復瞻徇顧忌，加以時間有限，研究無心。至於內地先讞案，動以刑求，暗無天日者，更不必論。如是，復安用偵探之勞其心血哉！至若泰西各國，最尊人權，涉訟者例得請人爲辯護，故苟非證據確鑿，不能妄入人罪。此偵探學之作用所由廣也。」〔註21〕

從偵探學之中看到了「人權」，也就看到了與當時思想界的需求相一致的地方。

長期封閉的中國一旦打開國門，向外國尋求治國之道時，引進來的一切事物都讓中國開了眼界，興奮不已。此時的中國思想界要求「新國民」，言情小說和偵探小說的翻譯向中國人灌輸著新國民的新的婚姻意識和新的做人的規範，這樣的翻譯小說品味還算低嗎？其實，對於翻譯小說的品味高低的評判，作品是平臺，接受者的需求才是根本。

清末民初的小說翻譯對中國小說最深刻的影響在於促進了小說觀念和小說創作方法的變革。

首先是悲劇意識的確定。中國傳統小說幾乎沒有什麼徹底的悲劇，即使在現實生活中是悲劇，也要創作一個喜劇的尾巴，要麼化蝶變樹，讓男女主人公的英魂飛翔在人間，相擁在天空；要麼人鬼不了情，陽間實現不了的願望到陰間去實現，即使是「白茫茫一片大地眞乾淨」的《紅樓夢》也被人留

〔註21〕周桂笙《歇洛克復生偵探案弁言》，1904 年《新民叢報》第 3 年第 7 號。

下一個「蘭桂齊芳」的結局。中國小說真正悲劇的出現是民初的那些「鴛鴦蝴蝶派」小說。他們的小說都悲得很徹底，要麼是主人公全死（如《玉梨魂》），要麼是一瘋一死（如《孽冤鏡》），要麼是一死一出家（如《霣玉怨》），小說的結尾總是讓人壓抑得透不過氣來。「鴛鴦蝴蝶派」作家能夠寫出這些悲劇小說，不是他們忽然對小說創作觀念有了新的認識，而是來自於翻譯小說啓發和他們對翻譯小說的借鑒模仿。我們舉徐枕亞的《玉梨魂》爲例。《玉梨魂》被認爲是民初最有代表性的小說。從情節設計和煽情手段上說，這部小說沒有什麼創新之處，在《紅樓夢》以及明清以來的才子佳人小說中可以尋找到源泉。這部小說最動人之處就是小說悲劇的結尾，而這個悲劇結尾的設計正是受到《巴黎茶花女遺事》的影響。與《茶花女》一樣，都用日記的形式交代故事的結局；都運用「敘述人」的憑弔來渲染悲劇氣氛。與《茶花女》相比，《玉梨魂》似乎更在乎渲染悲劇氣氛。門外是「幾株敗柳，一曲清溪。老屋數椽，重門深鎖。時值孟冬，百草皆死，門以外一片荒蕪，不堪入目，境地至爲幽寂。」院內是「枯乾兩株，兀然直立，枝葉皆化爲烏有。」室內是「塵埃滿地，桌椅俱無，窗上玻璃，碎者碎，不碎者亦爲塵所蒙，非復光明本質。」蕭殺的環境之中再加上兩首詞《解連環》和《送入我門來》，情景交融在一起，把悲劇氣氛推向了極至。隨著故事情節的發展，「敘述人」不斷地站出來發幾聲感慨、幾聲歎謂，再加上大量的充滿著自遣自責的詩詞、書信，小說始終飄逸著一種「訴怨」的口氣，它在抓住讀者閱讀興趣的同時，也始終壓抑著讀者的感情。

同樣的悲劇風格還體現在周瘦鵑的小說中。周瘦鵑創造了民初言情小說的「離別模式」。所謂「離別模式」是指現實生活中的離別與人物感情的衝突，小說在生與死上做文章，將感情揉碎了寫。周瘦鵑的「離別模式」的代表作品是《留聲機片》和《此恨綿綿無絕期》。《留聲機片》寫了一個叫情劫生的人情場失意後，到「恨島」整整度過了 8 年，臨死前將自己的思念之情錄在留聲機上，寄給了他的情人。這段斷斷續續的臨終遺言，一片愛意，一片戀情，極爲酸楚。他的情人聽了這段遺言後不能自己，終於在自懺自艾中死去。《此恨綿綿無絕期》寫的是新婚二月的新郎在戰場受傷，回到家中死去。新娘深閨憶郎而亡的故事。小說從新娘的角度寫作，新郎未死之前寫新娘的念夫之情，新郎死後寫新娘的悲夫之情，特別是新娘臨終之時的聲聲呼喚更是悽楚之極。如果我們將周瘦鵑此時對莫泊桑小說的翻譯聯繫起來考慮的話，

就可以明顯地看出其中的淵源關係。周瘦鵑一生鍾愛莫泊桑的愛情小說，他曾經翻譯過莫泊桑愛情小說 39 部。輕逸、飄逸、雋永，是莫泊桑小說的風格。「他喜歡描寫人生底醜惡方面，而且持一種極端悲觀的態度……他的文章的風味……則很輕逸簡單，好像不用一點力氣，然而我們讀完之後，乃時常感到輕輕的刺激，經過許多時候不已；……他的（作品）乃是苦味，雖淡而極永的藍漿」〔註 22〕。莫氏筆下男女之間的愛戀，過程曲折，結局出人意料，在濃鬱的浪漫的風情裏，可以發現人性共有的善惡美醜。此時的周瘦鵑初戀感情失意，內心抑鬱的心境，很容易被莫泊桑作品中所流露出的對愛情充滿熱望卻又「極端悲觀」的人生態度感動，另外，莫氏文字的「輕逸簡單」，「雖淡而極永」的風格，又深爲周氏所激賞。生死離別，生死呼喚，其中穿插著極爲哀怨的人物的心理描寫，是周瘦鵑翻譯莫泊桑的小說基本風格，此時他也運用自己的創作中來。他的言情小說曾經引起民初文壇「同聲一哭」。仔細推敲周瘦鵑的這些言情小說就會發現，他的小說情節均比較生硬，如果與他的莫泊桑小說的譯作對比起來分析就可以看出，他實際上是從莫泊桑等人的愛情小說的翻譯中尋找靈感，然後再鋪演些中國人的生活和自己的感受而寫作。民國初年的周瘦鵑創作的言情小說的數量巨大，他還根據小說情節將言情小說分爲「豔情」「慘情」「怨情」「懺情」「苦情」「醜情」「俠情」等等。當時通俗文學作家陳小蝶就曾評價他說：「瘦鵑多情人也，平生所爲文，言情之作居十九，然後多哀絕不可卒讀」，並作了兩首詩送之：「彌天際地只情字，如此鍾情世所稀，我怪周郎一支筆，如何只會寫相思」；「細寫柔情淚未乾，滴來紙上太心酸，鮫綃跡後還重跡，啼殺紅鵑夜欲闌。」〔註 23〕如此地專情，如此地寫情，周瘦鵑就有了「言情巨手」「哀情巨子」、「哀情巨擘」和「衷情小說專家」的等稱號。喜劇告終的小說關心的是故事情節發展的本身，表達的是作家個人理想和社會期待；悲劇結局的小說引發的是對造成悲劇原因的背後力量的思考，有著更多的社會原因的挖掘和文化內涵的思考。如果我們與「五四」時期魯迅等人的小說聯繫在一起思考的話，就更能夠感受到那些悲劇的翻譯小說所產生的意義多麼深遠。

　　與思想價值相比，偵探小說對中國更深刻的影響還是在小說創作模式的

〔註 22〕《十九世紀法國文學概觀》，劉延陵著《小說月報號外　法國文學研究》商務印書館發行，民國 13 年 4 月，第 6 頁。
〔註 23〕陳小蝶《午夜鵑聲‧後記》，《禮拜六》1915 年第 38 期。

變革上。清末民初正是中國文學的轉型時期。偵探小說剛剛傳入中國，中國
文人們就以驚歎的眼光注視著這一中國傳統說部中從未有過的類型。俠人
說：「唯偵探一門，爲西洋小說家專長，中國敘述此等事，往往鑿空不近人情，
且亦無此層出不窮境界，真瞠乎其後乎。」定一說：「吾喜讀泰西小說，吾尤
喜泰西之偵探小說，千變萬化，駭人聽聞，皆出人意外者。」〔註 24〕「層出
不窮」「千變萬化」「出人意料」「瞠乎其後」，這就是當時中國人讀偵探小說
的感想。這種建立在嚴密的科學推理和合理的邏輯設證之上的「層出不窮，
千變萬化」，做到了「奇」而合理，「荒」而不謬，對正在熱衷於小說創作的
中國作家們產生了極大的吸引力。中國現代小說的創作技巧就在他們的有意
無意地學習之中漸漸地形成了。

　　1907 年，觚庵（俞明震）在《小說林》第 5 期上對《福爾摩斯探案》有
一段十分精彩的評述，他說：

　　……余謂其佳處全在「華生筆記」四字。一案之破，動徑時日，
雖著名偵探家必有所疑所不當疑，爲所不當爲，令人閱之索然寡觀
者。作者乃從華生一邊寫來，只須福終日外出，已足了之，是謂善
於趨避。且探案全恃理想規畫，如何發縱，如何指示，一一明寫於
前，則雖犯人戈獲，亦覺索然意盡，福案每於獲犯後，評述其理想
規畫，則前此無益之理想，無益之規畫，均可不敘，遂覺福爾摩斯
若先知，若神聖矣，是謂善於鋪敘。……余故曰：其佳處全在「華
生筆記」四字也。

這段話雖然沒有作更深入的理論探討，但說明了中國人悟到了柯南‧道爾的
敘事奧妙：第一人稱。中國的傳統小說，特別是話本小說，它的敘事者（說
話人）是一種全知者的角色，作者完全從旁觀者的角度敘述事情和發表議論。
敘事者像上帝一樣，無事不知，無事不曉，敘事面相當地廣闊。但是，這種
全知型的敘事角度對讀者心靈的感召力的確是最小的，因爲讀者總覺得是在
編故事，否則那些非人力所能知曉的隱秘，他怎麼知道的呢？這樣的敘事角
度，無論你說得多麼精彩，也難以將讀者帶到「身臨其境」的境界之中去。
而這種缺陷偏偏讓專門寫人的隱秘事的偵探小說避免了。不管福爾摩斯怎麼
神聖，怎麼先知，總覺得是真的，就因爲柯南道爾選擇了華生作爲敘事角度，
一切從「華生一邊寫來」。福爾摩斯推理的神奇和準確，你不得不信，這是華

─────────────

〔註 24〕《小說叢話》連載於 1903 年《新小說》。

生親身經歷的；華生又是「局外人」，每破一案。當然要「截樹尋根」，福爾摩斯也就要將那些做得最隱秘之事都說清楚，這也不由你不信，這是當事人的親口敘述；作品中的很多出乎意料的事件和判斷，令人驚訝不已，但不勉強，這是「我」的感覺的差異和「我」的判斷的失誤。用「我」的形式直接告訴讀者所發生的事情，隱去了無所不知的敘事者，縮短了讀者和作者的距離，很容易使讀者進入作品的境界之中去。

這種敘事角度對一向求真的中國小說家產生了巨大的誘惑力，很快就有人作了嘗試。吳趼人的長篇小說《二十年目睹之怪現狀》成為了中國小說史上第一部用「我」貫穿起來的小說。對這種嘗試，當時就有人給予了很高的評價：「全書佈局以我字為線索，是聰明處，省力處，亦是其特別處。」〔註25〕在短篇小說創作上，吳趼人也是第一個使用第一人稱的中國作家，他的短篇名作《黑籍冤魂》、《大改革》均是用第一人稱創作的。中國小說的敘事角度從全知型向半知型過渡，是中國小說審美形態走向現代化的重要標誌，西方引進的偵探小說在其中起到了重要的作用。不過，從創作技巧上說，此時中國小說「第一人稱」的運用還相當的簡單，「我」在小說裏僅僅起到一個貫串的作用。「我」只是一個呆板的、被動的、局外的敘事者，在旁邊作分析、發議論。說實在的，這樣的「我」只是為了方便敘述而設置的。這種狀況，除了中國作家們對運用第一人稱敘事角度在理論上認識不夠之外，更主要的原因來自他們的模仿對象的先天的毛病。偵探小說中的第一人稱是為了烘托小說主人公的機智和勇敢而設置的，是為了向讀者解釋那些最隱秘的事情如何產生、如何被破譯而增添上的一個輔助人物，闡釋和說明是他的主要功能。「我」僅是游離於小說的敘事情境之外，而非融於小說的情境之中，這是偵探小說的「第一人稱」的特點。以此為楷模，此時中國小說出現第一人稱「游離」問題也就在所難免了。中國第一人稱敘事角度還是到「五四」時期才真正成熟起來，那是在「五四」新文學作家手中完成的。

中國傳統小說有一種根深蒂固的「史說同質」的觀念，就是短短數句的筆記小說，也是「某者、某也、某事」的史傳式的記敘模式。對這種敘事模式首先提出疑問，並且介紹新的敘事方式的同樣是由偵探小說的翻譯所帶來的。1903 年周桂笙在譯偵探小說《毒蛇圈》時，曾寫了一篇《譯者敘言》，他根據譯本向中國讀者介紹說：

〔註25〕魏紹昌編《吳趼人研究資料》，上海古籍出版社 1980 年版，第 78 頁。

　　譯者曰：我國小說體裁，往往先將書中主人翁之姓氏、來歷敍
述一番，然後詳其事跡於後，或亦有用楔子、引子、詞章、言論之
屬，以爲之冠者，蓋非如是則無下手處矣。陳陳相因，幾乎千篇一
律，當爲讀者所共知。此篇爲法國小說巨子鮑福所著。其起筆處即
就父母問答之詞，憑空落墨，恍如奇峰突兀，從天外飛來，又如燃
放花炮，火星亂起。然細察之，皆有條理。自非能手，不敢出此。
雖然，此亦歐西小說家之常態耳，爰照譯之，以介紹於吾國小說界
中，幸弗以不健全譏之。

用「父母問答之詞」開頭，正是偵探小說常用的藝術技巧：懸念。周桂笙看
起來只是介紹了一種小說開頭的方式，實際上他啓發了中國小說家如何處理
好小說中的時空關係。小說的敍述不一定是不可逾越的恒定向前發展的時間
長河，它可以停頓、拆散、穿插、顛倒和折疊。這一認識使得中國作家大開
眼界，使得他們在處理小說的時空關係時有了學習的楷模和創新的勇氣。在
周桂笙這篇介紹文章的數月之後，吳趼人就用「憑空落墨」的對話形式來寫
《九命奇冤》的開頭了。到了民國初年，倒敍法已成爲時髦的小說文體。作
爲一種懸念，作家們總是將小說的關鍵情節或者某種議論放在小說的前面，
然後再敍述故事，最後作些呼應和解釋。不過，此時中國作家們在運用「倒
敍法」還是相當生硬，不少小說僅僅是將情節換換位置而已，特別是爲了解
釋小說開頭的懸念，作家們寫得相當地冗細，以至於讀之生厭。這些弊病也
來自於對偵探小說生硬的模仿。偵探小說是破謎的小說，不管小說中的時空
關係是如何被打破的，它總是要向讀者交待清謎底是什麼。爲了使謎底更具
有說服力，它在每一個細節的交待上均來不得半點的馬虎。這是偵探小說特
有的美學特徵。而中國作家卻看不到這種美學特徵所具有的獨特的適應性，
而是將之推廣到所有的各類小說創作中去，不管寫什麼類型的小說，他們都
忘不了每一個細節的來龍去脈或者是去脈來龍的交待。中國作家們對偵探小
說的時空安排還缺少深刻的理解。儘管如此，應該看到中國傳統小說的「史
說同質」的敍事模式被打破了。

　　雖然林譯小說的文言翻譯在清末民初很有影響，但是並不能代表整個清
末民初小說翻譯的語言風格。事實上，清末民初大量的小說翻譯是白話。如
果要追述小說的白話翻譯，1872 年 11 月 11 日創刊的《瀛寰瑣記》上連載的
蠡勺居士譯的《昕夕閒談》就是白話翻譯，請看開頭：

> 英國波羅省有一小鄉落，地名山橋鎮，深坐萬山之中，逕路曲折，峰巒環抱，泉清土厚，居民稠密，果然是一個好去處哩，但是一層地方雖好，山水雖妙，尚非極爲著名之處，又不在通衢大路之旁，故四時來遊的人絕少。

清末民初時，翻譯了大量的作品的周桂笙、包天笑、陳冷血等人基本上是白話翻譯。用白話翻譯小說固然有市場的需要，卻告知作者和讀者，白話同樣能寫出美妙的小說。到了民國初年，小說白話創作已經漸成風氣。白話譯作是開風氣者。

第五節　現代通俗小說的批評標準應該有自己的特色

我一直思考這樣的問題，爲什麼很多的通俗小說批評就說不到點子上，有時批評的論點根本就與批評對象不合拍，論者就在那裏自說自話。我看原因是兩個，一是以既有的概念和原則出發看待通俗小說，特別是以「五四」新文化批評「鴛鴦蝴蝶派」的理論評論中國所有的通俗小說，並以「五四」新文化的捍衛者自居；二是他們根本就沒有看過幾本通俗小說作品，並擺出不屑一看的姿態。這兩種態度有著一個共同的缺憾，那就是脫離實際。他們對「五四」新文化對「鴛鴦蝴蝶派」的批評缺少科學的態度，並沒有眞正瞭解「五四」新文化對「鴛鴦蝴蝶派」批評的必要性和歷史意義，並沒有看到「五四」新文學爲奪取中國文學正宗地位時所採用的那些矯枉過正做法的合理性。他們對中國現代通俗小說也缺乏發展的眼光和變動的思維，並不瞭解通俗文學的性質，不瞭解當今中國通俗小說的實際狀態。所以說，這些批評家的批評文章要麼言辭激烈內容空泛，要麼自說自話隔靴騷癢。

從這樣的通俗小說批評現狀出發，我認爲有建立通俗文學批評標準的必要。我先闡述我的文學批評觀。我始終認爲文學批評的標準有其終結性和適用性之分。人性和人生的價值是文學批評乃至於整個社會科學的終結性標準，這是統一的。但是作爲一個個體，作家的生活體驗和文學體驗不可能是一個模式，它們一定是多樣的，作家多樣的創作狀態決定了文學批評不可能有一個放之四海而皆準的理論，決定了文學批評方式、原則、理論一定是多種多樣。同樣是「五四」作家，葉聖陶有著更多的中國傳統文學的體驗，他的作品側重於現實主義；郁達夫有著更多的日本文學體驗，他的作品側重於浪漫主義，把葉聖陶的批評用於郁達夫身上就不適合。因此文學批評還有著

一個適用性的標準。布用尺度，米用斗量，不同類型的文學作品應該用不同的批評標準衡量，這是進行文學批評能夠適用、有效的基本出發點。明白了這樣的道理，我們也就明白了對於中國現代通俗小說有效的批評不能僅僅用「五四」以來中國文學批評界一以貫之的精英意識，而是要結合、參照中國大眾文化和大眾意識，並以此來建立中國現代通俗小說的批評標準。

建立現代通俗小說的批評標準也是由通俗文學的審美機制所決定。如果建立了這樣的批評標準，我們對通俗小說所追求的文化價值和審美機制就能夠理解。反之，用精英小說所要求的社會批判和文化批判來要求通俗小說，通俗小說就顯得相當地淺薄和無聊。同樣，如果從通俗小說的批評標準出發，通俗小說很多的創作方式就可以接受，而不是偏要用精英文學所喜好的創作方式要求之。例如通俗小說創作有兩個特徵一直受到論者的批判，一個是小說的虛擬性情節構思，一個是模式化的寫作方式。如果用通俗小說的批評標準分析這兩個創作特徵，我們就可以做出合理地解讀。我們先以武俠小說創作為例分析通俗文學的虛擬化構思。如果用現實主義的原則評判，武俠小說情節確實不合情理，有在峽谷生活幾十年情態不變的人嗎？起碼也應該是一個白毛女了；有身居山洞幾十年而體格健壯者嗎？起碼也應該得一個關節炎；有喝蛇血而功力大增嗎？搞的不好會被寄生蟲感染；至於坐在冰山上就能漂洋過海更是荒誕不經……根據這樣的思路推演下去，武俠小說簡直是胡說八道。問題在於武俠小說恰恰不是現實主義，而是大眾文化形態的產物，它不追求環境的真實性，而追求環境的奇異性；它不追求人物形象塑造中細節的合理性，而是在誇張的人物的行為舉止中表現出人文精神；它不追求創作風格的冷靜和客觀，而是追求想像力的豐富和瑰麗的色彩。從這樣的思路出發，我們對武俠小說寫的那些奇景、奇境就會有合理的理解，對武俠人物很多怪異的行為就會有欣賞的眼光，就會對武俠小說的想像力有一種平常的心態。我們再分析通俗小說模式化的寫作方式。通俗小說創作的模式基本上是中國傳統小說的延續。小說的結構基本上是章回體（即使金庸小說的回目作了很大的變動，小說的基本結構還是章回體）。章回體小說就是要講故事，所謂故事就是有頭有尾的人和事的描述。在通俗小說的故事敘述中，偶然往往構成故事的開端，突變往往構成故事的曲折，崇高往往構成故事的結局。由於不同的題材有著不同的表現手段，通俗小說也就形成了一整套的程序化的創作技巧。例如言情小說「三步曲」：純情－變情－純情；武俠小說「五要

素」：爭霸、奪寶、情變、行俠、復仇；偵探小說「三程序」：設謎－解謎－
說謎；歷史小說「兩線索」：權利和情慾等等，這些創作技巧構成了各類通俗
小說的模式。對精英文學來說，模式就是淺薄，就是因循守舊，根本問題是
它們沒有什麼獨創性。但是對通俗小說來說，模式本身就是特色，沒有了模
式就沒有了言情小說味、武俠小說味、偵探小說味、歷史小說味，否定了其
中的某一類實際上就否定了某一類通俗小說，乃至於否定了整個的通俗小
說。現代通俗小說的批評標準不是要否定這些模式，而是追尋這些模式化的
寫作方式中的價值：模式的組合之中本身就充滿了愉悅性和創造性，就如玩
弄一個變形金剛，玩弄者的興趣並不在於它最後會變成什麼形，而在於變形
過程中各個模塊怎樣地扭來扭去。這些模式與大眾的認知水平相一致。小說
在引導讀者故事閱讀的同時，讀者也再進行自己的文學想像。無論是肯定還
是否定的意見，讀者都有能力並有可能在參與性的文學想像中產生精神愉
悅。這些模式能夠滿足於人性的基本欲望。如果我們對通俗小說的這些創作
模式內涵進行分析，就會發現這些模式是與人的好奇心（幾乎每一個人都對
身外的事情產生興趣）、隱私欲（幾乎每一個人都想瞭解別人那些隱秘的事
情）、破壞欲（幾乎每一個人都想有一個情緒發泄的對象）、佔有欲（幾乎每
一個人獲取更多精神和物質財富）、情慾（幾乎每一個人都具有的自然欲望）
等人性的基本欲望緊密相連。這些模式就是根據人的基本欲望創作、沉澱而
形成的固定程序。對通俗小說這些模式的閱讀也許不能引起多少人生哲理的
思考和人生價值的啓發，但一定會產生閱讀的快感，在這些閱讀快感中，閱
讀者的焦慮、緊張的現實情緒會得到鬆弛。人類的這些基本欲望一直生生不
息轉換多變的存在，生命力極其旺盛，通俗小說的模式也就能生生不息轉換
多變的延綿，生命力同樣極其旺盛。從通俗小說的批評標準中，我們不但能
看到通俗小說的模式和複製的合理存在，還能對這些模式和複製進行深入地
研究和探討。

　　現代通俗小說的批評標準並不是一種「淺批評」，「淺批評」的評價不對。
現代通俗小說的批評只是結合通俗小說的文學特徵建立起來的批評標準，它
要求作家依據通俗小說的創作規律對文化、社會、人生進行深入地思考，並
以此來評判作品的優劣好壞。這樣的批評標準不但不是「淺批評」，而且有其
特色。金庸小說是當下通俗小說優秀作品，之所以稱它優秀，不是因為他的
小說有好看的故事，好看的故事本來就是通俗文學作品強項，也不僅僅是他

的小說有深刻的人生、社會思考，人生、社會的深刻思考只是通俗文學批評標準的考量之一。主要的他的小說很圓滿地解決了現代通俗小說創作中一個重要難題，即：怎樣在傳統的文化中寫人性。通俗小說繼承的是中國傳統文化。既然有了一個既定的傳統文化爲做人的標準，個性的張揚就受到了束縛，個性受到束縛，作品就生動不起來，因此傳統文化的宣揚與人的個性如何融合，如何既保持了文化傳統又能讓作品生動起來，這是通俗小說作家一直努力著的創作目標。這個問題在張恨水的小說中已經有了很大的改觀，不過眞正解決了這個問題的還是當代通俗小說作家們，而且是武俠小說作家。梁羽生、古龍各有貢獻，做的最好的是金庸。很多論家都提出，金庸小說依據一種「成長模式」來寫人，即：以人物的成長作爲小說的創作中心。我贊成這種觀點。但是在我看來，金庸小說的「成長模式」中更具獨特價值的還不是他們表現各異的性格，更不是他們不同的「機緣」而獲得絕世武功，而是性格各異的人如何達到了自我道德的完善。寫人物，寫性格還是他的「成長模式」的顯性線索，寫道德完善才是他的「成長模式」的深層結構。金庸小說告訴我們，中國的傳統文化是否束縛人的價值實現關鍵是如何看待人的價值的內涵。如果將人的價值的實現看成是完全解除一切束縛的個性的自我實現，中國的傳統文化顯然是格格不入，如果將人的價值的實現看成是道德的自我完善，中國的傳統文化就是最好的標準。金庸小說中的人的價值的實現就是人的道德的完善，人的道德的完善並不抹殺人物的個性，相反，它使人的個性得到更合理地張揚；人的道德的完善並不是不要人的欲望，而是使人的欲望更富有理性。如果把人的生命的闡釋、個性的追求、孤獨的情緒、離別的傷感等觀念和情緒看作是現代意識的話，金庸小說同樣表現得淋漓盡致。只不過，金庸並沒有將這些觀念和情緒與傳統道德文化割裂開來，它們作爲傳統的道德文化的一個部分在小說加以表現。金庸小說是現代通俗小說的經典。它的意義不僅是對中國現代通俗小說價值的提升，也是爲當代中國現代通俗小說的創作樹立了一個標杆。從傳統文學與「人的文學」相融合的角度論證通俗小說創作的高低優劣，從精英文學的批評標準來看也許並不重要，但是從通俗小說的批評標準來看就是一個重要的指標，諸如此類，就是通俗小說批評標準的特色。

第二章　中國現代通俗小說的
　　　　城市想像

第一節　鴛鴦蝴蝶派：吳地文學的一次現代化集體
　　　　轉身

> 我與雜誌的關係，大概都是屬於文藝的，其次是屬於教育的。
> 在我沒有從山東回上海的時候，上海出版的雜誌更是不少，一半也
> 歸功於梁啟超的《新小說》雜誌，似乎登高一呼，群山響應⋯⋯
>
> ——包天笑《釧影樓回憶錄》，香港大華出版社，1971 年版，
> 　　第 357 頁。

> 飯後急欲一見報紙，乃同令時請假出至觀前，詎意送報者尚未
> 來，乃至雅聚烹茗以待。已而即來，急購《時報》一份閱之。第一
> 條專電即見廿八革軍係偽敗，誘北兵而包攻之，北兵斃四千。我固
> 以為革軍必不致敗也，心油然喜⋯⋯
>
> ——葉聖陶 1911 年 8 月 30 日（農曆）日記，秦兆基選注《蘇
> 　　州文選》，蘇州大學出版社，2000 年版，第 33 頁。

包天笑和葉聖陶都是現代蘇州人，又都是特別善於文字、喜歡用文字記
載世事變化和自我心靈感受的現代著名作家。從他們的個人傳記和日記中選
取這兩段文字，是想說明兩個問題，一是鴛鴦蝴蝶派作家所具有的媒體人性
質；二是身處蘇州的他們是怎樣感受時局轉型的影響。

　　鴛鴦蝴蝶派是活躍於清末民初以上海為中心的文學流派。〔註1〕主要作家大多是接受中國傳統文化教育而活動於開埠以後的上海的蘇州人，如包天笑、周瘦鵑、徐枕亞等人。因此，鴛鴦蝴蝶派就是吳地文化轉型時期所產生的一個文學流派。吳地文學是地域性文化概念，但決不是一個時間概念，它跨越晚清，進入現當代，起承轉合，延綿不斷。鴛鴦蝴蝶派文學正是吳地文學進入現代社會的第一個文學流派。

　　所謂的「現代化」就是與時代發展相適應的一些新的文化特徵。從吳地文學的角度上看，鴛鴦蝴蝶派文學實際上是中國吳地文學的一次現代化集體轉身。

　　鴛鴦蝴蝶派作家都是飽讀詩書的中國傳統的吳地文人，他們身上具有濃厚的吳地文人精神。自明末清初以來，吳地文人就形成了時政關懷的傳統，不是只讀聖賢書，不聞「窗外事」，而是讀著聖賢書，做著「窗外事」。作為幾社、復社主要人物陳子龍在明朝沒亡之後，松江舉兵，以期匡復明朝。顧炎武、陳忱、夏完淳、呂留良等等均以民族風範彰顯後人。到了清末，在救亡圖治的背景下，吳地文人為核心的南社成立了。以文會友、聲應氣全，「操南音而不忘本」，以社團而抨擊時政，南社的政治訴求相當明確。到辛亥革命時期，吳地文人時刻關注著時局的變化，其感情隨著革命軍的進展而起舞，前面所引葉聖陶的日記可窺見一斑。〔註2〕在時政關懷的風氣中，吳地文人在相當長的時期內引領著中國文人創作著「感時之作」。明末復社領袖張溥作《五人墓碑記》記頌蘇州市民反抗姦臣的運動；顧炎武等人以大量的詩文以明其志，南社的眾文人更是「欲憑文字播風潮」，成為了時代風雲的文字記錄者。現代傳媒需要就是時政記錄和時政批評。進入現代傳媒的吳地文人被要求關注時政、批評時政時，他們毫無障礙，順理成章，只會覺得更加方便，更加自由。鴛鴦蝴蝶派實際上是南社的一個分支，以文論政本身就是南社的傳統，

〔註1〕　「鴛鴦蝴蝶派」的名稱產生於「五四」時期，它是一批提倡新文化運動的知識分子，對清末民初作家作品的稱呼。較早提出鴛鴦蝴蝶派的是周作人，他於1918年4月19日在北京大學文科研究所小說研究會講演中提到「《玉梨魂》派的鴛鴦蝴蝶體」（《日本近三十年小說之發達》，《新青年》第5卷第1號，1918年7月）。1919年2月周作人說：「近時流行的《玉梨魂》……為鴛鴦蝴蝶派小說的祖師。」（《中國小說裏的男女問題》，《每周評論》第7號，1919年2月2日。）

〔註2〕　葉聖陶最初是鴛鴦蝴蝶派作家，寫過很多鴛鴦蝴蝶派小說，後來轉型為新文學作家。

鴛鴦蝴蝶派只不過將關心時政的文字從詩文擴展到新聞和小說之中。於是，我們就看到了這樣一個很有意義的形態：中國現實社會在鴛鴦蝴蝶派派作家手中第一次得到了全面地的描述。在他們的作品中，我們可以看到上海都市化的進程，看到社會風氣的變遷，看到鄉民怎樣變成市民。特別應該指出的是，他們還具有「國際視野」，創作了很多「愛國小說」。例如葉小鳳刊載在1914 年、1915 年《小說大觀》上的《蒙邊鳴築記》。這部小說寫日本間諜平小川為了獲取中國的情報如何地忍辱負重，書生江南生和女俠李朝陽識破了平小川的詭計，在「鬍子」首領鐵鷂王的幫助下，擒殺了平小川，挫敗了敵國的陰謀。這部小說的價值不僅表現了時代的情緒，還對中國政府的腐敗和人民的麻木表示了憤怒和激憤。作者特地將平小川竊取的情報和他對中國社會狀態的分析報告公佈出來，雖是出自敵人的口中，卻句句切中時弊，令人觸目驚心。之後在 1915 年 4 月《禮拜六》的 46 期上劍俠根據日本和德國在青島開戰的情況，寫了紀實小說《弱國餘生記》。該年 5 月《禮拜六》的 51 期上王鈍根根據日本人在中國的各種罪行寫作並開始連載長篇紀實文學《國恥錄》，喊出了：「嗟我同胞，不起自衛，行且盡為亡國奴」的口號。此時，周瘦鵑一連寫了《中華民國之魂》、《祖國重也》、《為國犧牲》等小說，強調祖國利益高於一切。不僅是柔弱敏感，還有怒目金剛，吳地文學在鴛鴦蝴蝶作家手中展現出另一個側面

　　鴛鴦蝴蝶派是傳統型作家，同時又充滿著名士氣息。他們是沿襲著幾千年中國文化傳統的新時期的文學傳人。他們具有很強的民族情緒。大多具有漢族情結，反對滿清政府。1911 年民國政府成立以後，包天笑曾經說過一句話很能代表他們的政治立場，那就是：擁護新政制，維護舊道德。他們擁護的新政制是剛剛成立的共和制度。他們為什麼要擁護共和制度呢？並不是共和制度所表現的人權、民主和自由，而是認為剛剛建立的共和制度是漢族人建立的政府，他們對共和制度的認識主要還是從民族主義的角度出發的。同樣是從民族主義的角度出發，他們具有強烈的愛國主義思想，對外他們反對帝國主義侵略，因此，他們成為了現代文學史上寫「愛國小說」「國難小說」最多的作家。對內，他們反對軍閥的統治，他們認為軍閥政府是賣國政府，是中國始終不能強盛的政治根源。民族主義在他們看來就是一個中國人的氣節，這是大義。從生活經歷上說，鴛鴦蝴蝶派作家都是在科舉場上跌打摸爬多年的文人。歷史的變化使得他們失去了考取功名的機會，但是，中國傳統

的道德觀念已經滲透於他們的言行之中，仁愛忠孝、誠信知報、修己獨慎，成為了論人知世的基本標準。只要簡單翻一翻鴛鴦蝴蝶派的小說就會發現，做壞事的人，一定是道德敗壞者，做好事的人則一定在道德上也是一個君子。所以說，鴛鴦蝴蝶派小說也就是道德小說。

堅持傳統文化，就以為鴛鴦蝴蝶派作家是一個整日只會尋章摘據的「書蛀蟲」那就錯了。在實際生活中，他們是中國最後一批風流倜儻的傳統名士。他們的形態風姿在很多小說的描述中可以體會到。從第 39 回開始《海上花列傳》寫以號稱「風流廣大教主」齊韻叟為首，包括高亞白、方蓬壺、華鐵眉等在內的名士在「一笠園」裏風流生活，他們擁妓點香、花酒填詞、以四書五經中的典故做穢褻文章，以點配青樓女子為樂趣並以為雅。在自況色彩很濃的畢倚虹的《人間地獄》中，我們還可以看到那些已經具有現代職業的名士們的生活狀態。柯蓮蓀、姚嘯秋、趙棲梧或者在報館裏操刀，或者在銀行裏辦事，生活不如齊韻叟那麼優游，但是他們同樣追求名士生活，坐談風月、看花載酒、互為欣賞、互為唱和。特別值得一提的是他們在接待和尚朋友蘇玄曼上人用的竟是招妓吃花酒。蘇玄曼上人被認為是影射的蘇曼殊。作者這樣描述蘇玄曼上人：「雖說是自稱和尚，但見他詩酒風流，酒色不忌，性情孤傲，語言雅雋，並且問擅中西，詣兼儒佛，實在算得如今一位硬裏子的名士了。」（第 20 回）。這個和尚也真了得，不僅酒肉照吃、風月照弄，還是一個「品花」高手。他對身旁的妓女有這番評論：「老老實實一句話，秋波這孩子這般光豔明秀，確是出類的人才，我一見就賞識她。尤其好的是天真未鑿，顰笑之間還夾著三分稚氣，兩分憨態。這種稚氣憨態，女兒家只有十四五歲的時候有。過此以往，光豔有餘，嬌憨漸去。這個時候真是極好的時代，所謂好花看在半開時。」從這番評論中可以感受到這位和尚的「品花」水平。名士風流即使是整日混在妓院裏也是本色不變。《九尾龜》裏的章秋谷是一個浪跡於在妓院裏的人，但他也是相貌堂堂，能文能武，眼界和品位都高人一籌，成為眾妓女心中的一顆明星，成為了「妓院法院」中的法官。

鴛鴦蝴蝶派的這樣的名士作風是從哪裏來的呢？我認為有兩方面的原因很值得一說。

一是吳地士族的傳統風氣。清盛時「士大夫必遊」的五都會是北京、南京、杭州、蘇州、揚州。北京和南京是科舉之門，到那裏去是為了尋求功名。杭州、蘇州、揚州則是煙花之地，士子到那裏是為了顯示歸隱氣質和清流姿

態。後 2 座都會都在吳地。吳地地區讀書風盛，士風綺麗，「江南財賦地，江浙文人藪」，這個區域本就是才子佳人盡情處。鴛鴦蝴蝶作家幾乎都是出生在蘇杭地區，主要活動場所是上海。所以說，鴛鴦蝴蝶派作家身上的那些名士氣質是與生俱來。

二是鴛鴦蝴蝶派作家與南社的關係。吳地文化只是傳統，這些作家身上的名士氣息在清末民初得到進一步張揚主要是南社。在反清的旗幟下，清末民初之際吳地的士子們紛紛結團結社，其中最著名的就是南社。南社主要是文人組成的文學團體，自 1909 年第一次雅集到 1936 年，前後活動了 27 年之久，社友達 1 千多人。這個相當龐雜的社團基本上聚集了當時吳地的所有的文人，鴛鴦蝴蝶派作家幾乎都是南社成員。包天笑、葉小鳳、朱鴛雛、劉鐵冷、許指嚴、貢少芹、蘇曼殊、陳蝶仙、范煙橋、周瘦鵑、姚民哀、胡寄塵、徐枕亞、吳雙熱，趙苕狂等人都是南社的主幹分子，也是鴛鴦蝴蝶派的主要作家。所以說鴛鴦蝴蝶派具有很濃的「南社色彩」。南社的活動極具名士做派：倨傲不訓，不拘小節；擁美醉酒，吟風弄月；互為唱和，眾人雅集。鄭逸梅在《南社成立及其他支社》中對南社成立時的情況有這樣的描述：「社員和來賓共十九人，先後都到了，開了兩桌，荼肴是船上備著的，一方面喝酒，一方面選舉職員……選舉既畢，觥籌交錯，酒興勃發，大家都帶著醉意，高談闊論，忽然談到詩詞問題，亞子為人不解世故，是很率直成性的，鬧出一個小小的笑話來……」鴛鴦蝴蝶派的名士作風就是南社作風的翻版。作家們常常以酒為媒，聚集在一起高談闊論，其地點不拘，甚至在妓院裏，包天笑在他的《釧影樓回憶錄》裏有這樣的回憶：「如蘇曼殊在上海，極為高興，主人為他召集許多名花坐其側，我有句云『萬花環繞一詩僧』在座大都是南社中人，無容諱言，二十年顛倒於狂蕩世界，誠難自懺也。」南社成員都有很多齋名，「鴛鴦蝴蝶派」作家不僅有齋名，還以花品為序以稗品喻人，如以「細密」喻包天笑；以「嬌婉」喻周瘦鵑；以「哀豔」喻徐枕亞等等，名士氣十足。

才子寫小說首先選擇的就是才子與佳人的故事，你寫一部，我寫一部，從明末開始，吳地久流行著才子佳人小說，民初的言情小說也就是吳地才子佳人小說的延續。才子寫小說一定要炫耀才氣，因此，此時的言情小說幾乎都是詩文並茂，用詞典雅。深深男女情，濃濃才子氣；一把辛酸淚，莫云作者癡。才子佳人式的言情小說就是這些吳地文人的名士性靈寫照。除去那些

貶義，將這些作家稱之為鴛鴦蝴蝶派確也符合他們的氣質。

除了才子佳人小說之外，吳地文學還有另一個傳統，那就是商業氣息很濃的世情描述。吳地文人馮夢龍的通俗小說，即被稱為「三言」的《喻世明言》、《警世通言》、《醒世恒言》，是吳地世情小說的代表作品。這是吳地文化所決定的。吳文化的形成與運河文化以及蘇州、無錫、杭州等地的特殊位置有很大關係。作為中國主要的交通樞紐，運河在中國的商業發展歷程中起到關鍵的作用，運河地區和非運河地區所形成的觀念和生活上的差距很像現在沿海地區和非沿海地區所形成的差距。南宋以後蘇州、無錫、杭州等地區作為重要的商業、消費城市在運河下沿地區日漸繁榮，成為了中國商業集散地和交易中心，形成了中國最初的市民階層。在這樣的文化氛圍中商業利益以及商人的地位都得到了正面的肯定，商人不是什麼四民之末，不是什麼狡詐的下賤之人，而是有著優良品質的謀生之業。馮夢龍在《轉運漢巧遇洞庭紅》中描述的蘇州閶門外一個書生怎樣地歷經艱險成為了一個大富商，而不是描述書生怎樣歷經艱險中了狀元。在《施潤澤灘闕遇友》中，馮夢龍歌頌的是商人同樣具有真誠相助的優良品質，而不是見利忘利的小人。在這樣的文化氛圍中走出來的吳地文人並不認為賣文為生有何不可，為什麼書生就不能成為商人呢？在這樣的文化氛圍中，吳地文人從不輕商，並對世情社會津津樂道。

言情小說和世情小說都提倡色、才、德一致的美學觀念，但是在生活的描述上卻各不相同。一種是描述的讀書人的青年男女的愛情故事，小說中充滿著詩文，為文人所為；一種是描述的普通人的普通生活的悲歡離合，小說中充滿著傳奇，是文人對民間故事加工整理而成。這兩種文學現象實際上成為後來鴛鴦蝴蝶派文人兩種文學主要的表現方式。人們一直奇怪為什麼鴛鴦蝴蝶派作家不能繼承梁啓超所開創的《新中國未來記》那樣的政治小說的路走下去，一直指責鴛鴦蝴蝶派小說有太多的纏綿和太多的故事，其實，從歷史角度上看，此時的吳地文人創作小說只能如此，歷史使之必然。

吳地傳統還只是些「自有基因」，「自有基因」是一種歷史存在，促成這些「自有基因」迅速的感應和變異，並產生具有強大的生命力的是外部動力，這個外部動力就是上海的開放和崛起。

上海快速地都市化顯然給鴛鴦蝴蝶派現代化轉身帶來最有利的社會條件。物質文明的進入、外國文化的引進、新興產業的出現，上海無疑是清末民初時期中國文化中心。中心城市崛起，必然波及周邊地區，吳地文人受惠

其中必然無疑。一個很明顯的現象，眞正出生在上海的鴛鴦蝴蝶派作家並不多，但是鴛鴦蝴蝶派作家無一不是在上海嶄露頭角，引領文壇。

　　上海給鴛鴦蝴蝶派作家不僅僅是提供了職位，讓他們的身份得以轉化，更重要的是使他們的觀念發生了變化。1905 年中國科舉制度廢除，對中國內地的那些皓首讀經的讀書人來說無疑是一個沉重的打擊，斷了晉身之階，但是對吳地讀書人來說，影響並不大，因爲正在此時上海爲中心的吳地一大批報館、印書局等大眾媒體紛紛成立，爲他們提供了新的用武之地。於是這些飽讀聖賢之書的吳地讀書人就成爲了中國現代媒體的第一代媒體人。正如前面所引包天笑的話那樣，鴛鴦蝴蝶派作家實際上是那些登高振臂一呼者的最早的響應者。他們進入大眾媒體是時代的逼迫，但是大眾媒體又的確給他們提供了用武之地，是時代的機遇。中國文人在「隱」「達」兩種身份背景下有兩種不同的社會態度，「隱」是過程，「達」是目的。此時的吳地文人進入大眾媒體自視爲進入了「達」的狀態。梁啓超此時說過一些話很能體現出他們的心態，他說：「閱報愈多者，其人愈智；報館愈多者，其國愈強。」〔註 3〕「有昨爲主筆而今作執政者，亦有朝罷樞府而夕進報館者，其主張國是，每與政府通氣者。」〔註 4〕「專在借小說家言，以發起國民政治思想，激勵其愛國精神。」〔註 5〕報紙和小說在梁啓超的眼中被看作爲是啓蒙書，而報人和小說家則是與「國事」相連的啓蒙者。讀書人之所以讀書是爲了獲取功名，獲取功名是爲了「治國平天下」，現在不用獲取功名只要進入報館、只要寫小說就可以「治國平天下」，眞是何樂而不爲呢？辦報紙、寫小說就是要指點江山，就是要啓蒙國民。雖然沒有什麼功名，但是同樣體現自我的人生價值。表現社會，抨擊時政，在鴛鴦蝴蝶派作家看來就是職責所在。

　　1843 年上海開埠之後，上海就成爲了中國最早集中地引進外國文化、外國事物的城市，吳地的文人就成爲了中國最早接受外國文化、外國事物的知識分子。雖然他們對中國傳統文化受到衝擊感到傷感，感歎世風日下，但是他們生活在外國文化和外國物質的氛圍之中，親身體驗到外國文化和外國物質確實有其先進和文明之處。這時吳地文人成爲了當時的中國最具有開放心

〔註 3〕　梁啓超《論報館有益於國事》，吳嘉勳、李興華《梁啓超選集》，上海人民出
　　　　　版社 1984 版，第 24 頁。
〔註 4〕　梁啓超《論報館有益於國事》，吳嘉勳、李興華《梁啓超選集》，上海人民出
　　　　　版社 1984 年，第 24 頁。
〔註 5〕　梁啓超《中國唯一之文學報新小說》，《新民叢報》，1902 年第 14 期。

態的知識分子群體。這樣的開放心態在鴛鴦蝴蝶派小說中可以體會出來。鴛鴦蝴蝶派作家不善於理論宣導，而善於通過小說表現自己的文化思想。他們的小說對惡劣的社會風氣深惡痛絕，但是對外國的制度文明、物質文明卻是津津樂道，甚至還以多見廣聞而在內地人面前炫耀，甚至賣弄。此時此地的吳地文學就出現了一種前所未有的新狀態：它有兩個影響源，一個是中國傳統文學，一個是外國文學，對傳統文學他們耳濡目染駕輕就熟，對外國文學他們得風氣之先順手拈來，因此他們手中出現以傳統文學爲主幹，以外國文學爲時尚的中西合璧的作品勢成必然。很值得指出的吳地文人雖然崇洋卻不媚外，他們是從民族發展的角度接受外來文化，那種有傷民族和國家的事情決不做，他們始終保持著民族和國家的氣節，這也就是他們手中出現那麼多「愛國小說」的根本原因。

上海是中國最早將傳媒轉變成產業的城市，產業的背後就是利益的驅動。此時大眾傳媒主要種類是報刊、書局和電影。此時的上海集中了全國三分之一的報刊，集中了商務、中華、世界、大東全國 4 大書局，集中了明星、長城等著名電影公司。生活在其中的吳地文人是如魚得水，他們是報刊最早的撰稿人、書局最主要的編書人和電影最早的編導者。這些大眾傳媒的老闆看中他們當然是因爲他們都是當時最能編故事的中國文人，是因爲他們編出來的故事最能被中國人所接受，是因爲借助他們使得大眾傳媒獲得最大的商業利益。大眾傳媒的利益驅動自然培養和刺激了參與其中的吳地文人的利益觀念。沒有什麼遮遮掩掩、羞羞答答，沒有什麼「喻於義」「喻於利」的猶豫，通過自己的寫作獲取報酬理所當然。他們不僅是爲利而寫，甚至是逐利而作。文人寫作爲了賺錢，文人寫作可以賺錢，是此時吳地文人很普遍、很普通的觀念。

在歷史的機遇中具有自我文化傳統的吳地的鴛鴦蝴蝶派開始了他們的現代化轉身。怎樣評價他們的現代化轉身呢？在相當長的時期內吳地的鴛鴦蝴蝶派現代化轉身得不到承認，鴛鴦蝴蝶派甚至被看成中國文學現代化的逆流，看成是中國文學發展進程中的「黑暗勢力」，〔註6〕受到「五四」新文學的批判。這樣的負面評價當然有意識形態的劃線，但是在我看來，更重要的是評價標準問題。

鴛鴦蝴蝶派的現代化努力是中國傳統文學在新時期的延續，「五四」新文學是將世界文學移植到中國文學中來，用朱自清的話來說：「在那個階段上，

〔註6〕 沈雁冰《自然主義與中國現代小說》，《小說月報》，1923 年第 7 期。

我們接受了種種外國的標準，而向現代化進行著。」〔註7〕他們基本上屬於兩個不同的現代化路徑。如果從「五四」新文學的角度看問題，鴛鴦蝴蝶派文學也只能是逆流和黑暗勢力，如果將中國文學的現代化看做是傳統文學發生根本性的變革，鴛鴦蝴蝶派的貢獻就應該得到高度地評價。鴛鴦蝴蝶派文學長期得不到承認和肯定的結症是長期以來我們只承認以外國的標準論定中國文學的現代化，而忽略了中國的標準和中國傳統文學美學要素的變化。我認爲這兩個路徑都是中國文學現代化的路徑，由於鴛鴦蝴蝶派派在「五四」新文學之前，因此，中國文學現代化的過程應該有一個先是中國傳統文學發生變化，再是世界文學移植進來的兩個階段，這兩個階段一起構成了中國文學現代化的形成期。

　　什麼是文學的現代化，我認爲應該從三個層面思考，即：文化觀念、創作觀念和生產基礎。如果以人的文學觀念的確立作爲現代文學文化觀念確立，這應該是「五四」新文學的貢獻，如果將文學表現現代社會生活和現代人生作爲現代文學的創作觀念的確立，將大眾媒體的運用看作爲現代文學的生產基礎的確立，就應該看到吳地的鴛鴦蝴蝶派的貢獻了。鴛鴦蝴蝶派是中國文學史上第一次地運用大眾媒體寫「今世界」的作家。僅僅從文化觀念出發，鴛鴦蝴蝶派就不夠現代，就自然被稱之爲「非人的文學」。這就是「五四」新文學所犯的錯誤，他們只認一個層面，而不認其他層面，再以一點來概括全面，結論自然就是片面的。應該看到中國文學的現代化有一個發展的過程，先是生產基礎發生變化，大眾媒體成爲了文學創作的主要平臺，它促使著中國文人的創作觀念發生變化，要求反映和表現當下的生活，再確立了人的文學文化觀念，要求文學不僅要表現現代社會生活，還需要對社會生活和人生觀念進行深入地思考和反思。這一過程是由吳地的鴛鴦蝴蝶派和「五四」新文學作家共同完成的。

　　對文學創作的市場化的傾向，新文學作家並不是所有的人都表示贊成。沈雁冰1922年在指責鴛鴦蝴蝶派文學時的一個重要的觀點，就是認定它具有「金錢主義」的思想觀念。〔註8〕

〔註7〕　朱自清《文學的標準與尺度》《朱自清古典文學論文集》，上海古籍出版社，1981版，第11頁。魯迅也說過：他寫小說「大約所仰仗的全在先前看過的百來篇外國作品和醫學上的知識。」見魯迅《我怎麼做起小說來》《魯迅全集》第4卷，人民文學出版社1981版，第512頁。

〔註8〕　沈雁冰《自然主義與中國現代小說》《小說月報》1922年第13期。

對職業作家來說，金錢確實是創作的動力之一，但是決不能將職業作家與庸俗和金錢主義劃上等號。相反，在市場經濟比較自由的環境下，職業作家的出現應該視作為歷史進步的表現，因為作家不再是為政治觀念寫作，它是一種以自我為中心的寫作，這個雜誌不用可以投稿給另一個雜誌，當然要有一個前提，就是要有經濟報酬。以魯迅為例，魯迅的文學創作是中國現代文學的精品，具有很強的社會效益，在經濟問題上，魯迅並不相讓。沒有相當的經濟收入，魯迅就不可能有相對優裕的生活環境，就不可能資助那些青年作者出書，就難以始終保持頑強的戰鬥精神。這個問題已有論家做了詳細的分析，這裡不加贅敘。〔註9〕職業作家是現代文學現代性的重要標誌，就因為吳地的鴛鴦蝴蝶派作家是職業作家就否定他們的現代性的性質很不合理，有些意氣用事。

吳文化是一個發展的概念，古代吳地文學曾經給吳文化帶來輝煌，現當代的吳地文學同樣給吳文化帶來輝煌，而將吳地文學引入現當代文學大門的就是鴛鴦蝴蝶派，它開了一個很好的頭。鴛鴦蝴蝶派作家承擔了這樣的歷史責任，不是他們比古代吳地文人有什麼先見之明，歷史給了他們的一個機遇。

第二節　煙花風情與海派狹邪小說

上海市工部局正俗科在 1915 年進行的一項調查顯示妓女總數已達 7791 人，其中差不多五分之四是馬路拉客的野雞。1920 年間，租界任命的淫風調查會的一項報告提到，僅在公共租界就有 4522 名中國妓女，也就是說租界中每 147 個中國居民中就有一個妓女。

——賀蕭（美）著，韓敏中、盛寧譯《危險的愉悅——20 世紀上海的娼妓問題與現代性》江蘇人民出版社，2003 年版，第 39 頁。

只因海上自通商以來，南部煙花日新月盛，凡冶遊子弟傾覆流離與狎邪者，不知凡幾。雖有父兄，禁之不可，雖有師友，諫之不從。此豈其冥頑不靈哉？獨不得以過來人為之現身說法耳！方其目

〔註9〕關於魯迅的經濟生活可參見陳明遠《魯迅一生掙多少錢》，《新華文摘》2000 第 3 期。

　　挑心許，百樣綢繆，當局者津津乎若有味焉，一經描摩出來，便覺令人欲嘔，其有不爽然若失，廢然自返乎？
　　——韓邦慶《海上花列傳》第一回，花山文藝出版社，1994 年版，第 1 頁。

　　以妓院、妓女、嫖客之事為題材的小說，魯迅在《中國小說史略》中將之歸類為「狹邪小說」。為了區別於明、清的狹邪小說，我將寫上海狹邪之事的小說，稱之為「海派狹邪小說」。

　　娼妓（西方大多稱「性工作者」）被認為是世界上最古老的職業，以娼妓為人物的狹邪文學也就是世界上最古老的文學類型之一。世界文學史上各個時期都有相當多的狹邪文學，且佳作不斷，中國文學史也不例外，狹邪文學從古到今，延綿不斷，很多作品可視作為經典。之所以將狹邪文學專節論述，是這道文學史上的風景線在中國 20 世紀的上半葉展現得特別地亮麗，而且增添了很多新的內容。這個時期中國小說的創作最為繁榮，此時的狹邪文學以小說為主，其題材幾乎都是寫上海的娼妓之事。

　　從描述情感之事上看，這類小說大致上可分為三種類型。

　　第一種類型可稱為「才子佳人型」，代表作品可推《海上花列傳》和《人間地獄》。在這兩部小說中都有一些纏綿的感情故事。《海上花列傳》中陶玉甫和李漱芳、王蓮生和沈小紅〔註10〕，《人間地獄》中的柯蓮蓀和秋波都是生死相戀，淒慘纏綿，引起了很多人的共鳴和唱和，賺取了很多眼淚。

　　第二種類型可稱為「黑幕型」，代表作品可推《九尾龜》。這部小說有一個副標題《四大金剛外傳》，所謂的「四大金剛」是指當時在上海灘上「花榜」選出來的四大名妓女，她們是：林黛玉、胡寶玉、張書玉、陸蘭芬。小說以一個落泊才子章秋谷為貫串人物，寫了上海妓院中的各種黑幕。在這部小說中就沒有什麼纏綿悱惻的生死戀了，只有怎樣「調情」和「玩情」。

　　第三種類型可稱為「社會批判型」，代表作品可推《亭子間嫂嫂》。小說寫了一個落泊文人與一個暗娼的故事。由於這部小說是將娼妓現象當作一個社會問題看待的，所以小說更多地是描述一個娼妓的悲慘的命運，以及一個文人對社會不平的憤怒。另外，何海鳴的「娼門系列」小說也屬於這一系列。

〔註10〕張愛玲對這兩對愛情故事特別推崇，她在《國語本〈海上花〉譯後記》中說：「寫情最不可及的，不是陶玉甫、李漱芳的生死戀，而是王蓮生、沈小紅的故事」。

　　海派狹邪小說是社會轉型中的上海世俗風情文學表述。此時的上海被稱作爲中國的色情之都。上海灘上妓院林立，名花如雲，煙花女子之多，在世界幾個大城市中也是赫赫有名。人稱「十里洋場，粉黛三千」「妓館之多甲天下」。社會學家們根據史料做出過各種統計，儘管數據不同，但是無不認爲此時的上海是中國最大的娼妓集中地。娼妓業的繁榮是此時上海特有的「色情觀」。工商業的發展使得上海有了更多的賺錢的機會，吸引了國內外各種「冒險家」和「淘金者」。這些外來者「撈一把就走」的移民心態使得這裡賺錢的方式相當的商業化，也培養了趨利的社會心態。在這樣的社會氛圍之中，中國傳統的性愛觀念受到了極大的衝擊。上海人所推崇和所適應的性愛觀念與內地人形成了極大的反差。內地的風流士卿也尋花問柳、狎妓納妾，但畢竟不是大張旗鼓的事，傳統的道德觀足以形成強大的制約力量，使人不敢妄自非爲。而步入當時的十里洋場，男女在大街上打趣調笑的場面隨處可見，調情者不避，旁觀者不怪，一切形成新的「自然」。社會心態演變到這種地步，以至於開妓院、做妓女就像開店鋪、做生意一樣，非常平常。海派狹邪小說《海上花列傳》寫趙二寶隨母到上海追尋陷在妓院裏無法脫身的哥哥趙樸齋。誰知，到了上海以後的趙二寶覺得做妓女能賺大錢，自己也就「落到堂子」裏。其母其哥表示支持。趙樸齋置傢具、寫牌匾，從此「趾高氣揚，安居樂業」。他們的朋友也不覺其恥，不斷結幫，前來哄抬。（第35回）就像做生意出名商人一般，開妓院出名妓女。名妓女在當時的上海還有一定的社會地位。吳趼人在他的小說中曾這樣介紹當時上海名花陸蘭芬慶壽的情形：「門懸彩燈，雇警察其爲之彈壓。至日，來祝壽者或馬車、或肩輿，紅頂者，藍頂者，蓋無六品以下官服焉。」〔註11〕曾任北洋水師提督的丁汝昌，一次前往上海，慕胡寶玉之名前往胡寓吃花酒。丁不懂行情，給了胡100元酬金。胡根本就沒當回事，隨手分給婢人。丁情知不妙，第二天送去300元方才了事。〔註12〕「笑貧不笑娼」，趨利的社會心態淡化了娼妓業的羞恥感，強化了娼妓業商業性。娼妓業如此繁榮，色情觀如此趨時，使得此時的上海成爲了全國的冶遊中心。海派狹邪小說能夠流傳並得到當時讀者的認可，其根本原因就是當時的讀者並沒有從中感覺到什麼有傷風化，而是好奇於其中的各種黑幕的曝光，這些黑幕就同當時流傳於社會上的各種政界、商界、文化界的

〔註11〕吳趼人《我佛山人短篇小說集》，上海文藝出版社1987年版，第331頁。
〔註12〕吳趼人《我佛山人短篇小說集》，上海文藝出版社1987年版，第334頁。

黑幕一樣，只不過小說的素材來自於色情界而已。

　　作爲一種社會消費文化，海派狹邪小說具有特殊的史料價值。海派狹邪小說幾乎都是以名妓女的流傳於社會的「事跡」作爲故事情節。她們在小說中的「事跡」大致分爲四類，集中表現在她們與嫖客之間的關係上：一種是人長得漂亮，又肯花錢的嫖客，像《九尾龜》中的章秋谷那樣，是她們最歡迎的；一種是人長得不漂亮，但肯花錢，看在錢的份上，她們也假作笑臉相迎；一種是人既長得委瑣，又不肯花錢，偏又好色如命，他們往往是妓女們作弄的對象；還有一種是人雖沒有錢，但爲人誠懇，他們得到了妓女們死心踏地的愛，這樣的故事往往是以悲劇告終。除了演繹各種故事之外，小說還比較詳盡地介紹了當時上海色情業各種「規矩」。男子在喝酒或看戲時寫上一張小紅箋，上寫某公寓某妓女的名字，請人送至妓女的妝閣，請其來陪酒取樂，這便是「叫局」；在妓院裏擺酒開宴，由妓女相陪，這叫「吃花酒」；幾人相伴到妓家喝茶，這叫「打茶圍」；邀請妓女乘車兜風，是當時上海租界的一大景觀，人稱「出風頭」；茶樓請妓女前來說唱，人們在茶樓前邊品茗邊聽書，還可以臨時點曲，這叫「聽書」；有些有錢人到書寓裏去，點名妓專爲他演唱，這稱爲「堂唱」；公子哥與妓女在大街上或公園裏徜徉冶遊，這叫「弔膀子」。另外還有租房子勾引良家婦女賣淫，稱作爲「臺基」；以色情誘騙敲詐客人，稱作爲「放白鴿」「僊人跳」；妓女通過婚姻洗清債務，稱之爲「洮浴」；專門從事於賣良爲娼者，稱之爲「白螞蟻」；男女私通者，稱之爲「軋姘頭」等等。可以說，海派狹邪小說就是當時上海的色情業的百科全書。

　　上海是個移民城市，繁榮而發財的機會多，機靈而製造的陷阱多，帶著好奇心和警惕心來到上海大概是那些移民們的共同心態。可是這些來到上海的移民們到了上海之後，警惕心全無，而且表現得更爲放肆，他們常常是妓院中的主要客人，當然也是海派狹邪小說中最常見的主人公。他們來上海有的是經商，有的是求學，有的是爲了撈個一官半職……然而他們一到上海就墮落到煙花叢中。他們在妓院中走動，明知那裏是「銷金窟」，是「坑人洞」，但又神魂顛倒地迷戀在那裏。那些妓女們的甜言蜜語，百般殷勤，他們明知道是爲了自己口袋裏的錢，卻又自覺自願地掏了出來。他們之所以有這樣的表現，這一方面是由於他們來上海的目的就是要賺錢或者獲利，賺錢和獲利當然少不了交際場上鬼混；另一方面他們一旦離開了家鄉，似乎就與道德觀念遠了，有著一種隨心所欲的要求。然而，淺薄的都市生活經驗又往往使他

們成為都市陷阱中的犧牲者和「冤大頭」，他們往往是滿囊而來，空手而回。上海一行就像做了一場夢一般。回到家鄉以後，他們對上海的評價往往是刻薄但卻也無不留戀。海派狹邪小說形象地表現出了當時移民們的「上海觀」，生動地記載了他們一個個的「上海夢」。

上海的色情業是伴隨著上海的都市化的進程而發展起來的，要表現上海的色情業就不能不表現上海的都市化進程，這就給海派狹邪小說帶來了另一種史料價值。大飯店的開張、清明賽會、彩票的發行、上海 50 年通商紀念會、張園的開園及遊藝等多種都市景觀，海派狹邪小說都有形象地表現。這種都市景觀的記載甚至詳細到「一碗麵二十八文，四個人的房飯每天八百文。」從這些史料中我們可以感受到上海社會的「開化」程度。例如《海上花列傳》中寫「水龍」救火：

> 只見轉彎角有個外國巡捕，帶領多人整理皮帶，通長街接做一條，橫放在地上，開了自來水管，將皮帶一端套上龍頭，並沒有一些水聲，卻不知不覺皮帶早漲胖起來，繃得緊緊的。

這大概是中國文學作品中第一次出現消防龍頭的描述。再例如《九尾龜》中寫「紅倌人」沈二寶騎自行車：

> 沈二寶貌美年輕，骨格娉婷，衣裝豔麗，而且這個沈二寶坐自行車的本領很是不差，踏得又穩又快，一個身體坐在自行車上，動也不動。那些人的眼光，都跟著沈二寶的自行車，往東便東，往西便西，還有幾個人拍手喝彩的。

除了說明當時的上海婦女如此地拋頭露面招搖過市，大家並不為怪之外，這大概也是中國文學第一次描寫中國婦女騎自行車的情景。還有一些描寫很有時代特色：

> 衝前幾個道頭西捕，兩個騎馬印捕，一路驅逐行人讓路。後面連著十數架龍車，縈成一條彩龍，舞爪張牙，十分奪目。又有幾部皮帶車，滿載洋酒架非茶等，預備會中人沿途取食，車上也縈有彩燈，真熱鬧異常。

彩龍、彩燈是中國貨，西捕、印捕、洋酒、架非茶大概是「西貨」了，這兩者如此堆放在一起，這樣的景觀也只能出現於當時上海灘上了。

海派狹邪小說是雙語言系統，即妓女的語言用吳語，敘述語言和其他人物語言用官話。海派狹邪小說用吳語寫作最早是韓邦慶寫《海上花列傳》，後

來者隨影隨行。綜觀這些海派狹邪小說語言，《海上花列傳》顯得細密，因此更爲傳神。《九尾龜》之後，就顯得不那麼純正了，一些官話已經夾雜其中，到了《亭子間嫂嫂》也只是留著吳方言的尾巴而已。

　　韓邦慶爲什麼要用吳語寫作，同代人孫玉聲在他的《退醒廬筆記》中曾有這樣一點記載：1891 年在一次同船旅行中，孫玉聲勸告韓邦慶不要用吳語寫作，因爲看得懂的人少，還有不少吳方言有音無字，印刷起來也困難，但是被韓邦慶拒絕了，理由是：「曹雪芹撰《石頭記》皆操京語，我書安見不可操吳語？」並說：「文人遊戲三昧，更何況自我作古，得以生面別開。」〔註 13〕如果記載屬實的話，我們似乎看到了韓邦慶用吳語創作小說的信心和企圖，他就是要用吳語創作一部與《紅樓夢》媲美的小說。作家自我的表述還只是一種現象，更值得我們思考的是韓邦慶爲什麼能在這個時候說出這樣的話來呢？那些背後的因素才是支撐他敢於用吳語創作小說的眞正原因。我認爲這樣的因素有三個。首先是上海城市文化的崛起，並逐步成爲了中國文化的中心。自 1873 年上海開埠以後，上海迅速走向都市化，形成了商業氣氛濃鬱並具有很強的時尚風格的上海文化。從全國的角度上說，當時的上海文化代表的就是先進和文明，雖然很多人陶醉其中的只是新奇和愉悅。作爲文化的重要的組成部分吳方言自然就成爲了中國最顯要的方言。會說吳方言就是一種身份，用吳方言來寫上海的社會生活和社會時尚，不僅顯得特別地般配，更是一種驕傲。其次是市場的需求。上海的崛起最重要的標誌之一就是人口的膨脹，50 年不到上海就由一個 20 萬人不到的海邊城市變成了百萬人口的東方都市。這些來自全國各地的移民們迅速地成爲了上海市民。這些上海市民對身邊發生的事情特別地關心，對精神上的愉悅特別地需要，於是一種滿足於市民需求的雜誌和小報就誕生了。海派狹邪小說都是連載於這些雜誌和小報上的作品，它們就是寫給上海市民看的文學作品。用吳語寫這些文學作品不僅不存在語言的障礙，而且能夠引發讀者的親近感。再次，究竟用什麼語言作爲全國的統一語言在當時的中國並沒有形成的一致的意見。「方言統四」「國語統一」，〔註 14〕這樣的意見在當時的中國具有很大

〔註 13〕孫玉聲《退醒廬筆記》，山西古籍出版社 1995 年版。

〔註 14〕用什麼作爲全國的統一語言，語言學家們很有分歧。王照認爲應該用「占幅員人數多」的京話，而勞乃宣則認爲「方言統四」「國語統一」，即：第一步是各地以自己的方言作爲國語，此爲「方言統四」；第二步再以其中一種方言統一四方的方言，此爲「國語統一」。

的影響。京話可以作為全國的統一語言,吳方言就不能作為全國的統一語言麼?所以韓邦慶說曹雪芹可以用京話寫《紅樓夢》,我就不能用吳方言寫《海上花列傳》?其心態,韓邦慶與那些語言學家們源於一轍。這三個原因是支撐著吳語創作小說創作的動力。當然,隨著這個動力的拆除,吳語創作小說自然也就走向式微,並且消亡。二、三十年代,上海的經濟和文化開始從形成階段走向了輻射階段,在輻射的過程中,吳方言也就成為了障礙。特別是 1917 年 11 月教育部正式公佈了「讀音統一會」通過的 36 個注音字母,1920 年 1 月教育部訓令全國各地國民學校將初級小學國文改為語體文(白話文),並開辦國語講習班。以京話為基礎的全國統一語以法規的形式並確立了下來。小說中的吳語既失去了市場,也失去了輿論的支持,它就只能成為歷史的記憶了。

韓邦慶等人用吳語寫妓女的語言還有一個更深層次的原因,就是妓女會說吳語可以顯示「身份」。清末民初時天下妓女以吳地為最,吳地妓女以一口純正的吳儂軟語為最。《海上花列傳》第 50 回中有一番各地妓女的比較說,說到廣東妓女時竟然使大家產生一種恐懼感。即使在上海、蘇州旁邊的杭州,在當時的才子看來,也是「土貨」。《人間地獄》中蘇州妓女薇琴看見杭州妓女程藕舲,是這樣評價的:「杭州的土貨十有其九斯為下品,像這個人倒是不可多得。可惜還是一嘴的杭州土話,未免有些土氣。倘若換了蘇白,以她的身段態度則看不出是杭州人呢!」在《九尾龜》中,有一次,章秋谷在天津遇見了一個自稱是蘇州的揚州籍的妓女,勃然大怒,當場揭穿,毫不留情。有意思的是,如果不做妓女了,語言馬上就改過來了。《九尾龜》有個例子很能說明問題。小說中有個妓女叫陳文仙,昨天還掛牌,說的是蘇白,今天嫁給了章秋谷為妾,馬上就講官話。為什麼妓女要說吳語呢?這與吳語的傳情達意有很大的關係。

吳語有什麼特點宋新在《吳歌記》中有這麼一說:

> 吳音之微而婉,易以移情而動魄也,音尚清而忌重,尚亮而忌澀,尚潤而忌類,尚簡潔而忌漫衍,尚節奏而忌平庸,有新腔而無定板,有緣聲而無訛字,有飛度而無稽留。〔註15〕

據吳方言學家們研究,吳方言有七個音,分舒聲和入聲。有意思的是詞彙在成句時都不再是單字調,而是變化成新的組合調。既是音多、音清、音亮、

〔註15〕轉引自徐華龍《吳歌情感論》,高燮初主編《吳文化資源研究與開發》,蘇州大學出版社 1995 年版,第 464 頁。

音潤、音簡潔、音有節奏，組合起來又是有新腔、有綠聲、有飛度，所以吳語說起來抑揚頓挫，婉轉流暢，像在唱歌。吳語不用肯定否定句，例如「好不好」「行不行」「可以不可以」等，而是用「阿好」「阿行」「阿可以」等疑問句。另外，吳語還有一些特殊的語氣詞，例如「嗄」字，就常常運用於句尾。用這樣的語言傳情達意別有一番風味，柔弱之中卻又含情脈脈，甜糯之間又有幾份嗲味，如果再從女性的口中說出，似乎又多一些哀怨和嬌媚的意味。我們來欣賞《海上花列傳》中李漱芳的一段話。李漱芳被張愛玲稱之為「東方茶花女」。她欲嫁陶玉甫當正室而不得，漸漸地得病了，躺在床上睡不著。她對來看她的陶玉甫說：

> 漱芳又咳嗽了幾聲，慢慢的說道：「昨日夜頭，天末也討氣得來，落勿停個雨。浣芳涅，出局去哉，阿招末，搭無裝煙，單剩仔大阿金坐來浪打嗑銃。我教俚收拾好仔去困罷，大阿金去哉，我一干仔就榻床浪坐歇，落得個雨來加二大哉。一陣一陣風，吹來哚玻璃窗浪，乒乒乓乓，像有人來哚碰，連窗簾才捲進來，直捲到面孔浪。故一嚇末，嚇得我來要死！難麼只好去困。到仔床浪涅陸裏困得著嗄！間壁人家剛剛來哚擺酒，豁拳，唱曲子，鬧得來頭腦子也痛哉！等俚哚散仔臺面末，臺子浪一隻自鳴鐘，跌篤跌篤，我勤去聽哉。一徑到兩點半鐘，眼睛算閉一閉。坎坎閉仔眼睛，倒說道耐來哉。一肩轎子，抬到仔客堂間裏。看見耐轎子裏出來，倒理也勿理我，一徑往外頭跑。我連忙喊末，自家倒喊醒哉。醒轉來聽聽，客堂裏真有個轎子，釘鞋腳底板浪聲音，有好幾個人來哉……」

病中之女說出了苦夜長思，既婉轉又淒清，既甜蜜又動情，吳語的甜糯嗲味的魅力充分展示了出來，說得陶玉甫心酸，聽得讀者動情。如果再把吳語和官話混夾在一起，讀起來似乎另有一番風味。我們再欣賞《海上花列傳》中的一段：

> 接著有個老婆子，扶牆摸壁，逶迤近前，擠緊眼睛，只瞧煙客，瞧到實夫，見是單檔，竟瞧住了。實夫不解其故。只見老婆子囁嚅半晌道：「阿要去白相相？」實夫方知是拉皮條的，笑而不理。

官話用短句，寫的形態，中間再夾上一句吳語的長句，表的是情態。韻味十足。

　　對於海派狹邪小說，前輩們的評價有所區別。對《海上花列傳》的評價較高。這本小說也就是胡適在 1926 年將其挖掘出來，亞東書局於 1930 年、1935 年兩次重印出版，胡適、劉半農爲之作序。胡適發掘《海上花列傳》並不要提倡吳方言，而是要說明中國自己的語言也有很優秀的作品，「吳語文學的運動此時已到了成熟時期了」，可以作爲「文學的國語」作參考。1981 年在美國的張愛玲對《海上花列傳》進行了注譯，並給予了這部小說高度評價，認爲《海上花列傳》是繼《紅樓夢》後中國傳統文學的另一部傑作：「第一次是發展到《紅樓夢》是個高峰，而高峰成了斷崖。但是一百年後倒居然又出了個《海上花》」〔註16〕。張愛玲對《海上花列傳》的評價與胡適、劉半農等人的視角不一樣，她看中的是其中的文學要素。她認爲這是中國又一部傑出的愛情小說，雖然是寫才子與妓女的愛情。另外，是小說的寫作方式特別，「傳奇化的情節，寫實的細節」使得小說結構既不同於「五四」新文學作家所學習模仿的西方長篇小說，也不同於完全傳統化的中國通俗小說，是一種「高不成低不就」的小說形式。〔註17〕對於語言，她並沒有像胡適等人那樣，看成是大眾語言的典範，而是指出小說的吳語的運用影響了小說的傳播，因爲「許多人第一先看不懂吳語對白」，〔註18〕正因爲這樣，她要將其譯成國語。

　　對於《海上花列傳》之後的海派狹邪小說，前輩們的評價就很低了。魯迅認爲狹邪小說的「寫法凡三變，先是溢美，中是近眞，臨末又是誑惡」。魯迅認爲《青樓夢》是溢美的代表作，「以爲只有妓女才是才子的知己」；《海上花列傳》是近眞的代表作，「以爲妓女有好，有壞，較近於寫實了」。誑惡的代表作是《九尾龜》，「到光緒末年，《九尾龜》之類出，則所寫的妓女都是壞人，狎客也像了無賴。」〔註19〕胡適曾評論道：「《海上繁華夢》與《九尾龜》所以能風行一時，正因爲他們都只剛剛夠得上嫖界指南的資格。」〔註20〕前輩們的評價都是從思想內容和社會影響的角度思考問題，評價得相當準確。

〔註16〕　張愛玲《國語本〈海上花〉譯後記》，安徽文藝出版社〈張愛玲文集〉第四卷 1992 年版，第 357 頁。

〔註17〕　張愛玲《國語本〈海上花〉譯後記》，安徽文藝出版社〈張愛玲文集〉第四卷 1992 年版，第 357 頁。

〔註18〕　張愛玲《國語本〈海上花〉譯後記》，安徽文藝出版社〈張愛玲文集〉第四卷 1992 年版，第 357 頁。

〔註19〕　參見魯迅《中國小說的歷史變遷·清小說之四派及其末流》一文中評述，人民文學出版社 1981 年版，第 9 卷。

〔註20〕　轉引自阿英《晚清小說史》，人民文學出版社 1980 年版，第 169 頁。

不過，如果從文化史料、語言史料的角度思考問題，即使那些被點名批判的海派狹邪小說其價值也不低。另外，如果站在我們後輩們的位置，從歷史的角度完整地分析這個時期海派狹邪小說的發展過程，應該說這個時期中國的海派狹邪小說有一個流變。我們沿著前輩們的思路思考問題，在《海上繁華夢》和《九尾龜》之後，中國海派狹邪小說還有一變，那就是變成了「批判」。具有批判取向的海派狹邪小說代表作是流行於 20 世紀二十年代的「倡門小說」。1922 年 5 月畢倚虹的《北里嬰兒》發表在《半月》第一卷第十八期上。小說寫妓女蕙娟懷孕也要挺著大肚子接客，生了孩子被老鴇搶走，生養不足一個月又要接客。有一天蕙娟被老鴇喊進屋，指著一個小嬰兒說自己剛剛收養的一個小男孩，讓其稱作弟弟。蕙娟明知這是自己的孩子，卻還是稱這個小男嬰爲弟弟。後來這個小男嬰死了，蕙娟被喊去看一眼，可是就在蕙娟大哭傷心之時，叫局的催促聲又逼著她接客。小說意在說明，妓女沒有妻性（不知嬰兒的父親是誰），沒有母性（不能稱嬰兒爲兒子），沒有女性（沒有情感傾述的權利），只是一個賺錢的肉體工具。小說一發表就受到了著名的「倡門小說」作家何海鳴的高度贊揚：「不想我拋了一塊磚，竟引起如今許多玉塊兒來。我眞喜歡得了不得。」〔註 21〕何海鳴說自己的小說是「磚」那是太謙虛了。何海鳴的「倡門小說」較多，常爲人們提及的作品有長篇小說《十丈塵京》、中篇小說《倡門紅淚》以及《老琴師》、《倡門送嫁錄》、《妓債》等短篇小說。「倡門小說」對妓院的金錢萬能批判，其故事居於很強的紀實性。這一類小說常常將批判的矛頭指向社會，認爲社會造成娼妓，社會造成娼妓生活的窘迫與痛苦。在這些作者的筆下，妓院與妓女不再是冶遊的場所，而是社會的問題了。當然，既以問題作爲小說的價值取向，此時的海派狹邪小說也就可以歸置於當時很流行的問題小說之類了。

第三節　黑幕小說中的「上海觀」和城市影像

　　都市者，文明之淵而罪惡之藪也。覘一國之文化，必於都市。而種種窮奇杌變幻魍魎之事，亦惟潛伏橫行於都市。上海爲吾國第一都市，愚僑寓上海者二十年，得略識上海各社會之情狀。隨手掇拾，編輯成一小說，曰《上海春秋》，排日登諸報章。……蓋此書之

旨趣，不過描寫近十年來中國都市社會之狀況，而以中國最大市場之上海，為其代表而已，別無重大之意義也。

——包天笑《上海春秋贅言》漓江出版社，1987 年重印本第 1 頁。

上海是個大染缸，它曾把多少貌似年輕有為的人拉到這個大染缸，使年輕有為者也同流合污了。

——東流《關於歷史週期率》，載《新聞日報》，1949 年 8 月 19 日。

黑幕小說是寫社會陰暗面和個人隱私的小說，它是社會小說的一種類型。魯迅在論到清末譴責小說的影響時，曾作了這樣的表述，他說：「其下者乃至醜詆私敵，等於謗書；又或有嫚罵之志而無抒寫之才，則遂墮落而為黑幕小說。」〔註22〕魯迅是從描寫對象上區分譴責小說和黑幕小說之別，將「抉摘社會弊惡」作為譴責小說，將「醜詆私敵」和「有嫚罵之志而無抒寫之才」者斥之為黑幕小說。魯迅這樣的區分是為了說明譴責小說的意義，但是，用這樣的標準去尋找譴責小說可以，尋找黑幕小說就很難，因為自清末以來中國的小說就一直有暴露社會現實的傳統，其中究竟什麼是「抉摘社會弊惡」，什麼是「醜詆私敵」很難說清。其實，那種完全以小說作為攻訐別人的「謗書」並不多見，僅「有嫚罵之志而無抒寫之才」的小說，當時以市場效益為首位的出版商也是不願意出的。

那麼究竟什麼是黑幕小說呢？我以為周作人的分析是符合實際的。他說：「我們決不說黑幕不應該披露，且主張說黑幕極應該披露，但決不是如此披露……我們最要注意的點是人與社會交互的關係。中國人的根性怎樣？他們怎樣造成社會？又怎樣被社會造成？總而言之，這中國人與社會能否長進？能否改好？能否存在？」〔註 23〕僅僅暴露「黑幕」是不夠的，還需要對「黑幕」進行評析，要引導讀者對社會作出思考，做不到這一點就只能是黑幕小說。周作人如此評說很有針對性。他實際上是在區分新文學的社會小說和通俗文學的社會小說。新文學寫社會，是將小說創作看做為改造社會的一種工具，文學研究會的《宣言》中說得很清楚：「文學應該反映社會的現象，

〔註22〕 魯迅《中國小說史略》，《魯迅全集》，人民文學出版社 1981 年版，第 9 卷第 292 頁。

〔註23〕 周作人《論黑幕》，載 1919 年 1 月《每周評論》第 4 號。

表現並且討論人生的一般問題。」〔註 24〕茅盾的《子夜》寫的是上海工商業社會，考慮的是中國社會的性質和民族資本家的出路問題。通俗文學也寫社會，但是很少像茅盾那樣作社會性質和人生價值的思考，而是更多地將自己看到的、想到的社會實際生活「客觀」地描述出來。通俗文學頗為流行的是一種「鏡子說」。何為「鏡子說」？李涵秋在《廣陵潮》中有一段話說得很明白，他說寫小說的目的：「不過借著這通場人物，叫諸君彷彿將這書當一面鏡子，沒有緊要事的時候，走過去照一照，或者悔改得一二，大家齊心竭力，另造成一個世界，這才不負在下著書的微旨。」〔註 25〕也就是說，作者只是「客觀」地描寫生活，至於小說能產生什麼樣的社會效果，那就靠讀者自己了。根據周作人的區分，民國之後的通俗文學的社會小說幾乎都可以稱作為黑幕小說。

　　既然是讀者自己「照鏡子」，作者就可以淋漓盡致地大寫社會的齷齪之處。從這個意義上說，黑幕小說的題材極為廣闊，海派狹邪小說也就是黑幕小說，它們都是寫開埠後的上海妓院的生活，並且以抖摟人物的隱私為根本，以揭露妓院的黑幕為能事。1916 年向愷然出版《留東外史》，將黑幕小說從妓院生活擴大到日本的留學生活。1918 年路濱生輯的《中國黑幕大觀》則將「黑幕」普及到軍界、政界、商界、學界等社會各個階層。本節關注的都市社會黑幕小說，因為那是上海城市發展的產物，其中又體現出通俗文學作家以及普通老百姓的「上海觀」。

　　上海究竟是個什麼樣的地方？二十世紀初的普通的中國老百姓對它充滿了敬畏：它正在快速地成為了一個國際大都市，它似乎遍地黃金，來到了上海就能發財；對它充滿了神秘感：它有很多的先進的物質文明，這些物質文明的功效又在流傳中被吹得神乎奇神。儘管可能發財，儘管有很多新鮮的玩意兒，中國廣大普通老百姓對其評價並不高。晚清作家李伯元在他的《文明小史》中寫了一個老太太，聽說兒子要到上海去，死活不同意，理由是：「上海不是什麼好地方，我雖然沒有去過，老一輩的人常常提起，少年子弟一到上海，沒有不學壞的，而且那裏的混賬女人極多，花了錢不算，還要上當。」將上海看作為罪惡的淵藪，人心惡劣，風氣敗壞，而且極易傳染，這樣的評價到 1949 年也沒有什麼改觀，上面我特地引了一段 1949 年時上海報紙上的

〔註 24〕《文學研究會宣言》，《小說月報》1921 年第 12 卷第 1 號。
〔註 25〕李涵秋《廣陵潮》第 52 回。

評價就是想說明這樣的想法在中國普通老百姓心中的恒定性。那些寫上海都市的黑幕小說也就迎合了普通老百姓這樣的「上海觀」，並將其集中放大。其中最有代表性的小說當數包天笑的《上海春秋》。

《上海春秋》有一條若隱若顯的線索，寫蘇州來的裁縫陸運來的發家史和衰敗史。陸運來之所以能夠發家是他知道在上海裁縫要發財，要「專做公館中奶奶、小姐、姨太太和堂子裏先生們的衣服」。這些人有了面子就有錢，為了面子不問錢。精明、鑽營和外鬆內緊的商人心態是陸運來能夠在激烈的商業競爭中取勝的關鍵。可是有了一些財產的陸家卻在兒子陸榮寶的手中衰敗了。衰敗的原因，一是中了商業圈套；二是中了女人們的圈套；三是中了股票的圈套。小說意在說明上海看起來很容易發財，但是最後一定會空手而歸，因為整個上海社會就是一個大圈套。

這樣描述上海，幾乎是當時寫上海的黑幕小說的模式，《上海春秋》出彩的地方是，小說將很多轟動上海灘事件作為枝枝蔓蔓掛在陸家興衰史的主干上，並且鋪演下去，演化成一個接一個的故事情節，揭示其背後的黑幕。小說中有一個很典型的例子。二十年代初，上海的美術界開始用人體模特兒。此事曾在中國社會引起軒然大波，遭到當時的軍閥當局的封殺，也遭到中國普通老百姓的反對，被認為是「有傷風化」。包天笑將這一事件寫進了他的《上海春秋》。小說用故事情節揭露這個事件所謂的黑幕，原來是那些嘴裏喊著「高尚事業」的人想用所謂藝術的手段佔人家漂亮女孩子的便宜。小說不僅揭示黑幕，還借書中人物對那些主張用模特兒的人作出這樣的叱呵：「他們當校長當教員的，自己也有老婆，既然說是高尚事業，怎麼不叫自己的老婆、妹子、女兒去當模特兒呢？卻要在外面雇傭苦人家的女兒去做呢？」很顯然，這樣的語言出自包天笑的筆，卻來自老百姓的口。包天笑是站在民間立場上評述此事，使得他的這部小說能在普通老百姓中能夠取得共鳴。《上海春秋》出版時曾有這樣的廣告語：「包天笑先生傑作。描寫上海社會之奇聞軼事、淫奢惡俗、繪聲繪色、淋漓盡致。實為一部極妙之上海社會現形記。」〔註26〕寫「上海社會現形記」，這大概是包天笑真正的小說創作目的。

變幻魍魎、淫奢惡俗、大染缸，這些都是黑幕小說作家對上海的評價，但是，如果就此認為這些黑幕小說作家就真的對上海那麼痛恨那就錯了。如果我們細讀作品就會發現，黑幕小說作家對上海的社會風氣批評的同時，對

〔註26〕《紫羅蘭》第三卷第 20 毫（1927 年 10 月）

物質文明以及成爲最初接觸到這些物質文明的中國人而自得、自喜，甚至是自傲。1917年貢少芹在《小説新報》上連載了他的長篇小説《傻兒遊滬記》。小説寫一個來自江北鹽城名叫邵一樵（少一竅）的傻兒遊歷上海的經歷，從而揭露上海社會的各種黑幕，説明上海就是一個大陷阱。邵一樵因治天花而致傻，人稱傻公子。由於父母四十歲上下才得一樵，溺愛異常。爲了治傻病，讓其結婚沖喜。誰知，在婚禮上，傻兒對著穿著新衣的新娘拼命叩頭，大出洋相。這促使著父母下決心治好他的傻病，就讓老僕王三帶他到上海散散心。可是，他們一到上海，就受到了白相人邵伯龜（糟粕櫃）和妓女胡麗卿（狐狸精）的捉弄，於是演出了一個江北人遊大上海的喜劇：説印度巡捕頭上的紅布是小兒出天花的辟邪物；看哈哈鏡時對著對面的醜人大罵；用香蕉逗猴反被猴抓傷了臉；聽電話以爲是鬼叫；看戲把舞臺當作睡覺的大床；看高樓仰頭丟掉了帽子；吃大菜餐具割破了嘴皮……結果在胡麗卿的美人計的圈套中被榨光了錢財，流落在街頭。此時幸虧作爲刀筆吏的老父趕到上海，在老友的幫助下出了這口冤枉氣。新奇的是經過這趟逛上海，傻兒的病竟然痊癒了。更奇的是偏偏在病好之時，傻兒卻又一病嗚呼了。欺負鄉下人，不擇手段地騙人家的錢財，貢少芹顯然是要揭露上海社會和上海人的惡劣之處。可是，就在揭黑的同時，貢少芹又大肆地嘲諷那些鄉下人就是一個傻子，不知道印度巡捕，不識哈哈鏡、動物園、大戲臺、電話，高樓大廈……作家每寫到這些鄉下人沒有看過的新鮮事物，其描述無不竭盡之能事，其中自得之情溢於言表。更有意思的是，邵一樵到上海來是爲了治療他的「傻病」的。雖然受到了很大的磨難，花掉了一萬多的冤枉錢，邵一樵的「傻病」畢竟給治好了。可是，治好傻病的邵一樵卻很難在自己的家鄉活下去，病癒不到半年竟死去了。在都市化的社會裏受了罪，花了錢，邵一樵的「一竅」彌補了起來；彌補起「一竅」的邵一樵卻不能在講究「禮儀」的鄉間活下去，要活下去就只能「少一竅」。看來，邵一樵傻病的原因不在他自己，而在於環境。上海確實是個大陷阱，可是這個大陷阱卻能治傻病，作家設計出這樣的結果確實意味深長。這樣的寫作態度在包天笑的《上海春秋》中也有。只要寫到風俗民情，作家一定會加上一些上海特有的「西物」。結婚時，新娘坐的是中國的花轎，披的卻是後面有兩個小姑娘拽著紗巾，主持人是拖著小辮子的前清遺老，行的卻是互贈戒指的定情禮（第十四回）。公寓的裝飾是客廳裏的桌椅是中國的紅木桌椅，還有一張麻將桌，房間裏卻是外國式的銅床、外國式的

燈、外國式的衛生間，還有一個壁爐（第六回）。作家似乎告訴讀者，這些都是你們沒有看過的稀罕物，這就是你們沒有看過的上海風俗民情。

　　既揭露上海的黑幕，又賣弄上海的物質；既説上海人詭計多端，又為自己是上海人而自得，這就是黑幕小説作家的「上海觀」。為什麼會出現這樣反差的「上海觀」呢？這與上海特色的城市現代化進程有很大關係。上海的都市化是在外國勢力、外國資本強制推動下形成，外國人在上海劃地關成租界，在中國建造國中之國，這是外國人的強權和中國人的屈辱。但是我們必須承認，由於社會發展的差異，這些外國人和外國租界確實給當時的中國帶來了先進的管理方式和先進的物質文明，確實給當時的中國人開了眼界。上海的都市化形成同時也是一個移民化的過程。上海本地的人口並不多，它的人口是在周邊地區人口逐步移民下逐步增多。這些移民基本上是接受中國傳統文化的士紳和「鄉民」。上海都市的發展離不開工商業的發展，隨著工商業的發展而表現出來的「商業心態」，以及與「商業心態」相輔相承地侈靡的消費文化和消費心態，與中國傳統道德標準有著很大的差距；上海都市的發展同樣離不開社會的開放，外國的文化生活和文化觀念，與中國傳統的處世為人的標準也有著很大的差距。這些差距使得中國普通的老百姓在讚歎上海物質文明的同時，又鄙視上海的社會風氣。黑幕小説實際上就是將這些「上海觀」和價值觀演化出來的文學表訴。

　　相比較而言，新文學更關注農民的生活和知識分子的心態，即使那些為數不多的都市題材的作品（如茅盾的小説）也是思考背後的政治、文化的內涵，而不是什麼事件的描述和曝光，而黑幕小説就是站在老百姓的角度要瞭解事件的真相，要抒發老百姓的情感。我舉一個例子。我們知道茅盾的小説中多次寫到上海的證券交易所，茅盾的目的是通過交易所的描述説明中國資本如何被外國資本吞占和中國民族資本家的命運。證券交易所究竟是什麼樣子，當時的老百姓對交易所究竟是怎樣的看法，還是要看通俗文學作家的黑幕小説。1922 年江紅蕉在《星期》雜誌上發表了長篇黑幕小説《交易所現形記》很生動地描述了 20 世紀二十年代初在上海發生的「信交風潮」和中國交易所的來龍去脈。

　　要對這部小説有更多的認識，首先就要瞭解發生在 1921 年底 1922 年初中國金融市場上的「信交風潮」。1904 年中國就有了交易所，但主要是日資為主的外國資本在其中經營。1914 年北洋政府頒佈《證券交易所法》。之後，上

海證券物品交易所於 1920 年 7 月在上海開業；1921 年 5 月由原來的上海股票
商業公會改組成的上海華商證券交易所在上海開業。這兩家華資經營的交易
所開業之後，引起了上海乃至全國的股票買賣狂潮，也使得交易所賺了很多
的錢。於是在 1921 年 5 月至 11 月間，上海成立了百餘家證券交易所，平均一、
二天就成立一家，經營範圍涉及到各行各業。有些人辦不成交易所，就辦起
了炒作本公司股票的信託公司，這段時間裏，上海市場上一下就出現了十多
家信託公司。到了 1921 年 12 月底，銀行開始收縮銀根，再加之法租界發佈
了嚴禁股票交易欺詐的 21 條。交易所、信託公司紛紛倒閉關門。一大批中小
商人和廣大股民在倒閉聲中紛紛破產，妻離子散、上弔、抹脖子、跳黃浦江
的故事頻頻發生並廣為流傳。這就是 20 年代初的「信交風潮」。〔註27〕「信
交風潮」是當時上海市民們最關心的社會大事，就在事件未息之時，江紅蕉
就開始連載他的《交易所現形記》。

　　股票交易對資本的流通和企業的擴資有著重要的作用。20 世紀的二十年
代初，以華資為主交易所在上海成立在一定程度上說明了中國民族資本力圖
擺脫外國資本的控制獲得更大的發展。「信交風潮」無疑給中國民族資本重大
的打擊。上海的金融市場再一次歸結為外國資本所控制。《交易所現形記》中
隱約地談論到這一問題。小說主要描述的交易所名稱叫「支那交易所」，最後
倒閉了，被日資為主的「宇宙交易所」所接盤了，其中的含義是十分明顯的。
不過，這只是這部小說的紀實性的特點，作家的認識似乎沒有這麼深刻，小
說的興趣也不在這裡。小說的興趣在於解決讀者心中的很多疑團。

　　身經此事的人最關心的是交易所、信託公司為什麼會如此地一哄而上，
而又如此地一哄而下呢？為什麼別人賺了錢，我就虧本了呢？《交易所現形
記》首先解答的就是這個問題。小說非常詳細地敘述了交易所產生的過程。
小說告訴讀者，它根本不是什麼正經的事業，而是來源於幾個商人的賭博遊
戲和日本破產商人的投機。小說一開始就告訴讀者，交易所就像麻雀、圍棋、
撲克、牌九一樣，是一種「玩活」。交易所能在上海成立就是符合上海「賭博」
的社會風氣，迎合上海大眾「玩錢」的社會心理。既然是賭博，就有各種各
樣的作弊在其中，小說描述了交易所的股東如何地製造風波；交易員如何地
窺探機密為自己謀利；經紀人如何聯手操縱股價。在這樣一個「玩錢」的漩
渦中，那些中小股民怎麼能不虧本呢？都以謀取不法的錢財為目的，股票交

〔註27〕參見熊月之主編《上海通史》第 8 卷，上海人民出版社 1999 年版，142 頁。

易的過程就成爲了社會的錢財從分散走向集中的過程，成爲了破產者和暴發戶形成的過程。大家都窮了，就那麼幾個人富了，這樣的交易所能不關門麼？小說利用人物的語言對交易所作了這樣的評價：「那裏是做生意，委實是一種賭。這種賭法完全是把身家性命做孤注一擲，贏了就買汽車、買房子、討姨太太，花天酒地的胡用，賺來的錢也不心疼。要是輸了呢，不是逃匿，便是尋短見。你想這種交易所，害不害人。」賺錢的人和輸錢的人完全是兩種活法。小說在揭露交易所黑幕的同時，還寫了賺錢的人如何大把花錢，寫了輸錢的人如何吞煙、上弔。

更爲可怕的是，交易所不僅是害人的賭場，它還使得中國社會風氣日漸其下。既然是互相欺詐，從中又可以迅速地暴富，那些所謂做人的道德就毫無價值可言。朋友反目、夥伴散夥、兄弟相鬥、六親不認，這樣的故事在小說中一個接一個地敘述。爲了突出世風日下的狀況，小說詳細描述了兩對生徒欺師的故事。對這兩對生徒來說，他們的老師不僅是受業的塾師，而且是人生成長過程中的恩師。然而，這些生徒一進入交易所，人心也就變惡了。一個是挪用、私分老師的錢財，還裝腔作勢，賣弄人情；一個是欺上瞞下地奚落老師的人格，還故弄玄虛，假作正經。交易所就像一個大染缸，毒害了人心，污染了社會。

就像一部「解密書」一樣，《交易所現形記》沒有什麼特別的寫作技巧，也沒有什麼描寫深刻的地方，它就用紀實的筆法寫了那場「信交風波」的全過程。它以作家自己的認識，加之道聽途說來的各種「眞人眞事」的演繹，似乎解答了讀者心中的各種疑團。這是外國資本侵佔中國經濟的手段，是外國人設計的一個金錢的圈套，其目的就是控制中國經濟賺中國人的錢；這是一個「玩錢」的黑暗的賭場，正經的人豈能不輸？這是一個弄壞社會風氣的邪氣，被捲入其中，豈能不惡？小說言辭諍諍的答案，表達了當時的社會情緒，表達了20年代那些既要賺錢，又講究人格的中國市民的文化心態，似乎也給了那些輸了錢的中國中小股民們一個追根尋源的說法。從中國市民的立場出發，《交易所現形記》完成了一次上海交易所的影像記錄。

黑幕小說記載了當時上海社會的各種都市風情。小說以揭示老百姓最關心的重大社會事件和公眾人物背後的隱私作爲故事情節，它有很強的吸引力；以中國普通老百姓身邊日常的瑣事構成生活細節，它有著很濃的生活氣息；又由於作家對生活材料的編織關注的是是否具有新奇性和私密性，因此

小說就有很強的傳奇性。關注事件、生活氣息和傳奇性是黑幕小說的三大法
寶。在黑幕小說中，我們可以看到現代中國上海發生各個重大事件：「五四」
運動、「五卅」事件、軍閥混戰、工廠罷工、金融危機、「一‧二八」事變等、
抗日戰爭、市民反內戰反飢餓等等；看到現代上海城市中的各種人物的生活
狀態和心理狀態，有買辦、政客、商人、金融家、軍閥，也有工人、店員、
學生，甚至白相人，混混兒、妓女等等；同時它們也表現出城市的人文景觀，
有交易所、銀行、跑馬場、遊藝場、大飯店，也有工廠、作坊、街道和弄堂。
可以這麼說，黑幕小說是現代上海城市影像最生動的紀錄者。

第四節　市民百態和上海弄堂小說

上海的白相人，弄到走投無路，生機告絕的時候，連短衫褲都
剝下來當飯吃了，他們便赤裸裸地去鑽在棉花胎裏，臥待機會的到
來。這種英雄落難的窘態，個中人的術語也叫做孵豆芽。豆芽的形
狀是兩瓣嫩黃色的腦袋，下面連著一個瘦長而又潔白的身體。白相
人落難的孵豆芽，情態也與此相彷彿。
　　——汪仲賢《角先生》載 1933 年《金剛鑽月刊》第一卷第三期。

弄堂裏的房子既是一排一排的，每排相距之間的通道也叫「弄
堂」，一般弄堂不會很寬，住在房子裏任何房間的人，從窗口望出去，
必須仰頭四十五度才能看見天空。第二天一覺醒來，首先聽到的是
整個弄堂裏的不協調的合奏樂，其中之一是上海弄堂特有的竹刷子
洗馬桶的聲音。
　　——馬國亮著《良友憶舊——一個畫家與一個時代》三聯書
　　社，2002 年版第 213 頁

汪仲賢是個劇作家，他特別善於戲劇化地描寫人物。他的這篇《角先生》
很生動地寫了上海市民社會中的一種人：白相人。什麼是白相人？就是沒有
正當職業，整日遊手好閒地混吃混喝。汪仲賢寫的是白相人落魄時的形狀，
他們整日鑽在屋子裏出不了門，「孵豆芽須在陰濕處，不能見天日，他們也鑽
在小客棧裏，無面目見人。」看見汪仲賢如此的描述，就以為白相人是多麼
可憐，那就錯了。他們這樣的形象只是沒有機會而已。他們只要有一絲機會，
就會裝瘋賣傻、敲詐勒索。小說中的兩個主人公角先生和角嫂嫂，在被子裏

終於想到了一個主意，那就是以揭露隱私為要挾敲詐那些曾經與他們有過關係的人。果然，他們陸續地有錢進來了，於是他們又張牙舞爪起來。就像老鼠一樣，躲在洞裏窺視著事物，一有機會就一躍而起，咬住事物，再鑽回洞中，這就是白相人的生活。

在四十年代的上海市民中有兩個名字很響亮，一個叫王保長，一個就叫李阿毛。前者在農村，後者在城市，活動的區域不同，性格和形象卻很相似，都是私心極重，但是手段高明，充滿了滑稽和幽默的趣味。李阿毛就是 40 年代的白相人。徐卓呆曾將李阿毛所作所為形象的描繪出來，出了本小說《李阿毛外傳》。李阿毛在徐卓呆筆下可不像《角先生》中那對落難的白相人，而是一個風光的白相人。《李阿毛外傳》寫於 1942 年，當時的正是日本人侵佔上海，日語很時髦，於是，李阿毛就辦了一個日語學校，第一個月規定學生交的學費是大米，他就將自己剛剛學會的日語「米」教了一個月；第二個月教「油」，這個月學生當然交油做學費；第三個月就要求學生交煤球了。這部小說從邏輯上推敲，破綻很多，好像社會上只有李阿毛最聰明，其餘的人都是笨蛋，在李阿毛面前只有被騙的份；從李阿毛的所作所為說也是令人難以接受，為了達到自己的目的，李阿毛已經達到了偷竊扒拿無所不為的程度了，例如在《愚人節》的一節中，李阿毛向某住宅的主人謊稱前來祭奠 4 年前在此自殺的妻子，乘人不備居然偷了人家的自鳴鐘和熱水瓶；再例如，他謊稱棗核為藥，騙取了房東太太 150 元錢。這些行徑無異於小偷與無賴。可是，李阿毛形象在當時的讀者中很受歡迎，讀者們既不追究這些小說形象的不足，也不從道德上譴責這些人，反而對李阿毛的做法給予一定的理解。為什麼呢？因為在滑稽幽默的背後，李阿毛的行徑透露出一個主題：在當今社會中，人怎樣才能活下去。時代中的人們正餓著肚子，從李阿毛的不擇手段中人們看到了自己的生活狀態，感覺到了某種生活的苦澀。對四十年代的中國市民來說，最重要的切身利益就是如何填飽肚子，「反飢餓」是時代的呼聲。從這個層面上說，李阿毛形象也就有了時代和社會意義了。從三十年代寫白相人落魄到四十年代寫白相人的風光，從三十年代對白相人的鄙視到四十年代對白相人的默許，其中透露出的是時代的變化和作者、讀者的心態。

除了白相人之外，通俗文學作家還喜歡寫一種人物：落魄文人。自以為滿腹經綸卻懷才不遇、滿身酸氣、自慚自戕卻又怨天尤人，這些落魄文人好一點吃自己的祖產，混跡在妓院之中，還有點「才子加流氓」氣質，差一點

就混跡在街頭巷尾，在小報上舞弄點文字，在地攤上幫寫家書、訟狀混個一餐半碗。

「才子加流氓」形象最有代表性的人物就是《九尾龜》中的章秋谷。小說中的章秋谷：其貌，「白皙豐頤，長身玉立」；其才，「胸羅星斗，倚馬萬言」；其意氣，「蛟龍得雨，鷹隼盤空」；其胸襟，「海闊天空，山高月朗」；其金錢，「日散千金，眼睛眨都不眨」；其武功，「拳棒極精，等閒一二十人近他不得」。在妓院裏，他充分施展出才華，處理問題遊刃有餘，那些敲竹槓搭架子的妓女在他面前無不服服帖帖；那些吃過妓女的暗虧的朋友找他幫忙解決問題，他總是馬到成功，那些設圈套讓他鑽的詭計，他又總是逢凶化吉，甚至會因禍得福。這麼一個幾乎是「全人」的人為什麼整日在妓院裏呢？小說用其母親的話給他作了注解：「你平日間專愛到堂子裏頭混鬧，別人都說你不該這樣。只有我一個人知道你的意思，無非是為著心上不得意，便故意到堂子裏頭去這般混鬧，藉此發洩你的牢騷。」我們明白了，章秋谷為什麼自命為「憔悴青衫客」，明白了他為什麼成為了「嫖界英雄」，是因為命運不濟、事業難成，只能到妓院裏到女人堆裏去施展才華和發洩苦悶。這樣的理由是每一個變成流氓的才子所打出的旗號。

這樣的旗號到 1930 年左右又被打了出來。代表作家是張秋蟲和平襟亞。張秋蟲和平襟亞屬於 30 年代通俗小說「才子型」作家。他們以寫新式才子而著名。

張秋蟲的成名作是 1928 年 6 月發表在《紫羅蘭》上的《煩惱的安慰》。小說同樣塑造了一個在妓院裏鬼混的才子西君。與章秋谷不同的是，西君是一個接受過新式教育的知識青年，他有著清醒的頭腦，他明知道這樣鬼混是自甘墮落，但是他自願胡鬧，自願地走向毀滅，「一個人能夠沒有心肝沒有腦筋是何等可以快樂的事啊。」「我也在睡夢中尋生活，而頭腦卻無時無刻不是清醒的，這是沒法想的。」如果說這篇小說還是一種情緒的宣洩，1930 年 6 月由中央書店出版張秋蟲的一本怪書《新山海經》。這部小說出版以後，很快就流行開來，吸引了大量的讀者。

這本書為什麼怪呢？首先就是這本書的書名。給書取名為《新山海經》因為《山海經》盡寫些「閎誕迂誇，多奇怪倘儻之言」，用其名，取之意。他告訴讀者，書中都是些怪人怪事，都是不合情理的，應該用離奇的眼光視之。又為什麼加一個「新」呢？因為他不同意《山海經》作者郭璞所說怪所

不怪，其怪在我，而是怪其所怪，其怪在物。因而他又在「山海經」前加了一個「新」字。

其次是小說的內容。這部小說在寫「怪」的創作宗旨下，放開了筆墨，盡情地搜羅發生在 1928 年前後北京的各種怪異之人和怪異之事。其中最引人注目的是三個「才子加流氓」：金一刀、江竟無、祖宗窮。金一刀（精一刀），是位自認爲很精明的花界小報編輯。這位曾在上海混出一些名氣的「才子」，「覺得十里洋場，俗塵撲面，是個以聲色貨利爲釣餌的苦海，人們偶然失足，滾進了漩渦，不墮入畜生道，也不免墮入餓鬼道。」於是，他到了北京想恢復「文人寒酸的本色」。可是四處投稿，四處碰壁，只好又混跡於北京的「花界」之中。他明知自己所做的一切是「畜生道」和「餓鬼道」，但也只能如此這般地混跡下去；他明知自己所做的一切是沒有「人味」的，也就只能閉著眼睛自暴自棄。小說中作者對他有這樣的評價：「身無媚骨，不知道降志辱身，不知道趨炎附勢，窮愁潦倒，不能取悅世人，自己知道一肚皮不合時宜，這輩子沒有得意的希望，索性自暴自棄，狂放不羈，不敢再作奢望……他的怨毒之氣，上徹雲霄，恨不得拿切菜刀殺幾個人泄憤，恨不得來一個大地震，使全世界的人同歸於盡，即使這個目的達不到，至少也得弄死一個嬰嬰宛宛的女性，這口氣也就平了些了，再不然自己死在任何女性的身上也是情願的。」與這樣黑暗的社會格格不入，乾脆化作油膩加速其運轉，張秋蟲就又創作了江竟無和祖終窮兩個人，他們反正「將近無」和「祖宗窮」了，乾脆就肆無忌憚地胡作非爲。這兩個人的生活爲金一刀如何毀滅自我、走向死亡的性格發展作了交待。不管怎麼怪，作者還爲這些才子加流氓的所作所爲找出了一個理由。小說中張秋蟲籍小說人物的口說出了自己的一番見解：

> 讀書時代的青年，不知怎的都會有那麼大的志氣……等到出了學校的門，投身到法力無邊的社會裏去，或者因爲娶妻生子穿衣吃飯的關係，少則三五個月，多則三五個年頭，志氣便漸漸地改變了……。於是他發現以前的見解是錯誤的是幼稚可笑的，他現在總算覺悟了，有了經驗了，走到政治上光明之路了……

不是不想走正道，是社會不讓走。社會的「法力」是如此地強大，只能順應它。

與張秋蟲的趣味一致的是平襟亞。此時，他寫了兩部小說《人海潮》及其續集《人心大變》。《人心大變》的開頭就說道：「近年來上海有三多，律師

多於當事人，醫生多於病人，婊子多於嫖客。」這兩部小說就是以妓院為中心寫「社會種種祕幕未經人道過者」。小說的中心人物也是一個新式的才子沈衣雲，此人整日徵逐於酒肉林中，混跡於花柳叢中，一邊胡調於人生，一邊整日感歎：「人獸相爭的世界已到」，人「早已不成其為血肉結晶的靈性了」，早已獸相伍了。既然是獸，又要什麼理想、道德呢？

　　閉著眼睛裝做糊塗，並用社會黑暗人生險惡作為理由，為自己尋找心靈上的安慰。這些才子加流氓是一批「明白的糊塗人」。

　　如果說才子加流氓的落魄文人還有一點怨天尤人的憤怒，那些流落於街頭巷尾的落魄文人也就剩下裝模作樣，令人鄙視的是這些人在裝模作樣之中還欺人或自欺。程瞻廬寫過兩部小說《葫蘆》和《酸》。《葫蘆》寫落魄文人楊仁安怎樣欺人，表面上一副清高淡泊的風度，暗地裏卻和菩提庵中主持悟因鬼混。兩人想出很多壞點子坑人、騙人，最後被眾人識破，而身敗名裂，死於潦倒之中。《酸》是寫落魄文人怎樣自欺。少齋和桐軒兩位文人到茶館喝茶，走到門口不期而遇，一陣寒暄後，誰也不肯先進門，拖拉了半晌，兩人才同時擠進門；到了桌前，兩人誰也不肯先坐下，又是一陣拖拉，兩人才半蹲半坐式地坐下；喝完茶，兩人又開始爭著付錢，少齋拿出 9 個銅錢，一陣拖拉全散落在地，揀了 8 個給堂倌。為了表示自己大度，謊稱自己拿出了 15個銅錢，散落在地的其他 7 個就不要了。這兩位文人雖然做得過份，但是如此認真的拘禮態度倒也令人尊敬。然而，小說的最後，作家加了一個插曲：這兩位文人出了茶館後又各自跑了回來尋找那些丟失的銅錢，兩顆腦袋在桌腿間又遇到了一起。就這麼一筆，馬上就掃除了讀者心中那點尊敬之意，馬上就感到這兩人酸腐之至。言肥行鄙、貪利食義、鮮廉寡恥，通俗文學作家描寫這些文人一點都不留情面。

　　在二十世紀的中國文學中，知識分子問題一直是作家關心的主要問題。魯迅等新文學作家寫了中國的禮教對知識分子的靈魂和性格的扭曲，寫了報國無門的內心的苦悶。通俗文學作家筆下的這些落魄文人沒有這樣的文化的深刻性和社會的沉重感，但是有一個結論是明確的，那就是他們應該是二十世紀中國文學中知識分子的眾生相之一。

　　上海市民到底有多少職業，大概沒有人能說清。市民職業的繁雜說明城市分工越來越精細，而精細的工作也使得很多工作程序化，使得很多市民有

了職業特徵和形象特徵，既然有了特徵，就給小說家提供了描繪的對象，不僅是白相人、落魄文人寫得如此生動，通俗文學作家幾乎描繪出各種市民形象，其形象同樣很生動。張秋蟲的《新山海經》全書出場人物近百人，情節線索近百條，很多人物有始無終，稍縱即逝，很多線索有頭無尾，不知所終。論小說結構這部小說算不上成功之作。不過，張秋蟲的注意力顯然不在小說的結構上，而在小說寫了上海市民的世態百相上，幾乎每條線索都寫了一種市民形象，除了那幾位才子加流氓式的落魄文人，還有兩種形象給人留下深刻的印象，一是捧角者；二是交際花。捧角決不是一般地在臺下喊幾聲「好」的事，還需要捧角家的無限忠誠。作者告訴讀者：「應該知道，天無二日，民無二主，捧角家一到戲園裏，手掌和喉嚨都抵押給女戲子了，各人有各人的恩主，只能專替這恩主捧場，不能再自由自便喊別個女角兒的好。她未登臺之前，為等著看她的戲的關係，還不妨坐在臺下看別人的戲，如果她唱過之後，還有別的戲，你卻癡坐著不肯就走，這也是犯法的。」這段描述既說明了捧場的無聊，也道出了捧角兒的苦衷。說到交際花，就會想到曹禺話劇《日出》中陳白露。陳白露是高級交際花，《日出》展示的是她的風情和命運，市民階層的交際花可沒有陳白露那樣的風頭，她們只是斡旋於小報記者等人之間賣弄姿色，小說中就寫了這麼一個交際花叫好君，她來到了小報記者金一刀的房間賣弄風姿：「好君又吸了兩口煙，昂著頭，微噘著嘴向上，用一個食指在頰上酒窩兒中輕輕的連戳了幾下，朱唇中便有無數小圈兒，只有指環大小連珠般冒出來，比小孩兒拿竹筆套管吹皂莢水還要好玩。金一刀看得呆了。好君一笑，又將香煙屁股遠遠地向痰盂一擲，聽那嗤的一聲，又從褲袋裏掏出一片留蘭香糖，含在嘴裏嚼了一嚼，用舌尖送到牙齒上，兩個指頭抵著拉出來，便有吧的一聲響。金一刀驚得眼珠兒亂轉，好君笑得花枝亂顫，手再一拉，那橡皮糖就像蜘蛛屁股後的絲，足足有幾尺長，上下一般粗細，而且不會中斷。」情態畢現，極為生動。

市民是城市中的最低階層，主要從事於手工行業、服務行業、消費行業。市民主要的生活場所就是弄堂。所以寫市民的小說中以上海弄堂為生活背景的弄堂小說要占絕大多數。上海弄堂小說的代表作家是蘇廣成（王大蘇）、藍白黑（汪焚稻）、周天籟、陳亮（田舍郎）等，其中陳亮的小說最有特色。

上海弄堂中主要的「弄堂人物」當然是女性。前面所引的馬國亮著《良友憶舊——一個畫家與一個時代》是這樣講述這些弄堂女性：弄堂人家明明

有前門，但是家裏人都習慣走後門進出，為什麼呢？「後門進去就是廚房，那是主婦活動的地方」；弄堂的白天很少見到男人的蹤影，是女人們的天下，「東家的主婦，西家的女傭在弄堂口，後門口，互相交換和傳播聽來的新聞。」弄堂女性主宰著弄堂的生態環境和輿論導向。馬國亮的文章還只是篇雜感，還只是一種描述，要說弄堂女性形象的生動，還是弄堂小說的描寫，因為那裏面還有故事。

　　弄堂女性操持著家務，撫養著孩子，十分辛苦，但是她們大多逐勢逐利。逐勢逐利需要本錢，這些弄堂女性最大的本錢就是兒女的婚姻。於是，她們就開始操弄起兒女婚姻，以獲取最大利益。可是她們的智慧和視野使得她們在社會交易中往往處於劣勢，所以她們幾乎是那些逐利遊戲的失敗者。陳亮的《小裁縫》寫的就是這樣的故事。《小裁縫》是一部典型的「弄堂小說」。小說通過一個專做弄堂生意的小裁縫生活的變化寫上海弄堂市井婦女的眾生態。小裁縫無錢時向師傅的女兒求婚，被斥之於「不道德」，一旦有了錢，不但「合理」地娶了師傅的女兒為妻，連師母都主動地鑽進了他的懷抱。可是生活真是無常，小裁縫又無錢了，兩個女人馬上都離開了他，將他斥之為「小人」。弄堂中的裁縫店又往往是弄堂生活的公共場所之一，圍繞小裁縫的都是些主持家務的市井婦女。這些市井婦女年齡已大，家庭已成，姿色已衰，可是她們都自以為精明。為了家庭，也為了自己，她們就用女兒的婚姻作為誘餌來騙取小裁縫的錢。這一招當然有吸引力，但是充滿了危險。小說很生動地寫她們之間的爾虞我詐、明爭暗奪；寫了她們對付小裁縫時的各種心計；寫了她們機關算盡，結果被搞得家破人亡，淪為暗娼。中國現代小說中有很多女性形象，這些目光短淺，卻自以為聰明的市井女性構成了另一道風景線。

　　改變自我的生存狀態，拼命地向上爬，是這些市民們如此逐利的根本動力。《陰錯陽差》是陳亮四十年代另一部小說。小說寫的是小市民出身的兄妹倆，為了擠入上流社會而把自己的婚姻當作跳板的故事。兄叫沈傑仁，在一家百貨公司綢緞部當職員，妹叫沈阿秀，高小畢業後無力升中學，在家幫助母親做家務，為改變自己的命運，他們都在努力奮鬥。沈傑仁通過自己的「小白臉」和善於應酬的手段，得到了中華銀行大亨秦伯梅和秦老太太的歡心，答應把他招為女婿，然而小姐秦梅寶卻看不起他，把他看成是到秦家竊物的竊賊，最後在答應做「愛的奴隸」，並且「不干涉對方自由」，而「對方卻能干涉自己自由」的條件下，秦梅寶才答應與他交往。於是一場痛苦又充滿誘

惑力的戀愛開始了，一方面是沈傑仁由於市民的家庭出生和經濟上的窘迫，受盡了白眼和冷淡，一方面是秦家的財產和地位向他招手。沈傑仁成為了梅寶尋開心的玩偶，發脾氣的對象，對此，沈傑仁滿肚子惱火，滿腔憤懣，臉上卻笑嘻嘻地擺出一副滿不在乎的樣子。每當這個時候，他總是這樣安慰自己：「你是得他們秦家家產來的，好和壞，張一隻眼閉一隻眼算了，等到日後主權捏在手裏，便什麼也不怕了，想討個好好女人，容易哪，只要你地位有了，情願跟你的女人只怕排隊登記吧。」具有諷刺意味的是沈傑仁的這番苦心落了空，秦梅寶和沈阿秀通過努力而找來的丈夫，顏料長老闆的兒子江銀官，雙雙跑到香港去了。沈氏兄妹倆均落得人財兩空。陳亮還寫了一部市井女性向上爬的悲劇故事，叫《小梅香》。小梅香是依靠姐姐（大毛囡）生活的十九歲的姑娘，在鄰居寧波阿姨的幫助下成為了煙廠的女工，由於她長得漂亮，成為了廠裏那些有權者垂涎的對象，錫包車間主任楊猴猻多次利用自己手上的權力想占取小梅香的好處，結果落了空，被權力更大的王廠長軟硬兼施地娶為了小老婆，最後在厭倦的生活中撞火車自殺。小梅香的悲劇就是上海市民患得患失的悲劇，她很喜歡自己的工作，不是熱愛工廠，而是她每天上班下班走在弄堂裏可以接受到很多人羨慕的眼光；她對那些有權人、有錢人的追求欲拒還迎，她想通過這樣的途徑換一種身份；她答應做王廠長的小老婆，是因為她認為有機會取代王廠長的大老婆。為了展現她的虛榮心，小說用了相當多的篇幅寫一次小梅香乘專車回到弄堂中的盛況，在那些羨慕、妒忌的眼光中，小梅香獲得了極大的滿足。有意思的是，與《陰錯陽差》中沈氏兄妹一樣，小梅香再怎麼努力向上爬，還是不能成功。

　　上海弄堂小說的作家大多是生活在弄堂裏的通俗文學作家，例如陳亮幾乎一生都在弄堂裏度過（本人曾經採訪過陳亮的妻子黃彩華）。他們對弄堂市民生活太熟悉了，所以他們的作品可以稱作為上海弄堂生活的原生態描繪。環境是曲折的弄堂、小店的鋪面、吆喝的叫賣聲和不時散發出的小菜的香味；人物是來去匆匆的女工、嘰嘰喳喳的市井女性、善於應變的買賣人、四處混蹚的白相人和姦猾霸道的幫會中人；題材是具有生活氣息的生老病死、婚喪嫁娶。小說價值取向總是批判市民們向上爬的思想，可是不管怎樣的批判，批判的語言都沒有向上爬的描述那麼生動。這樣的狀態也可以理解，因為生活在弄堂裏的這些作家熟悉和理解市民們的心態要比批判他們的心態更為自然，之所以要批判他們也就是盡一個作家的責任而已，可能並非他們的所願。

第五節　北派通俗小說中的「津味」

> 有戴珊瑚頂穿國龍馬褂的王公貝勒，有朝珠馬褂小辮子的遺
> 老，有掛數珠穿黃馬甲紅長袍的嘉章佛，有戴頂帽佩荷包的宮門太
> 監，有光頭黃衣的廣濟寺的和尚，有蓄髮長頸闊袖垂地的白雲觀的
> 道士，有寬袍闊袖拿大皺摺扇的名流，有禮服勳章的總次長，有高
> 冠佩劍戎裝糾糾的師旅長，有西裝革履八字髭的官僚……
>
> ——陳慎言《故都秘錄》第一回，安徽文藝出版社，1997 年重
> 　　印本

> 這場裏客位頗多，裏面一個肥頭麻臉很像山東飯館的人，立在
> 一張破桌後面唱著怯大鼓……「眾位壓言仔細聽，我這裡整整鼓板，
> 書就開了正峰」……那變戲法的正把一把鐵片寶劍，由口內插入喉
> 嚨穿進腹中，吼吼作聲向四面作揖餓……虎士不忍心看著令人苦肉
> 計，跑開戲法場，恰巧都在一位相面先生桌前……
>
> ——劉雲若《小揚州記》第三回，百花出版社，1986 年重印本

現代北派通俗小說是相對於現代海派通俗小說而以地域為界命名的現代
文學創作群體。文學史上的概念要非常精確是不可能的，同時也不科學，只
能是一個大致的範圍。現代北派通俗小說的概念應該是：1、地域：以天津為
中心旁及北京和 1931 年以後的東北區域；2、作家：既包括生活在北方的作
家，也包括由其它地區遷徙到北方來的作家，例如從中部地區來北京的張恨
水；3、作品：以發表在北方媒體上的小說為準。

清末民初之際京津地區也有一些通俗小說作家作品，但是和蘇州、上海
地區的通俗小說相比京津地區形成不了氣候，因為京津地區始終缺少一個作
家群。就以北派通俗小說創作最活躍的天津為例，清末民初之際也就是趙煥
亭、董蔭狐等人的小說流行著。這種狀況到張恨水小說流行後有很大的改變，
一個通俗小說作家群在京津地區形成，他們的作品構成了二十世紀現代通俗
小說的「北派」。北派文學以其濃鬱的地域特點展示它的特色。

北派通俗小說以天津為中心，主要的北派通俗小說作家幾乎都聚集在天
津。這些作家創作出來的作品首先要在天津取得影響，然後波及到整個華北、
東北地區，再推演到全國。解讀這樣的小說現象，要從現代天津的文化入手。

天津真正進入現代化城市階段從 1860 年的《天津條約》簽訂之後，其中

一個重要標誌是市民人口的急劇增加。據統計，天津在 1860 年開埠之前，人口只不過 19 餘萬，到了 1948 年，人口達到 191 萬餘人，100 年不到，人口增加了 10 倍之多。〔註 28〕與上海城市崛起以及市民的文化需求相同，這些人口主要是由初識字的產業工人、識字較多的小商業者和爲城市功能服務的小職員等三個層面所構成。這些市民主要來自於城市周邊的農村，處於由「鄉民」轉化爲「市民」的階段。他們接受的是中國傳統的倫理教育，又對城市的現代文明充滿了新奇感；他們都從事於第一線工作，爲能夠飽腹而辛勤地勞作，他們關心影響生計的社會新聞要大於那些國家民族的大事；他們無暇（也無能力）對那些深邃的文學藝術進行思考，卻對能夠引起他們的共鳴和愉悅的大眾文化藝術充滿了興趣。快速擴張的市民階層及其文化需求是北派通俗小說迅速發展的閱讀基礎。與上海的南派通俗小說創作略有不同是，進入 20 世紀二十年代以後，上海的通俗文學創作與出版以書局爲中心，例如大東書局、世界書局編輯了大量文學期刊並出版了很多通俗小說作品。天津爲中心的北派通俗小說也有一些文學期刊。據北派通俗小說研究專家張元卿考證，1921年至 1930 年間就有《小說日報》、《雙星》雜誌爲中心的創作團體、以《北京畫報》、《南金》爲中心的創作團體、以《月華》和《蜜絲》雜誌爲中心的創作團體。這些文學期刊沒有產生多少影響，一是流行時間較短，二是主要模仿海派「鴛鴦蝴蝶派」小說寫些言情小說，這些言情小說並不能吸引北方的讀者。二十年代後期，天津的報業開始崛起，並逐步繁榮。據統計，天津在1928 年以前報紙有 14 種，到 1937 年報紙有 58 種，經過了日本佔領軍清肅之後，到 1946 年還有 51 種，〔註 29〕其中著名的報紙有《大公報》、《益世報》、《庸報》、《商報、《天風報》》等，均是以刊登社會新聞和娛樂新聞著稱的報紙。天津此時出現這麼多報紙，其原因估計有三，一是作爲出版集團的書局，一定會建立在政治文化的中心，處於北京旁邊的天津缺少這樣的位置；二是政治、文化新聞的採集，天津的報紙無法與北京相比，它就會向社會新聞和娛樂新聞上努力；三是天津市民對這些社會新聞和娛樂新聞的報紙特別感興趣，市民的文化取向和經濟實力支持著這些報紙的生存和發展。這種狀態一方面刺激了天津社會新聞、娛樂新聞的報紙快速發展，這種狀態的另一方面

〔註 28〕 資料來源：羅澍偉主編《近代天津城市史》第 12 頁，中國社會科學出版社 1993年 7 月版。

〔註 29〕 資料來源：羅澍偉主編《近代天津城市史》第 610、774 頁，中國社會科學出版社 1993 年 7 月版。

也就培養出善創作社會故事和娛樂故事的北派通俗小說作家。事實上。北派通俗小說也就在這個時期繁榮起來，那些著名的北派通俗小說作家都與這些報紙有著互爲生死的依存關係，例如《大公報》與潘亻公、《益世報》與趙煥亭、《商報》與白羽、《庸報》與王度廬、《天風報》與劉雲若、李壽民（還珠樓主），他們是當時天津著名的通俗小說作家，也是這些報紙主要編輯，甚至是主編。由於主要依靠報紙連載刊登通俗小說，北派的通俗小說大多是長篇小說，有些是沒完沒了的連載，乃至冗長。〔註30〕閱讀階層的龐大而穩定、市民需求的社會世俗化、新聞報紙的愉悅而經濟適用，構成了北派通俗小說從創作、出版，到閱讀的良好的循環體制。

北派通俗小說在這個時期崛起的另一個重要原因是缺少制衡的力量。進入民國之後，日本的力量在東北、華北地區日漸增大，特別是 1931 年東北淪陷之後，華北也就成爲了日本的擴展地區。日本人利用收買、增派顧問、創刊增發等手法控制華北地區的很多報刊，爲了對抗日本的奴化宣傳，國民政府和共產黨人利用租界特殊的政治環境進行抗日宣傳。由於通俗小說基本上不涉及到政治，爭鬥的雙方對此均採取聽之任之的態度，特殊的政治環境造就了通俗小說繁盛地增長。20 世紀二十年代後期，上海逐步成爲了新文學的中心，特別是「左聯」成立以後，爲了獲得意識形態上的話語權，「左聯」展開了一系列的文化批判，通俗小說雖不是「左聯」批判的中心，卻也受到第二波的集中批判（第一波是 20 年代初期對「鴛鴦蝴蝶派」的批判），魯迅、沈雁冰、鄭振鐸、阿英等人都寫過很有份量的批判文章。相比較而言，此時北方地區的新文學的力量就弱多了，也就是生活在北京的周作人、沈從文、廢名等「京派作家」。這些「京派作家」大多是崇尚個性、名士作風，對意識形態的爭鬥冷漠相對，對市民大眾的宣傳不甚關心，屬於大眾文化的通俗文學在這樣的環境下幾乎是沒有風雨地肆無忌憚地茁壯成長。上海是中國最大的商業文化市場，20 世紀二十年代電影在上海風靡起來，對市場嗅覺特別靈敏的市民小說作家紛紛地將自我的發展中心拓展到電影領域，包天笑、周瘦鵑等人成爲了此時最爲走紅的電影編劇，他們直接引領了此時中國商業電影大潮的出現。由於電影等時尚市場的失缺，北派的通俗小說作家沒有受到電

〔註30〕 一個例子很能說明問題，當時嚴獨鶴要求張恨水爲南方的《新聞報》寫小說時，提出了一個條件就是要短。所以《啼笑因緣》只有 20 多萬字，而不同於《春明外史》和《金粉世家》那樣 100 多萬字。

影等時尚文化的誘惑，他們孜孜不倦地埋頭於文學的創作。因此從全國創作的視角看，此時北派通俗小說實際上成為了全國通俗小說的創作中心。

現代天津文化構成了現代北派通俗小說的文化特徵，現代北派通俗小說同樣以現代天津文化顯示出價值。地處中國政治、文化中心北京旁邊的天津進入現代社會以來就一直扮演著「亞官方」的角色，它是眾多下野的政客、官僚、軍閥以及前朝官員的落腳地、窺視地、養精蓄銳地。我在前面所引陳慎言在《故都秘錄》的第一回中的那些描述，就是想說明當時的天津聚集著一些什麼人物，有舊有新，有文有武，有老有少，都是一些很有特色的「北派人物」，正是這些人構成天津的上層社會。這些人身在天津，心在北京，往返於京津之間，帶回來的是真真假假的政治文化新聞、傳說、軼事。這些新聞、傳說、軼事成為了通俗小說最好的素材。爭權奪利、專橫跋扈、內心骯髒、生活腐敗，北派現代通俗小說寫的就是這些政治黑幕以及這些政治人物的家庭黑幕。對於那些政治上層人物的黑幕，身處市民階層的通俗文學小說作家還只是風聞而已，對於中下層面的官場，他們卻再熟悉沒有了。於是他們筆下的小官僚和「小衙門」寫得特別生動。耿小的在《行雲流水》開頭說：「我寫小說的意思，以是暴露官場上的一點黑暗，而這點黑暗僅今寫了萬分之一而已。……這部《行雲流水》仍舊是寫機關的女職員們，自然故事沒有影射，起始仍要寫位科長……實際上也許是局長，也許是會長，也許是校長……」科長、局長、會長、校長以及他們周圍的各色人等如何地騙人騙錢、投機鑽營、虛偽弄巧、不學有術就構成了現代北派是小說作家筆下的一個個灰色的人生故事。官場揭黑和官場批判是現代北派通俗文學的特徵，並以此與南派通俗文學善寫社會黑幕、家庭黑幕區分了開來。

天津同樣是華北地區「亞文化」的中心。上海處於吳方言地區，名士佳人，善於抒情，天津地處燕趙大地，俠氣為重。燕趙大地傳統的俠氣在近代社會被鼓動、被刺激起來。天津開埠之後建立了9國租界。與上海租界相比，天津租界有著更多的政治意義，它建立在中國中央政權的旁邊象徵著一種威力，當然也激起中國官民的民族自尊感。晚清天津成為義和團運動的一個中心城市有著很深的民族原因。到了民國義和團運動沒有了，但是義和團的故事和俠義精神卻在天津流傳和承繼。民國初年霍元甲戰勝俄國大力士的事跡無論是真是假，在天津最為人們所接受、所流傳，說明天津俠義精神有著很廣闊的接受市場。這樣的俠義精神如果與古代題材結合起來就是俠義小說，

如果與江湖題材結合起來就是武俠小說，如果與天津當地的碼頭生活結合起來就是幫會小說。俠義小說、武俠小說、幫會小說成為北派通俗文學的特色，〔註31〕有著傳統的原因，也有著近代政治文化的逼迫。特別值得指出的是，與官場小說的揭黑、批判的態度不一樣，北派通俗文學對這類充滿著俠氣精神小說均以贊揚的態度表現之。例如幫會小說主要寫天津「混混」。這些天津「混混」並不像人們所想像中的那些地痞流氓的形象，在北派通俗小說作家的筆下，他們中的一些人為鄉鄰排憂解難，熱心於公益工作；也有些人講義氣，不怕死，敢出頭，平時多吃多沾，關鍵時候也敢為民辦事，他們是地方的黑勢力，卻也是地方上正義的主持者（可參見李燃犀的《津門豔跡》）。到了20世紀二、三十年代天津的曲藝開始繁盛起來，評劇成為了天津此時最受歡迎的大眾戲曲，與北京社會盛行的京劇成抗衡之勢。一些民間戲曲更是人才鼎盛，如京韻大鼓的劉寶全、梅花大鼓的金萬昌、單弦的榮劍昌、蓮花落的於瑞鳳、河南墜子的喬清秀、樂亭大鼓的王佩臣、遼寧大鼓的朱璽珍、時調的五高姑娘、相聲的張壽臣等人均出現在這個時候，他們將天津此時的曲藝、戲曲推到了前所未有的熱鬧的程度。天津曲藝繁榮的一個重要的標誌是這些曲藝團、戲劇團不再是街頭演出，都有了自己的表演場所，於是也衍生出各種戲館、書場、茶社、飯館等等。這些曲藝、戲曲的表演主要集中在租界和華界的結合部或者是城鄉的結合部（例如「南市」等地），居住在那裏大多是中下層的城市貧民，他們成為了這些大眾文化的主要的消費者。這些大眾曲藝、戲曲都是編故事的好手，它們既有傳統的拿手的保留劇目，也不斷增添新的內容。於是，它們活動本身一方面為通俗小說提供了絕好的材料，另一方面那些曲藝的劇情也不斷地給市民小說提供素材。大眾的曲藝、戲曲和大眾的通俗文學互為依存、互為哄抬，給此時的天津大眾文化不斷地添彩加色，當然也給此時天津的大眾文化帶來了地韻十足：津味。

〔註31〕武俠小說是北派市民小說的強項。1923 年南派作家向愷然（平江不肖生）作《江湖奇俠傳》拉開了中國現代武俠小說的創作大幕。《江湖奇俠傳》等作品雖然令人耳目一新，卻也並不比包天笑、周瘦鵑等人的社會小說、言情小說更能吸引南方讀者。三十年代以後，武俠小說的創作由北派作家接了過來。武俠小說的創作頓時蔚為大觀。現在我們所認定的中國現代武俠小說的5 大家、4 大派，即李壽民（還珠樓主）及其「劍俠派」、王度廬及其「俠情派」、白羽、鄭證因及其「幫會派」、朱貞木及其「歷史派」，都是北派作家所組成。可以這麼說，沒有這 5 大家、4 大派，中國現代武俠小說幾乎沒有什麼特別的成就而言。

真正要體味北派通俗小說的「津味」，還是要進入他們作品所描述氛圍之中。北派通俗小說作家作品中「津味」表現得最充分的作家當數劉雲若，他被稱爲「天津之魂」。當年他的《春風回夢記》出版時，其廣告是這樣寫的：

名記者劉雲若君十八萬餘言長篇巨著

社會言情小說

《春風回夢記》

名記者劉雲若君，爲身經地獄之人，故所著各種小說，文筆深刻，描寫入微，久已膾炙人口。書中以敘少年男女眞摯純潔之愛情爲主幹，旁及娼僚煙窟縉紳家庭社會百狀之寫眞，如溫湯禹鼎，燭物無遁形。而感情緊張，筆致纏綿尤爲獨擅勝場，是以學士人等與販夫走卒同被刺激感動。全書十八萬餘言，後幅尤爲波瀾壯闊，情節詼奇。文筆則愈後愈健，結果更不落恒蹊，眞足稱爲哀怨頑豔淒心動魄之好小說。

—— : 中華民國 22 年 6 月 13 日星期二《天風報》四版（1933年）

《春風回夢記》是劉雲若的成名作。到四十年代末時，他大概寫了 40 多部小說，除《春風回夢記》外。著名的小說還有《小揚州志》、《舊巷斜陽》、《粉墨箏琶》等。他的這些作品都可以用以上的廣告詞來概括：社會百狀之寫眞。

在《春風回夢記》的《自序》中劉雲若有一段自述：「書中不願有頭巾氣、書卷氣，而江湖氣不能免，脂粉氣亦多，是則爲筆勢所趨，不可攖逆者也。」所謂的「頭巾氣」和「書卷氣」指的是名士氣息，因此，他與民國初年上海的那些「鴛鴦蝴蝶派」作家作品區分開來。所謂的「江湖氣」和「脂粉氣」指的是天津特色。換句話說，他的小說寫的就是津味小說，並勢不可逆。

之所以將「江湖氣」是作爲天津特色，就在於天津特有的碼頭文化，而最能體現天津碼頭文化的人物是「天津混混」。對這些人物生動的描述充分體現出劉雲若小說的津味。天津混混往往用自戕的手法顯示出勇猛，並以此來獲取地盤。這些自戕手法血淋淋的，以致殘忍。《舊巷斜陽》中有一個混混名叫馬二成，是個混混世家出生。他的祖上爲了爭得地盤，曾經幹過「油炸孩子」的事情：「馬家先把孩子扔進油鍋，一陣青煙，孩子就成了油條，還滿不帶相的預備炸第二個。他的對頭一見馬家炸孩子的慘樣，心頭一軟，就善讓

了。」到了馬二成這一代，繼續保持著這樣的狠勁。他與另一個混混過鐵爭地產，「用兩個指頭將那煤球捏起，只聽得肉被炙得嗤的一聲。馬二成對過鐵一笑，立把煤球放在大腿根的平坦地方。這一來真非同小可，立時一股青煙升起，腿上的肉呲拉呲拉發出聲音，和廚房用熱油鍋煎魚聲音一樣。只見那煤球靠肉部分，先見發暗，繼而冒出淺藍色小火焰，深黃色的油質循著大腿流到地上，一股腥臭的氣味，立時彌漫院中，熏人欲昏。馬二成居然面不改色，仍帶笑容，望著過鐵。」過鐵雖然也是混混，卻被被這個場面嚇傻了，「看得毛髮森豎，面無人色，兩腿不知因為赤裸受凍，或是驚慌過度，只彈琵琶。」顯示劉雲若寫天津混混特色的是他還寫了不少女混混。其中寫的最生動的是《粉墨箏琶》中的大巧兒。這個大巧兒長得很漂亮，但是極其潑辣，人稱「母老虎」。她「不罵街不說話」，有一次與一個巡警廝打，「不怕死，任他摔打，只不鬆手」，最後竟然將這個巡警撞翻在地，然後再到警局告狀，結果這個巡警「挨了二十軍棍，又被開革。」她的行為舉止更是充滿了混混氣，她在爭鬥中勝了，也採用「灌尿」刑罰懲治敗者。所謂「灌尿」，就是舀一勺尿灌在敗者的口中，敗者自去，卻再也稱不上是個人物了。

　　不過，別以為天津混混就這麼死纏爛打，要潑要賴，他們也是自己的規矩和原則。他們收黑錢，但是卻也盡心盡責地成為一方的保護人和是非的判決者。《春風回夢記》中的華老二，人稱二大爺，平時並不出面，但是在最關鍵的時候總是能掌控局面。小說中有個潑辣女性馬四姑到處要潑要挾別人。又一次，她又在要潑，別人都不敢勸，二大爺來了，「猛得將她肩膀一拍，那馬四姑猛吃一驚，回頭想罵，及至瞧見是那老頭，便賠笑叫道：二大爺呀，您來了！」此時馬四姑還要鬧，「那老頭兒聽了，白眉一皺，滿面候的放出凶光，把拐棍柱得亂響道：馬四姑，你要知道是我二大爺在這兒勸你。馬四姑抬頭看看他，又低下頭，便不敢再喊了。」即使是那些女混混，之所以能夠稱霸一方，還是要得到民眾的信任，而要想得到民眾信任，處事公道必不可少。《舊巷斜陽》中女混混老紳董，就是要救妓女璞玉贖身，因為她覺得璞玉是被騙來的，結果她成功了，受到了人們的讚譽：「市井女俠」。俠有俠道，混有混道。生動的天津混混的事跡描寫和稀奇古怪的規矩介紹，充滿著的是津味十足的「江湖氣」。

　　「江湖氣」一般是劉雲若小說中的副線，「脂粉氣」則構成了劉雲若小說中主要情節，講述的是愛情故事。不過，他小說中「脂粉氣」並不高貴，散

發出來的是廉價的油脂氣味和刨花油氣，那些女性不是市井女性就是風塵女性，她們的故事往往是悲劇告終。例如他的成名作《春風回夢記》，寫的是一位已婚的少爺陸驚寰與風塵女子何如蓮的愛情故事。它的傳奇色彩在於男女兩人的社會地位的不同，他們的愛情必然引發出很多傳奇的故事；男女兩人竟然是同父異母的兄妹，這樣的身份演化出的愛情故事更是令人稱奇。小說是以悲劇告終，陸驚寰的夫人和何如蓮為情雙雙病死，陸驚寰遠走日本。小說最後在親朋好友墓前憑弔中結束。將傳奇故事與悲劇女性形象的刻畫聯繫在一起，生動地寫出了一個落難女子為了獲取愛情的態度的堅決和獲取了愛情之後表現出來的疑慮、擔憂、多愁善感的複雜的心態。這樣的故事情節在他以後的小說中多次出現。從小說情節上說，劉雲若小說情節多少受到了翻譯小說《茶花女》和徐枕亞的《玉梨魂》的影響。

顯示劉雲若小說特點是他將這些故事情節置於天津的平民社會中表現，因此有著很濃厚的地域神韻。天津是個九國租界城市，圍繞著租界是華人區，例如南市就是津味十足的地域，前面所引的劉雲若的小說《小揚州志》中一段，就是寫天津南市的世俗氣。劉雲若的小說大多發生在華人區，故事環境是風塵女子常常涉足之地。煙館、賭館、茶樓、妓院以及黑黑的小巷之中的破舊的小屋，其中活躍著的是天津市井社會中的人物，因此小說散發出濃濃的世俗民風。以《春風回夢記》為例。小說一開始就寫了一張煙館掌櫃的臉，說他「鬼臉上的表情，時時的變化不定」，變化的依據全在客人的行為舉止和衣彩服飾。看見衣彩華貴、氣宇軒昂者，他滿臉堆笑；可一會兒「露出一臉怒容」，原來他要與「那縮在破沙發上吸煙的一個穿破棉襖的中年人」說話，要與那些坐在椅子上窮酸面目的人說話；可是過了一會兒他又「緩和了顏色」，因為與他說話的人換作為「旁邊獨睡的小煙榻上躺著的一位衣服乾淨面容枯瘦的小老頭。」有錢人是大爺，無錢人是芥粒。賭館裏是熱氣騰騰，「才一推門，只覺一陣蒸騰的人氣從裏面冒出來，薰得人幾乎倒仰。接著又是人聲嘈雜，彷彿成千上萬的蒼蠅聚成一團兒飛。」輸家和贏家都頭冒熱氣，只是一個是紅了眼，一個是眼睛在發光。茶樓與戲院連在一起，臺下喝茶，臺上唱戲，買曲賣曲，捧角貶角，混成一片。小說用大量的篇幅寫了妓院的生活。這是一個「脂粉地獄」。能夠為老鴇弄來錢的紅倌人可以吆三喝四，弄不來錢的人只能做下人，那些下人們受的是非人之罪。小說中兩位伺候老鴇的丫頭受不了這個罪，商量著投濟良所，結果被老鴇發現了，「一頓打幾乎沒把

倆孩子打死，每人身上都教她咬下一塊肉。」小巷深處的破樓是小說主人公的住所。這裡破舊的傢具使人手腳無法伸開，屋外的冷風鑽著牆縫進來，門口是黑幫人物的四處亂竄，門裏是鴉片燈如鬼火一般。小說的世俗性還表現在那些潑婦的語言的描述上。例如：「我把你個王八蛋的蛋，老娘的精米白麵，把你撐肥瘋了，就忘了當初當茶壺的時候，窮得剩了一條褲子，我替你洗，你蹲在床上幹……」這是馬四姑罵羅九爺的話。這樣的市井語言，馬四姑說，老鴇說，如蓮的母親憐寶說，充實於小說的始終。天津本是個世俗文化濃厚的碼頭城市，劉雲若長期生活在市井生活的氛圍裏，對那些發生在身邊的事太熟悉了，隨手拈來，就成文章。

　　劉雲若對說唱藝術比較熟悉。說唱藝術情節的鋪設依靠的戲劇性。《春風回夢記》的情節是顯然將說唱藝術的戲劇性運用其中了。陸驚寰到妓院與如蓮相會的那一天正是陸驚寰的新婚之日；如蓮為情病死之日也是陸夫人撒手人寰之時，整個一部小說就是一個大戲劇的關目。在這個大的戲劇性的結構中，又不斷地穿插著一些小的戲劇性場面，如憐寶與周七煙館裏夫妻相認；如蓮與陸驚寰妓院裏拜堂；如蓮與陸驚寰熬著煙水互相度口自殺；如蓮為了斷絕陸驚寰的癡迷假戲假做，一直到最後的掃墓拜墳，似乎都與傳統戲文裏的那些情節有著忽隱忽現的聯繫。小說的語言也夾著了不少評話腔，如：「忽聞從隔巷吹送來一陣弦竹管聲音，慢慢的把二人引得清醒，都抬起頭來看時，覺得燈光乍然變成白蘇蘇的光，房子也似乎寬闊了許多，又對看了一下，都彷彿做了一個好夢。」如果拿著戲文的腔調讀起來，那是鏗鏘有錯。

　　劉雲若早期小說不涉及政治時事，後期作品《粉墨箏琶》有了重要的變化。小說還是寫弱女子的愛情悲劇，但其背景卻是抗戰時期的天津社會。小說中的愛恨纏綿自不用說，天津抗戰事件的記載卻很珍貴。小說寫了天津抗戰組織怎麼樣除掉親日的南京政府副主席蔡文仲的事情，寫了偽政府為了挖防空壕與市民衝突的事件，特別是對當時日本軍隊怎樣在天津地區強徵慰安婦的事件作了較為詳細的記載，小說如此記述：「原來在太平洋戰役起後……久不還鄉，自然需要肉體上的安慰，於是無論住在那裏，就要就地解決。中國的婦女，許多受到蹂躪。不過日子一久，鄉村婦女聞風逃避，……日本軍官很引為殷憂，就改計想都市徵發妓女和各種賣淫婦人，分遣到各地慰勞軍隊。天津是繁華區域，徵發的數目最多，一時鶯燕紛飛，慘不可言，有許多倒運的被捉了去。……不過這事原取的是輪班制，一批送去，經過若干日期，

便送回來，再換一批送去。無奈頭幾批在途中死走逃亡，所餘不及半數，到地方又過著酷毒的生活，簡直沒幾個能夠回來。」這大概是中國文學作品中爲數不多的有關記載慰安婦的文字。

這裡特別值得一提的是1931年以後東北地區的通俗小說，它們也屬於北派通俗小說範疇。據東北現代文學研究專家劉曉俐查找研究，東北通俗小說也蔚爲大觀，比如小說家陶明濬，一人就先後創作了99部言情小說〔註32〕，淪陷時期的大型文化雜誌《麒麟》《新滿洲》等也都以刊登通俗文學爲主，同時一些出版機構也刊印了大量單行本章回體通俗讀物，其中社會言情小說有：張春園的《花中恨》，天籟生《碎珊瑚》《醉黃花》《莽佳人》，穆儒丐的《新婚別》《如夢令》，馮玉奇的《月圓殘宵》，陶明濬的《紅樓夢別本》，趙任情的《潯陽琵琶》，程瞻廬的《風月淚史》，趙恂九的《春殘夢斷》，趙籬東的《美景良晨》，短篇言情小說集《再戀曲》等。武俠小說有：鄧白雲的《青衣女》，陶明濬《雙劍俠》《陳公案》，趙籬東的《密林殘月》等。偵探小說有：李冉的《車廂慘案》，蹇廬的《李智偵探案》，短篇偵探小說集《巴黎防空地圖》和《一○八指紋》等。實話秘話謎話小說有：睍空的《韓邊外十三道崗創業秘話記》《大興安嶺獵乘夜話記》，短篇小說集《英宮外史》和《菱角血》等。東北淪陷之後，日本推行的是所謂的「大東亞文化」，這些通俗小說作品運用中國傳統文學手法創作，在東北殖民地這一特殊語境中，還具有一層保存中國文化的意義。

〔註32〕陶明濬，僞滿洲國時期吉林師道大學教授，據他的學生高柏蒼介紹，他當時以寫「性」和作品繁多而著稱，先後創作了99部通俗小說。《紅樓夢別本》曾獲「第二屆盛京文學賞」。2004年8月16日，在瀋陽高柏蒼家中訪問，存錄音資料。

第三章　現代通俗小說的市場傳播

第一節　中國的通俗小說與商業電影比翼雙飛
——以電影《火燒紅蓮寺》、《啼笑因緣》爲中心

　　雖然曾經輝煌一時，中國通俗小說進入 20 世紀二十年代以後進入了發展的瓶頸階段，傳統型的社會譴責小說和「才子佳人小說」明顯地不適應讀者的需要。1921 年通俗文學的老牌刊物《小說月報》轉交給新派人物沈雁冰編輯，並不是商務印書館的老闆突然對新文學感了興趣，而是讀者對《小說月報》越來越冷漠，1920 年 10 期的《小說月報》只印了 2000 份，是《小說月報》有史以來銷量的最低點。沈雁冰接編後的 1921 年第 1 期的《小說月報》就印了 5000 千，而且馬上銷完，第 2 期就印了 7000 份。〔註1〕從印數的消長中可以看到《小說月報》在市場上的冷暖。此時的中國電影也處於發展的艱難時期。以 1905 年電影落地中國開始，經過了 10 多年的努力，西方引進的電影就是不能進入中國老百姓的文化視界之中，「國產片是否眞的絕望」「中國電影的生路」等問題的討論一直不絕於耳。然而，就像服了一帖靈丹妙藥一般，中國通俗小說和電影在 1921 年以後忽然精神煥發，神采奕奕，脫胎換骨一般地面貌一新，雙雙進入了黃金發展期。這是一帖什麼樣的「靈丹妙藥」呢？那就是商業電影與通俗小說開始聯姻。

　　使得電影眞正被中國觀眾所接受是《火燒紅蓮寺》。當時的觀眾看這部電影時的瘋狂狀態，報紙上連篇累牘。沈雁冰感歎道：「《火燒紅蓮寺》對於小

〔註1〕 李頻著《大眾期刊運作》，中國大百科全書出版社 2003 年版，第 301 頁。

市民層的魔力之大，只要你一到開映這影片的影戲院內就可以看到。叫好，拍掌，在那些影戲院裏是不禁的。從頭到尾，你在狂熱的包圍之中，而每逢影片中劍俠放飛劍互相鬥爭的時候，看客們的狂呼就如同作戰一般，他們對紅姑的飛降而喝綵，並不是因為那紅姑是女明星胡蝶所扮演，而是因為那紅姑是一個女劍俠，是《火燒紅蓮寺》的中心人物；他們對於影片的批評從來不會是某某明星扮演某某角色的表情那樣好那樣壞，他們是批評崑崙派如何、崆峒派如何的！在他們，影戲不復是『戲』，而是真實！如果說國產影片而有對於廣大的群眾感情起作用的，那就得首推《火燒紅蓮寺》了。……」〔註2〕沈雁冰是對這部電影持批評態度的新文學作家，他都對這部電影產生的瘋狂狀態連連感歎，就更不用說那些溢美之詞了。

　　《火燒紅蓮寺》是部什麼電影呢？這就要從平江不肖生（向愷然）的《江湖奇俠傳》說起。《江湖奇俠傳》是 1923 年連載於《紅》《紅玫瑰》上的長篇武俠小說。這部武俠小說一經連載就擁有了眾多的讀者，很多人每個星期（《紅》、《紅玫瑰》為周刊）都等著看故事的發展，成為了「江湖奇俠傳迷」。這其中就有明星公司導演張石川的兒子。張石川看到兒子這麼癡迷《江湖奇俠傳》，突然來了靈感，隨即與鄭正秋和周劍雲商量，決定由鄭正秋根據單行本中第 80 回「遊郊野中途逢賊禿，入佛寺半夜會淫魔」到第 98 回「紅蓮寺和尚述情由，瀏陽縣妖人說實話」等章回改編電影劇本。一個月之後，也就是 1928 年 5 月 13 日，電影《火燒紅蓮寺》第一集就出世了，在上海中央大戲院首映。首映便引起了巨大的轟動。由於大受歡迎，從第二集開始，《火燒紅蓮寺》乾脆拋棄平江不肖生的武俠原著《江湖奇俠傳》，劇情更加天馬行空——逃出紅蓮寺的知圓和尚聯合崆峒派與崑崙派展開惡鬥，雙方劍仙各自施展絕技，鑽天入地無所不能，勝負難分之下又互請高人，直殺得天昏地暗，也引得上海的觀眾對影片如癡如醉，欲罷不能。由於越拍越怪誕，到第十一集時曾遭到了上海市電影檢查委員會取締。可是電影檢查委員會的權力仍然敵不過觀眾巨大的熱情，第十一集禁映後不久，十二集卻很快就上映了，第十二集與第十一集放映時隔僅兩個月。電影一直持續拍了四年。《火燒紅蓮寺》的這把「火」，足足燒了十八集。

　　《火燒紅蓮寺》的火還未熄，又一部電影將觀眾的感情推向高峰，那就是根據張恨水的同名小說拍攝的《啼笑因緣》。《啼笑因緣》是張恨水 1930

<hr>

〔註2〕　沈雁冰《封建的小市民文藝》，1933 年 2 月 1 日《東方文藝》第 30 卷第 3 號。

年3月17日到1930年11月30日連載在《新聞報》的副刊《快活林》上的暢銷小說。連載的《啼笑因緣》贏得無數讀者，報紙訂閱量大大增加，讀者紛紛給報館寫信，談自己的讀後感想。一股「啼笑因緣旋風」隨即形成。舉個例子：由於沒有單行本，很多讀者只能收藏連載報紙，但是收藏的連載報紙有缺十分遺憾。於是就有人在報紙上刊登啓事，願意代爲抄寫《啼笑因緣》。《啼笑因緣》剛剛連載完，第二天《快活林》主編嚴獨鶴就告知讀者，「明星影片公司，已決定攝製影片」，「《啼笑因緣》小說……排印將竣，約月內可以出版」，一個月不到，《啼笑因緣》單行本於12月底即已出版，第一版5萬本，一搶而空。1932年，由張石川導演，胡蝶、鄭小秋主演，明星公司攝製的《啼笑因緣》正式與觀眾見面，掀起了又一輪「《啼笑因緣》熱」。電影《啼笑因緣》也是連續電影，一共有六集。不過，不像《火燒紅蓮寺》那樣越拍越天馬行空，六集《啼笑因緣》基本根據小說改編。它吸引觀眾的不是令人乍舌的離奇，而是委婉纏綿的悲劇，賺取的不是掌聲，而是眼淚。

　　在電影的催動之下，小說《江湖奇俠傳》和《啼笑因緣》更爲暢銷，正版、盜版不計其數，成爲了中國現代通俗小說的經典作品。中國的電影更是發生了質的變化，1928年《火燒紅蓮寺》開始中國電影進入了一個新的階段。就以明星公司爲例，到1927年已經虧損1萬9千多元，公司處於搖搖欲墜的狀態。據電影學專家丁亞平統計，明星公司拍攝《火燒紅蓮寺》以後的1928年，依靠1～3集盈餘47393.93，1929年，依靠4～9集，盈餘25505.79元；1930年，依靠10～16集盈餘25505.94元；1931年，依靠第18集盈餘19986.83元。〔註3〕電影公司的虧盈還只是一個經濟問題，其中最重要的信息是：外來的藝術形式電影在中國紮根了，它開始有了廣大的接受者。

　　中國現代通俗小說和電影都找到了發展的「靈丹妙藥」，那就是：攜手並進，比翼雙飛。爲什麼通俗小說和電影聯手就能成爲各自發展的動力呢？其中的問題更值得我們思考。

　　作爲一種外來的藝術形式，早期中國電影工作者非常明白電影要走進中國必須要有本土性的重要性。爲了獲得中國觀眾的認可，中國電影最初是將一些戲曲搬上銀幕，以至於中國人最早叫電影爲「影戲」。這一招效果並不明顯，中國電影開始在古代文學和曲藝中尋找素材。例如《莊子試妻》、《蓮花

〔註3〕 丁亞平《影像時代：中國電影簡史》，中國廣播電視出版社2008年1月版，第35頁。

落》、《嶗山道士》、《荒山得金》、《胭脂》、《豬八戒招親》、《孫行者大戰金錢
豹》、《薛仁貴征西》、《珍珠塔》、《梁祝痛史》、《義妖白蛇傳》、《孟姜女》、《唐
伯虎點秋香》、《牛郎織女鵲橋會》、《蓮花公主》、《韓湘子九度文公》、《濟公
活佛》等等。從片名中就可以看出，它們來自於《聊齋》、《西遊記》等古典
名著和一些民間傳說。看得出來，電影努力地與中國觀眾博感情，試圖用中
國觀眾熟悉的故事來加強電影本土性，從而達到吸引觀眾的目的。早期中國
電影工作者確實很努力，可是傚果並不滿意。到上世紀二十年代初時，中國
電影開始關注通俗小說的改編，例如包天笑就根據自己的創作和翻譯的小說
改編過電影《一縷麻》、《友人之妻》、《空谷蘭》、《多情的女伶》；徐枕亞改編
過電影《玉梨魂》、周瘦鵑改編過電影《水火鴛鴦》、朱瘦菊改編過電影《採
茶女》等等。對通俗小說的改編給中國電影帶來了起色，包天笑改編的《空
谷蘭》就有了很好的票房。此時的電影雖然說有了生機，但是絕對談不上繁
榮，甚至還談不上紮根，因爲中國觀眾還沒有眞正認可這種藝術形式。

　　爲什麼中國電影的紮根和繁榮是由《紅燒紅蓮寺》和《啼笑因緣》完成
的呢？如果我們將中國電影之前的努力與這兩部電影進行分析比較將會得到
很多啓發。

　　首先是電影需要精彩的故事情節。之前，中國電影改編的傳統戲曲以及
包天笑、周瘦鵑等人改編的小說有故事，故事也傳奇，但是卻不是曲折多變，
因此談不上精彩。《紅燒紅蓮寺》改編的《江湖奇俠傳》，將中國武俠小說
從「江山」描述轉爲「江湖」的描述，語境更注重奇幻和本色，人物更注重
神奇和正邪，小說被認爲是中國現代武俠的開山之作。小說第 80 回「遊郊野
中途逢賊秃，入佛寺半夜會淫魔」寫的是湖南卜巡撫私訪被挾持到紅蓮寺，
看見了他一向尊敬的紅蓮寺主持知圓老和尚居然在那裏赤身裸體地看豔舞，
卜巡撫簡直不相信自己的眼睛。這個知圓老和尚究竟是什麼來歷？一向具有
善名的紅蓮寺爲什麼有這樣的惡跡？卜巡撫的生死究竟怎樣？小說的 80 回實
際上就是一個大的懸念。《紅燒紅蓮寺》一開始就將這個懸念呈現在觀眾面
前，然後依據小說的思路重新編造情節，電影續集中的情節越來傳奇，也越
來越曲折多變，每一節的後面都留下一個新的話題，爲後一節鋪墊，18 部電
影就是一部電影連續劇。如果說《紅燒紅蓮寺》的故事情節是天馬行空，《啼
笑因緣》中故事情節卻是本色生活。張恨水的這部小說寫的樊家樹與沈鳳喜、
關秀姑、何麗娜的多角戀愛的故事，一個男人與三個女人之間的纏綿的感情

可以生發出很多曲折離奇的情節來，本來情節就複雜了，偏偏還出來一個劉
將軍將樊家樹和沈鳳喜的愛情生生打斷，情節就有了轉折多變，一部接著一
部電影將情節層層深入推進，弔足了觀眾的胃口。

　　其次是平民意識。之前中國電影或者是根據中國傳統戲曲改編，或者是
根據民初的「鴛鴦蝴蝶派」小說改編。中國戲曲主要人物不是英雄氣概就是
才子佳人，在中國老百姓心目中是一種精神享受，是一種與自我的現實生活
並不一樣的聽和看的藝術；「鴛鴦蝴蝶派」小說是一種道德小說，是通過才
子佳人的感情故事告訴國人應該怎樣做人，中國老百姓也會受到其中感情的
感染，但須仰視其中的道德和啟蒙。《江湖奇俠傳》和《啼笑因緣》就不一
樣了。這兩部小說是從平民的視角出發，寫的是中國平民的日常生活和精神
訴求，實實在在，真真切切，中國平民沒有什麼距離感。其中有三點最能得
到中國平民百姓的共鳴：一是俠義精神。俠義精神是中國國民性的核心要素
之一。中國老百姓在受到不平等、不公正的待遇後總是祈求兩種救助：清官
和俠客。可是現實生活中的清官實在太少，於是他們總是將希望寄託在理想
中的俠客。還是張恨水說得到位：「為什麼下層階級會給武俠小說所抓住呢？
這是人人周知的是。他們無冤可伸，無憤可平，就託諸這幻想的武俠人物，
來解除腦中的苦悶。」〔註4〕《江湖奇俠傳》是部武俠小說，講的是除暴安良，
《啼笑因緣》雖是部社會言情小說，俠義之舉也是小說中濃重的一筆，關氏
父女救沈鳳喜、殺劉將軍幹的就是除暴安良的事。二是將民間的軼聞故事轉
化成故事情節。中國雖然佛教信眾很多，但是和尚的形象並不高尚，和尚的
破戒出軌常常成為中國民間故事的元素。《江湖奇俠傳》就是根據這樣的傳
說演繹故事，《紅燒紅蓮寺》再將這樣的傳說形象化，老百姓心目中原來就
有的那些元素現在被編得曲折離奇，被演得活靈活現，當然會產生共鳴。三
是平民心態的真實表露。這在《啼笑因緣》表現得最為充分，沈鳳喜、沈三
弦等人身上所表現出來的貧困生活的現狀和愛慕虛榮、患得患失的心態中國
平民百姓再熟悉不過了，看這樣的小說和電影就是將自己的生活心態檢視了
一遍，其中的共鳴可想而知。

　　再次武俠小說將電影特技的發揮提供了最佳腳本。江湖世界和武俠人物
在平民百姓的心目中本來就充滿著神秘和不可思議，這就給電影的特技表演
留下了巨大的表現空間。《火燒紅蓮寺》中最為觀眾所驚歎的是紅姑的飛行，

〔註4〕 張恨水《武俠小說在下層社會》，1945 年 11 月《周報》第 2 期。

電影中紅姑只要一飛起來，總是贏得驚歎聲一片。電影導演深諳觀眾的胃口，就在紅姑的飛行上大做文章。到了第三集的時候，就給紅姑的衣服著成紅色，讓她在白山黑水的背景下飄拂飛行。看到這樣的鏡頭，觀眾更是歡呼不已。到了第十二集的時候，爲了刺激觀眾的審美意識，電影中的紅姑變成了分身兩人，而且均由胡蝶一個人扮演，一個人怎麼變成兩個人呢？而且均在天上飄拂還打鬥，歡呼之後的觀眾都目瞪口呆了。除了紅姑的形象之外，電影還別出心裁地做出蛇舌變換天橋吞食民眾的場景，將很多觀眾嚇得毛骨悚然，以至於上海電影審查委員會查禁這部電影。電影的特技鏡頭在這部電影中得到了淋漓盡致的發揮。本來江湖世界和武俠人物的那些神秘和不可思議就是一種想像，現在電影居然能夠將這樣的想像和不可思議形象化了起來，豈不新鮮和刺激！

　　《火燒紅蓮寺》《啼笑因緣》帶來的小說暢銷和電影熱播的效應對中國文化市場來說，標誌著中國通俗小說與電影聯姻比翼齊飛的時代來臨。只要稍微看看此時的那些電影片名就會發現通俗小說與電影幾乎是同步前行，就以武俠電影爲例：

　　　　明星電影公司：《火燒紅蓮寺》、《大俠復仇記》、《黑衣女俠》等；

　　　　長城電影公司：《一箭仇》、《大俠甘鳳池》、《妖光劍影》、《江南女俠》等；

　　　　天一電影公司：《唐皇遊地府》、《火燒百花臺》、《乾隆遊江南》、《施公案》等；

　　　　大中華百合電影公司：《大破九龍山》、《火燒九龍山》、《古宮魔影》、《黑貓》、《55號偵探》等；

　　　　友聯電影公司：《兒女英雄》、《紅蝴蝶》、《紅俠》、《荒江女俠》等；……〔註5〕

武俠爲主，偵探爲輔，加上大量的言情、滑稽，構成了二、三十年代中國「商業片」的浪潮。更爲意味深長是武俠片成爲了中國電影的「獨門武器」，只要是武俠片在中國總是有相當不錯的票房，那些優秀的武俠片常常扮演著開創新時代的先鋒，例如1982年香港拍攝的《少林寺》不僅開創了全世界新武俠電影拍攝熱潮，也成爲了中國大陸新時期電影的開路先鋒。

〔註5〕 李少白《影心探蹟》，中國電影出版社2000年版，第256頁。

　　與電影的聯姻也對通俗小說的創作產生了深遠的影響。小說創作者開始有意地向電影靠攏。不僅僅是有名，還給作者帶來了大筆的金錢。包天笑後來有這樣的描述：明星公司找他將自己的小說改編成劇本，包天笑開始不敢接，因為他從不知道電影劇本是怎麼一回事。可是電影公司開了很高的價碼：「我這寫五千字一個劇本，拿他們一百塊錢，比了當時兩元一千字價值已經高得很了。」〔註6〕寫電影劇本是當時寫小說的稿費的10倍，況且所謂的寫也就是改編自己的小說，真是何樂而不為呢？包天笑接了，其他傳統文學作家爭著改編，甚至有些作家乾脆自己辦起了電影公司，例如朱瘦菊、徐卓呆。當然，對通俗小說創作最深刻的影響還是美學表現手段上。觀眾對電影中的俠客的「口吐飛劍」和「自天而降」特別感興趣，只要銀幕上一出現，就能引起一片歡呼，這種電影手法在李壽民等人的武俠小說中被大量地引用。黑氣、黃氣、橙氣、紅氣、紫氣，他小說中的劍俠們都是馭劍而行、口吐五氣，神乎奇神。偵探小說講究的是邏輯推理，此時也有人向電影藝術上靠。俞天憤將他的偵探小說的情節拍成照片，穿插在文字描述之中，理由是電影依靠表情和動作才那麼風行，偵探小說要想取得好的效果也應該有表情和動作。如果說二、三十年代的通俗小說對電影的借鑑還停留在電影的特技、畫面等層次上，到了20世紀四十年代張愛玲、孫了紅等人的小說出現時，通俗小說對電影的借鑑已經進入了鏡頭感、影像感的追求。孫了紅的偵探小說與眾不同的是，不僅僅是敘述一個偵探故事，而是將神秘恐怖的氣氛融入其中。那只半夜摸人頸脖、冰冷而僵硬地帶著鋒利指甲的鬼手（《鬼手》）；大雨的半夜，董黃的手電筒燈光下出現的面帶笑容的屍體（《藍色的響尾蛇》）；尖刀剜心剖肚的場面與噬人神經的血紙人（《血紙人》）；奇怪而神秘的阿拉伯數字（《三十三號屋》）……這些被寫得十分逼真的場面深深地吸引了讀者。為了增強場面神秘恐怖的氣氛，孫了紅還通過色彩、音響、氣味等多方面地描述將讀者的視覺、聽覺、嗅覺調動起來，讓讀者的情緒隨著小說情節的發展而波動。如果我們將孫了紅偵探小說的這些表現手法與三十年代以後中國影壇上大量出現的美國恐怖電影對照起來看，就會看到他們之間有著明顯的淵源關係。對此孫了紅也不隱瞞，他的每一部小說幾乎都要談到幾部美國恐怖電影，有些小說甚至就將恐怖電影的情節演化其中（如《血紙人》、《鬼手》）。孫了紅的偵探小說被看作為中國偵探小說走向成熟的一個標誌，其電影手法的借鑑功不可沒。

〔註6〕 包天笑《釧影樓回憶錄續編》，香港大華出版社1973年9月版，第96頁。

電影藝術對通俗小說創作更深刻的影響還在於時空觀念上。電影藝術說到底就是時空藝術的剪輯。將電影剪輯的手法運用到小說創作之中，給小說的謀篇佈局帶來很大的改革。四十年代張愛玲首先運用電影的剪輯手法組織她的小說結構。她很喜歡用一個淒美靜穆的畫面構成小說的開頭與結尾。同樣的畫面，在小說前面是懸念，是內涵，在結尾是感歎，是意味深長，前後呼應，整部小說頗似一部抒情電影。電影常用身體語言說話，張愛玲則常用身體語言構成小說的細節，這些細節常常是一幅富有質感的特寫畫面：

> 她摸索著腕上的翠玉鐲子，徐徐將那鐲子順著骨瘦如柴的手臂往上推，一直推到腋下。她自己也不相信她年輕的時候有過滾圓的胳膊。
>
> ——《金鎖記》

> 他把自由的那隻手摸出香煙夾子和打火機來，煙捲銜在嘴裏，點上火。火光一亮，在那凜冽的寒夜裏，他嘴上彷彿開了一朵橙紅色的花。花立時謝了，又時寒冷和黑暗……。
>
> ——《沉香屑·第一爐香》

在小說的敘述中，這些意味深長的身體語言所構成的特寫畫面不斷地定格，使得小說的細節富有形象性，也很富有哲理性。估計張愛玲在寫作中為尋找這樣的鏡頭動了不少腦筋，同時，也為找到這樣的鏡頭感到欣喜，因為每到這些鏡頭定格之後，她總是情不自禁地站出來感慨幾句或對故事人物調侃幾句。如果我們再將眼光投諸於 20 世紀八十年代以後的莫言、蘇童等人的小說中，就會明顯地感覺到，電影的鏡頭影像描述已經成為了中國小說美學的重要的表現方式。

中國 20 世紀二、三十年代通俗小說和商業電影的比翼雙飛引發出我們很多深層的思考。應該看到這是發生上世紀二、三十年代的中國大眾文化的輝煌的成就。這樣的成就能夠取得首先得益於商品社會的文化氛圍。第一次世界大戰以後，雖然中國國內戰爭連綿不斷，帝國主義對中國的政治、經濟的壓榨不斷加深，可是中國經濟卻在戰爭的和抵制日貨等要素的刺激下進入了快速的發展期，形成了史學家們稱之為的「黃金時期」，而上海扮演的是發動機的角色，「大上海」的地位在此時確立。〔註7〕社會重商的結果必然要

〔註7〕 此時有「上、青、天」之說，是指中國沿海城市上海、青島、天津的經濟快速發展，上海居首。

求文化消費，文化消費的核心就是愉悅文化觀念。此時通俗小說和商業電影能夠比翼雙飛，沒有商品社會這股文化氛圍的旋風，就無法振翅飛翔。其次是商品經濟的發展帶來的城市人口的急速擴大。通俗小說和商業電影都是城市大眾文化，城市大眾文化的基礎是市民群體，據統計 1930 年上海公共租界和法租界的華人人口分別比 1900 年擴大了約 2 倍和 3、6 倍。〔註8〕從職業結構上看，工人占三分之一，那些非產業人口卻占三分之二，商、雜、學已經成爲了上海主要的人口身份。〔註9〕換言之，上海已經形成龐大的市民群體。他們構成了此時通俗小說和商業電影比翼齊飛最穩定的接受群體。再次，隨著商品社會逐步形成，市場的力量就越顯得強大，就以廣告來說，中國廣告在清末民初之際中國報刊剛剛出現的時候就已經有了，但都是了了數語介紹藥品而已，到了二、三十年代廣告已經在各大報刊鋪天蓋地，廣告內容滲透到各個行業、各種商品，廣告語言也越發形象化、生動化。通俗小說和商業電影給廣告提供了文學想像的基礎和空間，文學性的廣告也成爲了通俗小說和商業電影比翼齊飛的初動力。

通俗小說和商業電影能夠比翼雙飛一個重要原因是它們均具有濃厚的民族性。上世紀二、三十年代的上海市民絕大多數來自於周邊的鄉村，雖然有著市民的身份，卻是鄉民的腦袋，他們敬畏於那些激進的思想宣傳，卻融洽於那些本土的文化滋潤。1917 年以後新文學登上文壇並逐步地成爲中國的主導文學，失去主導地位的中國通俗小說就只能到市場之中尋找活路。新文學的擠壓和市場的逼迫使得此時的通俗小說放棄了清末民初「新國民」啓蒙企圖，轉而更多的表現（相當程度上是迎合）市場所需要的民族性，放棄宣教者的角色，轉而以平民的視角描述（相當程度上是逼迫）平民的喜怒哀樂、日常生活。通俗小說首先取得了成功，取得成功的通俗小說又以事實引導著中國電影走上民族化之途，在這塊領域中它們比翼雙飛，飛得自在自得。不管是主動還是被動，有意還是無意，通俗小說和商業電影在 20 世紀二、三十年代獲得發展給了一個重要的啓示：無論是小說還是電影要想佔據中國市場從平民的角度演繹民族的生活和文化思想顯然是有效的途徑。

〔註8〕　熊月之主編《上海通史》第 9 卷《民國社會》，上海人民出版社 1999 年版，第 100 頁。
〔註9〕　熊月之主編《上海通史》第 9 卷《民國社會》，上海人民出版社 1999 年版，第 107 頁。

借鑒和交融往往會成爲文學藝術種類更新變化發展的動力。中國古代小說和戲曲、曲藝（彈詞、鼓詞等）本來就有互相改編的傳統。20 世紀二、三年代通俗小說和商業電影比翼雙飛的意義在於：這是中國第一次本土的文學藝術與外來的文學藝術的融合；是中國第一次語言藝術與電子錄演綜合藝術的融合。這樣的交融不僅具有很強的現代色彩，還在於給各自的發展打開了巨大的互補和發展空間。

商業性、民族性和交融性是 20 世紀中國通俗小說和商業電影比翼雙飛的生命源泉，也是留給我們的最有價值的深層思考。

第二節　現代通俗小說的戲曲改編
——以《秋海棠》的改編爲中心 〔註10〕

1941 年，秦瘦鷗創作的長篇小說《秋海棠》連載於《申報》。在小說尚未刊完之際，文藝界就有人想把它搬上舞臺。1942 年 12 月 24 日，上海卡爾登劇場率先公演了根據這部小說改編的同名話劇，由費穆、顧仲彝、黃佐臨共同導演，石揮飾秋海棠。繼話劇之後，1942 年文濱滬劇團在大中華劇場演出滬劇，由邵濱孫、凌愛珍和楊飛飛精彩出演。1946 年由尹桂芳、戚雅仙、竺水招聯袂演出的越劇《秋海棠》，上演於九星大戲院，引起反響與轟動。2007 年 11 月 18 日爲了紀念恩師尹桂芳逝世五週年和紀念越劇誕生 100 週年，由吳兆芬重新編劇，越劇尹派小生蕭雅在長安大戲院再一次呈現《秋海棠》。1943 年天津多家電影院還上映了電影版《秋海棠》，電影由著名導演馬徐維邦自編自導，梨園弟子呂玉堃和李麗華傾情演出，李麗華一人兼演羅湘綺和梅寶兩個角色。1955 年由吳回導演，出版了粵語版《秋海棠》。1985 年周以勤將《秋海棠》改編成 14 集電視連續劇，由郭信玲導演，劉偉明、龔雪、顏彼得分飾秋海棠、羅湘綺、袁寶藩，1987 年這部電視劇在第五屆中國電視金鷹獎上獲優秀連續劇獎。2007 年由何群導演翻拍《秋海棠》，辛柏青、黃奕、王學圻分飾以上三角色。關於彈詞版本，1945 年由陸澹庵完成改編，同年由范雪君在上海大華書場演出。到了 21 世紀，又有新的評彈版的精彩呈現。《秋海棠》受到了各種大眾文化藝術的青睞，有著巨大的藝術魅力。本節主要論述《秋海棠》的戲劇改編，並分析不同戲劇形式所展現出來的文化的特點。

〔註10〕碩士研究生胡敏對本節的內容有貢獻，特此說明。

話劇《秋海棠》，至情至上

中國話劇自清光緒三十三年（1907年）誕生，百年間，唯一獲得「話劇皇帝」美譽的表演藝術家，只有石揮一人，而助他榮登這一寶座的正是話劇版《秋海棠》。話劇《秋海棠》有著特殊的藝術魅力。

秋海棠故事本身極具感染力。但是小說是時間為線索的文字藝術，話劇是空間為線索的語言藝術，將小說改編成話劇，劇本的構思是關鍵。話劇劇本經過三次改編，先是由秦瘦鷗先生的同鄉廖康民先生著手改編，但是改作不符作者原意。秦瘦鷗先生親自改編，但改作不合話劇導演意圖。再後來，則又由顧仲彝、費穆、黃佐臨三位先生把秦先生改過的劇本大加刪改，使其更符合舞臺演出的標準。所以到後來真正在舞臺上演出的劇本，已經融合了五個人的心血。現在看到的話劇表演將小說中的那些鋪敘全部刪去，集中在重要事件的重點渲染，並以人物命運的起伏將其連綴在一起。第一幕（舞臺後臺：外表光鮮卻內有膽氣的秋海棠，幸有知己袁紹文，更有幸初識羅湘綺），第二幕第一場（天津糧米街十九號羅宅：同處惡境卻懷夢想，天意造就知心伴侶），第二幕第二場（天津糧米街十九號羅宅：喜在愛情終有結晶，憂於名不正言不順），第三幕（天津英租界袁公館內花園：趙玉昆狸貓換太子保梅寶，季兆雄小人終得志東窗發），第四幕（和別衡水縣樟樹屯：十六年繁華落盡銀發生，十六年吳家有女初長成，心酸對比，苦樂相伴），第五幕第一場（上海某舞臺後臺一角：苟全性命於「孤島」，病弱身軀充「英雄」），第五幕第二場（上海某馬路大地春茶館：酒樓賣唱減父擔，生身母親終得見），第五幕第三場（上海紅舞臺後臺一角：闊別十六載重相聚，物是人非飲恨長辭）。從以上情節可以看出，話劇版只是將小說重點故事連綴。全劇顯得緊湊，緩急適當，歷時約四小時二十分。

主演秋海棠的是由素受觀眾擁戴的青年藝人石揮出演，演羅湘綺的是丁芝和沈敏，演梅寶的是英子。這裡重點論述「話劇皇帝」石揮的演出。石揮自身的先天有利條件及後天不懈努力是《秋海棠》得以取得轟動效應的催化劑。石揮的父親是個京劇迷，石揮從很小就跟著父親到處去看戲，看了不少尚小雲、黃桂秋等名家的戲，還零距離地接近生活中的京劇大家，連尚小雲先生早年所留中分式頭他都記得一清二楚。多年後他在扮演話劇舞臺上的秋海棠時，髮型上模仿尚小雲，衣服則穿著黃桂秋常穿的藍色的坎肩鑲著黑牙邊兒的紡褲褂。戲劇演出後，不料沒幾天，上海就興起了這樣的「海棠裝」。

除此之外，他還不斷深入各大戲院，悉心觀察著名男旦程硯秋的言談舉止，坐立起臥，反覆觀摩，用心揣摩，結果，雖是話劇表演，石揮的京劇功力也顯得十分強大。舉個例子來說，小說的最後一章中有一段描寫秋海棠幫助年輕的藝人遭到呵斥的情節，話劇表演時需要演員唱出一段《蘇三起解》。「酒逢知己千杯少，話不投機半句多。遠遠望見太原城，玉堂春此一去有去無還」。《蘇三起解》這幾句唱腔喜歡京劇的人幾乎都會唱。但是越是熟悉的唱腔越是顯功力。在話劇版本的最後一幕中，石揮的程派旋律一出，總是博得臺下一片喝彩。石揮不僅僅是唱腔到位，而且將秋海棠的坎坷命運融入其中，與其說在唱蘇三，不如說在感秋海棠的不幸，當年叱吒戲壇的秋海棠已不復存在，此時年輕的花旦一聲吼「你算老幾」，將沉醉於自己唱腔中的秋海棠拉回到殘酷的現實，眼前自己的身份是陪人打下手、翻跟斗的武行，他沒有資格在此說三道四。石揮在演出這段時，其唱腔一點也不遜於那些京劇大家，再加之悲從中來，按捺不住，哽咽啜泣，因此幾句京腔如泣如訴，別有一番風味。這段表演令在場所有觀眾屏心靜息、鴉雀無聲，直到最後眼淚奪眶而出，喝彩聲也隨之潮湧而起。梅蘭芳、程硯秋都曾幾次到劇場裏看了這臺戲，每看到這裡，竟不約而同地落了淚，鼓了掌。

《秋海棠》中的感情沁之於心，感之肺腑。話劇《秋海棠》對這樣的情感開展了進一步地渲染。首先是無情與有情的穿插敘述：軍閥的殘酷，小人的敲詐，市民的醜惡……科班兄弟情深，貧苦人們間相幫互助，韓老頭一家熱情援手……無情是指那些敵人和社會的負能量，有情是友情的美好和社會的正能量，將個人的感情與階級的感情融合在一起，是話劇版《秋海棠》的一個特色。話劇版本中羅湘綺說過：「鈞，你的醜臉和你辛辛苦苦撫養大的第二代，都是世界上最神聖的美！殘暴的敵人只能毀壞你的容顏，卻毀不了你人格的美！」在湘綺看來，外表的美永遠不及人格的美來得重要，敵人只能毀滅你的外表，卻無法毀滅你的內心；在秋海棠看來，即使外表被毀滅了，也是一種美，是一種殘酷的「美」，他說：「神聖的美，人格的美，湘綺，全不是！（加重）這是血和淚，仇和恨結成的美！軍閥的槍桿，走狗的刺刀，環境的鞭撻，社會的殘酷，結成了這一點點的美……（氣息僅存，勉作最後高呼）湘綺，你……你還認識你……你的秋……海……棠嗎？（暈絕死去）」只有敵人才會毀滅「美」，然而「美」不在表面，而在內心，是敵人毀滅不掉的。話劇《秋海棠》顯示了社會理想性。

　　嚴格地說，秋海棠和羅湘綺是非法同居。羅湘綺是有夫之婦，用現在的話來說，她愛上秋海棠就是「出軌」，雖然她是被袁寶藩騙來的，對袁寶藩沒有愛情，只有憎恨，但是他們是合法夫妻。正因為如此，話劇版《秋海棠》始終強調情高於一切。與情比較起來，無論合法或不合法那些規矩都是束縛，而況那些合法或不合法規矩又是被殘暴所裏挾呢？「人生是有情的」，感情脈搏的跳動並不被外力的束縛所左右，秋海棠和羅湘綺的結合，並孕育了愛情結晶，是一種反抗，是情戰勝了世俗，戰勝了強暴。面對無情的世界，我們沒能力改變，能改變的只有自己，改變自己就是一種反抗。這是話劇版《秋海棠》所傳達出的主要信息。為了表明秋海棠和羅湘綺感情的純美，說明他們結合在一起是情的偉大，話劇版《秋海棠》在寫情的同時，努力塑造這些有情人們的美好素質。秋海棠不能改變貧苦人的命運，但他盡自己能力去幫助他們；羅湘綺不能改變被騙入袁公館的悲劇，但她摒棄珠光寶氣，潔身自好；梅寶不能改變家庭的窘困，所以她酒樓賣場貼補家用，減輕父親的操勞；袁紹文不能改變叔父袁寶藩對秋海棠的糾纏，但他總是想盡辦法為秋海棠解圍……人情冷暖惟己知，自己做的事只求真正問心無愧。秋海棠和羅湘綺的行為讓人醒悟到人世間最值得珍惜的不是榮華富貴，錦衣玉食，而是至真至純的情，至善至美的心。話劇在演繹二人生離死別的愛情時，人格素質的描述深化了情感內質，話劇版《秋海棠》努力說明「至情」表現得那麼熱烈，其基礎還是在於人的本性的善良。

　　1943 年 5 月，當時用英語寫作的張愛玲對話劇《秋海棠》演出結果有一番評價：「還從來沒有一齣戲像《秋海棠》那樣激動了死水一潭的上海灘，這是一出帶有感傷情調的情節劇，1942 年 12 月以來一直在卡爾登大戲院上演。大多數觀眾一而再，再而三地觀看這齣劇，以致能背誦臺詞，知道演員要說些什麼。一個藝名為秋海棠的京劇旦角明星的悲慘隕滅使那些意志堅強的人也為之一掬同情之淚。」〔註 11〕張愛玲的感覺不錯。話劇版《秋海棠》是部感情戲，它將感情推上了至上至美的位置，然而這些至上至美的感情卻被惡勢力摧殘，引發了觀眾的「同情之淚」。

〔註11〕愛琳・張：《還活著》，《二十世紀》（上海）（1943 年 6 月）第 4 卷第 6 期第 432 頁。

滬劇《秋海棠》，俠之風範

《秋海棠》被改編成滬劇，版本很多。最初的滬劇版本是邵濱孫本，該版民國 31 年（1942 年）6 月 8 日由文濱劇團首演於大中華劇場。1956 年，金人改編本由勤藝滬劇團演於明星大戲院。1960 年，邵濱孫、姚聲黃、楊文龍、戴俊生再度改編，由上海市人民滬劇團演出。1982 年 2 月姚聲黃的改編本在上海滬劇院演出。

滬劇多個改編本除了在秋海棠的「死」上跟小說有不同的思路，其基本內容與小說並無大差，唯有 1982 年由姚聲黃改編的本子有所創新。該本共分八場：第一場：優伶抗邪（「海棠畫表平生志，誰說伶人生性賤」）；第二場意外遇合（湘綺惻隱救玉昆，萍水相逢遇知音），第三場元宵明月（上）（下）（君誠伊憐結知心，感人情意蘊結晶），第四場劃上十字（老來得子不自知，小人得志遭毒手），第五場兩地思情（鴛鴦拆散兩離分，含辛撫育女長成），第六場殘燭血淚（淒慘光景把病添，艱難世道長控訴），第七場梅寶叫關（一段叫關憶往事，酒樓賣唱遇生母），第八場此恨綿綿（重聚首後永相別，此恨綿綿無絕期）。

姚聲黃版本中，最重要的創新是趙玉昆的形象有了前所未有的提高。趙玉昆在小說中只是個一個被秋海棠救過命的武生，是個配角，在姚聲黃的劇本中已成為一個主角，是一個充滿俠義精神的大俠。作為一個小說的改編本，該版本與話劇版《秋海棠》的側重點顯示出不同。話劇版的《秋海棠》強調的是情，該版本強調的是俠。姚聲黃的版本中，趙玉昆常常在關鍵的時候起著關鍵的作用。在該版本第三場中，元宵明月夜，玉昆看到羅湘綺寄給秋海棠的信，他怕三弟陷入其中而不能自拔而惹禍上身，決定拆散他們。他前往羅湘綺家中勸說，相信就憑羅湘綺的聰明機靈，其中利害得失她不會不知。「你若真心愛三弟，與他雙雙同私奔；要不然當機立斷忍痛割情愛，刀劈竹子兩離分」。可是，他聽到秋海棠和羅湘綺的一番對唱後，他改變了主意。

> 湘：織布娘相對田舍郎
>
> 秋：互敬互愛過光陰
>
> 湘：你種田地我送飯
>
> 秋：韭菜餃子香噴噴
>
> 湘：等你收工回家轉　我在場角將你等

　　秋：手攪手　肩並肩　同往山頂看白雲

　　湘：小溪兩岸魚兒釣　搖一隻小船蕩漾到湖心

　　秋：喜看紅日落西天　邁步漸漸轉家門

　　湘：我束起圍裙上鍋臺

　　秋：我在一旁把孩子領

　　湘：一家三口樂天倫

　　秋：無憂無慮度光陰

男耕女織，男歡女愛，「一家三口樂天倫」，「無憂無慮度光陰」，秋海棠和羅湘綺只不過要的是一種相親相愛的平淡的生活。趙玉昆的俠義之情油然而生，從勸他們分手到改主意爲他們承擔責任。他開始策劃幫助他二人遠走他鄉後，開始留意袁賊的動向；他知道湘綺懷有身孕後，爲了保住三弟的骨肉，他就想到用「狸貓換太子」的方法，用育嬰堂的一個男娃換下了二人的親生骨肉。最爲重要改編是，小說中的季兆雄是被袁寶藩侄子袁紹文殺死，而該劇中則是死於趙玉昆手下。幕終，惡了，兄弟情義出，俠之風範揚。趙玉昆的付出從不要求回報，只求付出。該劇中對這個「二哥」的描寫筆墨加重，意在充分展現「古之俠者風範」！

　　《秋海棠》並不是武俠小說，趙玉昆並沒有武俠人物那般武藝高超、也沒有那麼多的國恨家仇，他只是一個平凡得不能再平凡的京劇武丑，無錢無勢，但是盡己之力以助他人。當人遇到「叫天天不應，叫地地不靈」的危難境遇時，當人面臨「有情皆葬，無人不冤」的殘酷人世時，有人哪怕是一點援手也是俠義之舉。秋海棠遇到困難時，趙玉昆挺身而出；秋海棠與羅湘綺的愛情之路遇到荊棘時，趙玉昆披荊斬棘。最後又爲兄弟除惡。這樣的人就是大俠，其中蘊含著平凡人的美好品質。至於後來有些改編本將趙玉昆的俠義之舉塑造成中共地下黨員那就是過度演繹了。

越劇《秋海棠》，悲喜如詩

　　秦瘦鷗的小說《秋海棠》問世不久，由姚水娟編導，商芳臣和林黛英主唱的越劇《秋海棠》於 1943 年 5 月 4 日在九星大戲院首演 [註12]。姚水娟版《秋海棠》已有人論述，在此不作贅述。本文分析吳兆芬版《秋海棠》。越劇尹派創始人尹桂芳也曾將《秋海棠》改編成了越劇，最初演出後，半個多世

─────────────

〔註12〕《新聞報》，1943 年 5 月 4 日，上海圖書館縮微膠捲。

紀以來，除了偶而有《秋海棠·心心相印》等折子戲在舞臺上露面外，沒有尹派傳人排演過該劇。為了紀念越劇百年誕辰及恩師尹桂芳逝世六週年，尹派傳人蕭雅曾多次上門拜訪著名越劇編劇吳兆芬，邀請她為自己編寫了越劇《秋海棠》。2006 年 11 月 18 日，蕭雅在北京長安大戲院首演了越劇新編劇目《秋海棠》。

吳兆芬是一位著名的越劇編劇，幾十年來，憑一顆錦繡之心，一杆生花妙筆，寫盡了人間難以言說的「情」，代表作有將彈詞《再生緣》改編成越劇《孟麗君》，把明話本《莊子休鼓盆成大道》改編成凝聚古典夢幻浪漫色彩的越劇《蝴蝶夢》，將作家巴金的《家》搬上了越劇舞臺，等等；吳兆芬編劇特別善於悲喜交加。她改編的《秋海棠》也是尋著這樣的思路，讓故事在悲喜交加中前行。

在劇本中，吳兆芬重點對羅湘綺進行了鋪敘。羅湘綺在學校，她「能詩繪畫才情好，引無數文人雅士，富家公子仰慕她」，是名副其實的「名校花」；待到出校門，偏遭「兄癆母癱父失業」，「為籌救命錢」不幸被袁寶藩騙婚，可是她並沒因此而要死要活，「負疚含憤娘剛走，再叫慈父，雪上加霜坎難度，不忍讓，第三期肺癆親哥哥，重症不治命嗚呼，親人要救家要顧，沒奈何，生不如死我咬牙過啊」；再到後來遇到秋海棠的時候，她不顧一切愛上他。從一個名校高材生到陷污泥而能不染的三姨太，再到追求真愛不顧一切，最後到尋找愛人女兒的煞費苦心。她「忍得住」清苦寂寥，卻又「放不下」親人愛人。吳兆芬用手中有力的筆講述了羅湘綺的或喜或悲故事，希望與幻滅交織、離合與生死起伏，人物命運顯得曲折而生動。她的版本悲喜交加，悲中有喜，喜中有悲。例如第二幕中秋海棠和羅湘綺各自感懷命運，感人肺腑，這是悲，吳兆芬不僅寫出了社會的無情，命運的多舛，人生的無奈，更寫活了他倆那顆共同的悽楚孤零的心。可是正因為有了他們的各訴衷腸，他們才有可能心心相印，才能結合在一起，這是喜。再例如最後一幕中，二人終於見面，百感交集。羅湘綺的「歡」與「痛」，秋海棠的「恨」與「憾」，這是悲，可是他們畢竟相擁在一起，這又是喜。悲喜交加，吳兆芬特別善於用這樣複雜的感情糾葛撞擊觀眾的心。

吳兆芬的版本最大的與眾不同是故事的結局。《秋海棠》小說原有三個版本，三個版本的結局不一樣，秋海棠或跳樓摔死，或在羅湘綺懷中死去，或在被羅湘綺救活。之前的版本都是選用前兩種結局，吳兆芬既不接受小說的

三個結局，也不走前人之路，而是一種綜合體。越劇中，秋海棠安頓好了梅寶，看完了羅湘琦的照片，他向窗戶爬去，準備踏上歸途；這個時候梅寶與湘綺匆匆趕來，拉住了他——他跳不成樓了。當觀眾以爲秋海棠死不掉的時候，卻又讓秋海棠死在羅湘綺的懷中。本來走的是小說第三種結局的路線，卻中途轉彎去了第二種結局，死於愛人懷。這種改編跟編劇吳兆芬的創作理念有關。這樣的構思就是一種悲喜交加，秋海棠準備跳樓，是悲；被梅寶和湘綺救下，是喜；躺在湘綺的懷中互訴衷腸是喜；秋海棠卻又死去，是悲。吳兆芬改編的越劇刻意追求抒情性，注重戲味，就要求劇本具有波瀾、不乏曲折，恰到好處的悲喜起伏能收到扣人心弦的好效果。同時，秋海棠的命運始終扣住觀眾緊繃的心弦。整部戲劇到這裡走向高潮。隨著羅湘綺的唱腔，悲喜交加的情節匯成愛的洪流。因愛，他們摒棄世俗，義無反顧；因愛，他們心心相印，冷暖互知；因愛，她恨「榻畔妻未守」，他幸「悠悠泉路你送行」。坎坷磨難都歷經，不變不老緣與情，一切因爲愛，他們的悲劇充滿了戲味，也充滿了韻味，像詩一樣美！

越劇的唱詞十分講究，對提升全劇的美感和抒情具有舉足輕重的作用。吳兆芬更是講求唱詞的詩意，改編後的作品富有濃濃的情韻，文學意味極其濃厚，越劇善長抒情的特質被她表現的淋漓盡致。例如第二幕中秋海棠接到羅湘綺的信，心中快樂之極，準備回信給她，連用了九個「她」：

> 秋：喜滋滋，把信箋兒鋪在燈下，似一蓬熊熊心火已點著已點
> 著。想在下，臺上慣演多情女，可心上異性侶，唯在夢裏面。自那
> 日，芳華幸賭一刹那，從此是，念的是她，想的是她，今解危難，
> 又是她，更當求見面謝她，以表我欽佩她，感激她，仰慕她，敬重
> 她。這封信，十張百張怕寫不下，只爲有，千言萬語想訴與她。

唱腔中，重點落在「她」字上。秋海棠一邊鋪著信紙，一邊快樂得手舞足蹈，心理活動詳盡寫出，人物形象躍然紙上。此時的秋海棠，情到濃處，「她」佔據了他身心的全部。長短句的編排，節奏的快慢，唱起來很具有韻律美，且符合劇中情節發展和人物表達情感的需要。越劇中抒情之美在於人物內心情感起伏中有著細膩地表達。她在設計唱詞時，重疊字的使用也很頻繁。

> 湘：春雨綿綿槐花放，心緒隱隱浸寒霜，甜甜蜜蜜美夢雖成真，
> 躲躲閃閃滋味總難嘗。數月來，他京津兩地奔波忙，昨夜悄悄回小
> 巷。雖說是，連理枝已結愛情果，我卻喜憂參半，至今未敢對他講。

怕的是，脫籠雙飛籌未妥，再添他重壓怎承當。雨中人遲遲歸來晚，一顆心，晃晃悠悠似入大海上。

　　湘：歎歎歎，歎今宵與昨晨，長長長，已相隔長長半生；痛痛痛，痛你有病身痛我傷重的心；恨恨恨，榻畔妻未守，遺恨終生。十六年，靠回憶驅寒寒未解，借舊情療傷傷更重。從今我，守你不離，用愛暖親人，要償還，十六年虧欠兩代情。

　　……

　　疊字的使用，一來調節越劇節奏，緩急得當，避免了語義直露，使劇本意趣盎然，極富有表現力。第一段從外到內，層層深入，將羅湘綺獲得愛情後的甜蜜以及擔心拖累愛人、難逃樊籠的矛盾心境形象地表現了出來。第二段是最後相見時羅湘綺所唱。十六年過去，歲月流逝，但對愛人的愛不減反增，在如今愛人即將撒手人寰之時，將羅湘琦對秋海棠十六年的想念濃縮，細緻入微處將恨相見晚、恨相別早的痛苦心情展現，勾起人們對二人悲慘命運的同情和即將勞燕分飛的惋惜。疊字吐露出來，既是心境的糾結，也是情感的表達。

　　吳兆芬的二度創作較小說來說，情節更加集中，其故事更快地進入觀眾的心頭；再將這些故事化成抒情的唱詞表達出來，觀眾心中的故事就有了更多的滋潤和柔軟。「揉碎名花為情重　一代紅伶嘯西風　傷痕淚水流淌著　社會的悲涼和病痛」，熟悉的故事，感人的唱詞，深入人心，不禁讓人為之悲，為之歎，為之悟。這些就是吳兆芬的「不同凡響」。

　　優秀的小說被改編成不同的大眾文化藝術是現代大眾文化的一大特色。從美學上說，每一次改編就是一次創作，因為不同的文化藝術總是將自我的美學特長表現出來，從這個意義上說，小說也就是一種「殼資源」。然而，也正是有了這樣的改編與創作，小說的文化內涵才得以發現和開拓，優質的文化才得以傳播，這是大眾文化運行中常態。

第三節　現代通俗小說與彈詞的改編
——以蘇州彈詞為中心 [註13]

　　彈詞 [註14] 脫化於一系列說唱藝術，它受眾面很廣，既可演唱於大街小

〔註13〕博士後童禮君對本節有貢獻，特此說明。

〔註14〕關於彈詞的起源眾說紛紜，現主要有「變文說」、「諸宮調說」、「陶真說」。

巷，村陌田頭，取悅市井婦孺；又可出入廳堂作私人演出，受到富裕家庭及文人的青睞。到了明清時期已經非常流行，是當時重要的大眾文化活動之一。在古代，彈詞和小說的關係向來密切，彈詞往往吸收通俗小說的故事題材，而膾炙人口的通俗小說，也有不少以彈詞形式傳承於民間。這種情況，到了現代，得到了進一步的發展。

現代通俗小說與彈詞結緣是從陸澹庵開始的。陸澹庵，原名衍文，字澹盦，號劍寒，江蘇吳縣人，早年畢業於江南學院法科，擔任教師的同時還兼任廣益書局、世界書局編輯。歷史選擇他也許並非巧合，彈詞在其發展過程中吸收了南方地區的流行曲調，形成不同唱腔，並且在流傳過程中漸漸用當地方言說唱，形成了各自鮮明而獨特的地方特色。有蘇州彈詞、揚州弦詞、四明南詞、長沙彈詞、紹興平湖調等。而乾隆之後，蘇州彈詞逐漸佔了主流地位，成為彈詞的正宗。蘇州彈詞的書目、藝人眾多，數百年演變脈絡和傳承輩分清晰可查，這是非常少見的文藝現象，在各地彈詞中更是絕無僅有。

彈詞在蘇浙滬一帶深受民眾歡迎，這一地區的文人自幼受此風氣感染，對彈詞也極為熟悉。正如天虛我生在《自由花彈詞・序》中寫道：「予在髫齡時，恆與閨中姊妹讀《再生緣》、《天雨花》等彈詞，竊嘗嫌其平仄不調，而押韻處尤復摻雜土音，不可為訓。曾發宏願，欲一一糾而正之。吾母笑曰：『黃口兒才辨四聲，卻喜掉舌，詆毀古人！汝蓋不知著書之難也。……若以嚴格繩之，則說白當數《紅樓》，詞采當數《西廂》。苟能以《紅樓》之說白，《西廂》之詞采，融冶一爐，著為彈詞，而平仄順序，聲韻句法，一絲不亂，是誠足以彌古人之缺憾矣。特是世無作者，其孰能之？』時予方以才氣自負，則立應之曰：『兒不敏，雖曰未能，願學焉！』退而握管構思，閱十日成《瀟湘影彈詞》十六折，以獻我母。……吾母乃大喜，語諸姊妹，謂足以當學詩之初步。由是，予遂專意於小說之學。……」〔註15〕他幼時與母親姐妹共讀彈詞，並認為彈詞名篇《再生緣》、《天雨花》的平仄不調，在母親激發下，創作了《瀟湘影彈詞》。

陸澹庵也從小就在蘇州彈詞的環境下養成，對彈詞有很深的感情和造詣。他寫有《彈詞韻》，為編寫彈詞開篇唱句定下準則，被彈詞演員奉為圭臬。他不僅精通彈詞音律，而且對書場彈詞文本與文人彈詞文本的區別也有清楚

〔註15〕天虛我生，《自由花彈詞・序》，譚正璧，《評彈通考》，中國曲藝出版社 1985
　　　年版，218-219 頁。

的認識，他在根據張恨水小說改編而成的《滿江紅彈詞》〔註16〕的敬告閱者中說：「正正式式的彈詞小說，說書先生拿了，反而不便彈唱。所以他們所收藏的腳本，都和市上通行的彈詞小說不同。……唱書先生的腳本，與書坊裏所印的彈詞小說，性質完全不同。書坊裏印行的彈詞小說，其中唱篇，不妨摛文藻詞，做得典雅一點。但是唱書先生的腳本，卻第一要通俗，唱出來教人家完全聽得懂，倘然做得太典雅了，唱的人和聽的人，大家都莫名其妙，書中的趣味，便要減去不少。」〔註17〕由此可見他對彈詞的熟稔。對此，我們也可以對彈詞有一個更清晰的瞭解。彈詞分為彈詞演出與彈詞文本。彈詞演出屬於民間說唱曲藝，它通過民間藝人在大街小巷，茶僚書館中的演唱來滿足廣大百姓的娛樂和精神生活。彈詞文本是一種獨特的、糅合多種文體特點的文學樣式，它又可分為書場彈詞文本和文人彈詞文本。所謂書場彈詞文本是與演出有關的，包括彈詞的演唱腳本、文人及書坊主改編演出本後刊刻的文本。而文人彈詞文本即文人包括大量的女性作家用彈詞的形式創作的，主要用於案頭閱讀而不適合演出的彈詞文本，如果要用於演出，則需要大範圍的改動。

正因為他對彈詞各方面都非常熟悉，所以將現代小說改編成彈詞時遊刃有餘。他共改編「《啼笑因緣》、《滿江紅》、《秋海棠》等唱本十多種」〔註18〕，填補了彈詞現代書目的空白。而其中，受到最廣泛關注的便是根據張恨水小說《啼笑因緣》改編的《啼笑因緣彈詞》、《啼笑因緣彈詞續集》以及根據秦瘦鷗小說《秋海棠》改編的《秋海棠》彈詞。

上個世紀三十年代初，《新聞報》副刊《快活林》上連續刊登張恨水的長篇言情小說《啼笑因緣》，讀者反響熱烈。而此時的彈詞也正發生著一系列變革。眾所周知，蘇浙滬一帶以其美麗富庶、文化昌盛而為世人所豔羨。但從1842 年英軍攻入上海之後，便進入了多事之秋。惟獨上海卻在亂世中迎來了它的發展契機。為避戰火，江浙一帶的官吏富室以及大量百姓紛紛挾資攜眷逃入租界。大批資本進入上海，刺激了當地的消費，娛樂業也迅速興盛發展。彈詞和其他娛樂形式都湧向上海，藝人們紛紛進入上海避難、獻藝，上海很

〔註16〕 於 1935 年由上海新聲社出版。署綠芳紅蕤樓主編輯。

〔註17〕 陸澹盦，《滿江紅彈詞‧敬告閱者》，譚正璧，《評彈通考》，中國曲藝出版社1985 年版，319 頁。

〔註18〕 魏紹昌，吳承惠編，《鴛鴦蝴蝶派研究資料》下卷，上海文藝出版社 1984 年版，576 頁。

快成爲全國重要的文化娛樂活動中心，不但聽眾、觀眾多，而且名家、高手如雲，影響著全國的文化藝術，也影響著整個彈詞界。此外，由於蘇州在清末民初時禁止女藝人公開表演，所以許多著名彈詞女藝人轉入上海，女彈詞也於此時興起，書場不再是男性藝人的天下，這些都促成了上海彈詞藝術的興旺。之後，租界區的禮教禁制愈加鬆弛，女性聽眾得以加入書場聽客的陣容。書場之繁華興盛，迥非往日可比。

此外，1922 年上海創設無線電公司，開始電臺播音。彈詞也與這一新的傳播媒體相結合從書場走向百姓的臥室廳堂，打開收音機聽彈詞，跟每天翻開報紙看連載一樣成爲市民日常娛樂生活的一部分。爲了提高收聽率，彈詞名家成爲各大無線電臺爭奪的對象，徐雲志、周玉泉、薛筱卿、蔣月泉、嚴雪亭、楊振雄、朱雪琴、范雪君等一批響檔名家都相繼在電臺彈唱。他們不僅唱彈詞，甚至還充當新聞和廣告詞的報告員。當時的報紙也記錄了這一盛況，如《申報》1928 年 7 月 21 日報導，南京路新新公司所屬的無線電臺「除開洛原有王綬章彈詞《果報錄》、張少蟾彈詞《雙珠鳳》，及每星期六特別節目，均由該會播送外，現又加入李伯泉的彈詞《文武香球》一檔。」〔註 19〕到 30 年代，彈詞節目更是發展迅速，有 20 多家電臺，每天 14 小時輪番播出評彈演唱。據 1934 年 2 月本埠各無線電臺節目表顯示，彈詞藝人徐雲志每天在無線電臺彈唱的節目竟有八檔之多。

除了廣播中的彈詞節目深受歡迎之外，彈詞唱片也受到追捧。大中華唱片公司在上世紀 20 年代就灌製王畹香、蔣賓初、魏鈺卿的彈詞開篇。各種流派唱腔、彈詞開篇都被灌製成唱片，在江南城鎮、大街小巷、商鋪家庭日夜播放。徐雲志的《狸貓換太子》與麒麟童的《打嚴嵩》成爲百代公司最暢銷的兩張唱片。〔註 20〕可見彈詞在當時盛極一時，一些學校甚至專門有教授彈詞寫作的課程，朱民哀就讀的「中國文藝學院」就有這樣的教學。阿英在《小說二談》中曾提到在 1930 年得到「冷香」所著《彈詞論體》一書中的兩頁，是其中的第十三篇「彈詞之做法」，他認爲該書「乃函授學校講義之類」，「可謂中國論彈詞專籍之最早著作」。〔註 21〕

在這些背景之下，原本以蘇州爲中心的彈詞，便於此時在上海得到了新

〔註 19〕《申報》1928 年 7 月 21 日。
〔註 20〕詳見朱棟霖，《電視書場要辦「青年版」》，中國評彈網。
〔註 21〕阿英，《小說二談》，古典文學出版社 1958 年版，121 頁。

生，出現了多樣化的發展。周良認爲：「在上世紀三十年代到五十年代，評彈藝術達到了一個新的高峰。這時，上海成了評彈藝術的輻射中心。」〔註22〕

　　伴隨著彈詞的興盛，亟欲新書目的出現，《啼笑因緣彈詞》應運而生。據說書藝人姚蔭梅回憶，「小說《啼笑因緣》這辰光在報紙上連載，一時哄動上海。文明戲、電影都把它編成戲，拍成電影。沈儉安、薛筱卿要在蓓開唱片公司灌唱片，就叫戚飯牛根據報紙上連載的《啼笑因緣》小說編寫成唱篇，由沈、薛去蓓開灌唱片，並去電臺播唱。當時上海的蘿春閣書場剛開張，請了李伯康的《楊乃武》去『開青龍』，後來李伯康被東方飯店書場用高價挖了去。蘿春閣沒人去『開青龍』，經人介紹請耀祥先生彈唱。這時《啼笑因緣》的唱片在電臺播放影響很大，書場要朱耀祥唱《啼笑因緣》。耀祥先生經戚飯牛介紹，準備請陸澹安幫助編寫，陸澹安不肯寫，朱蘭庵（即姚民哀）願意幫助先生編寫。朱蘭庵先生幫助耀祥先生編了兩三回《啼笑因緣》就不編了，耀祥先生就自己編。耀祥先生唱過『蘇灘』，方言很好，一說這部書影響很大。蘿春閣這時第一次在上海用霓虹燈掛照牌，非常顯眼。日夜場可做七百多人。後來陸澹安與平襟亞來蘿春閣聽書，覺得唱篇寫得不好。平襟亞叫陸澹安幫助耀祥先生編唱詞，報酬是《啼笑因緣》出版時稿費全部給陸。」〔註23〕

　　這裡是彈詞藝人請陸澹庵改編，另一種說法是，陸澹庵自己有意將《啼笑因緣》改編成彈詞。「上世紀30年代，陸澹安常去南京路浙江路的蘿春閣茶樓書場聽書，有一次與場東聊起，想把當時風行的張恨水小說《啼笑因緣》改編成彈詞。書場主人隨即懇請陸著手撰寫，並力薦由『響檔』朱耀祥、趙稼秋演唱。陸澹安正在醞釀之際，又應蓓開唱片公司任職的同窗之請，根據《啼笑因緣》中的情節，爲另一『響檔』沈儉安、薛筱卿寫了《別鳳》《舊地尋盟》《絕交裂券》等唱段，錄製成唱片。朱趙二人誤以爲陸將腳本給了『沈薛檔』，便改請同道朱蘭庵（即姚民哀）編寫，誰料僅編了幾回就半途而廢。陸聞知後，向朱趙告明原委，消除誤會，遂寫成了《啼笑因緣彈詞》和《啼笑因緣彈詞續集》交付朱趙。」〔註24〕

〔註22〕周良，《蘇州評彈史稿》，古吳軒出版社2002年版，32頁。

〔註23〕聞炎記錄整理：《回顧三、四十年代蘇州評彈歷史——座談會發言摘要》，《評彈藝術》第六集，蘇州評彈研究會編，中國曲藝出版社1986年版，248頁。

〔註24〕劍簫、江更生、秦來來、陳平宇：《弦邊自有生花筆》，《新民晚報》2007年7月22日。

　　無論哪個版本更接近於事件的本來面目，隨著時代的發展，彈詞藝人對現代小說改編而成的書目所表現出來的倚重，已經十分明顯。陸澹庵的《啼笑因緣彈詞》，正集出版於 1935 年。上下冊四十六折，二言目，版權頁上印「中華民國二十四年八月一日初版；著作者吳縣陸澹盦；校訂者蛟川倪高風；出版者三一公司」。除自序外，還有嚴獨鶴、周瘦鵑等十四人序，姚民哀等三人題詞，可以說得到了大批作家的友情支持。《啼笑因緣續集》出版於 1936 年。上下冊四十六折，二言目，版權頁上印「中華民國六月一日初版；出版者蓮花出版社」。除自序外，還有姚民哀、施濟群、倪高風為之作序。此書也是根據張恨水同名小說改編，但內容比正集較多變更。

　　《啼笑因緣彈詞》，先由沈儉安、薛筱卿演唱戚飯牛改編的開篇，後由朱耀祥、趙稼秋拼檔說唱長篇，朱趙二人將陸澹庵的《啼笑因緣彈詞》再度創作，反覆試唱加工，注入「鄉談」和「噱頭」，吸收「文明戲」的表演、民間小曲和大鼓等，令聽眾耳目一新，又在電臺播唱，因此紅遍了上海及蘇浙一帶，還開了評彈書目用霓虹燈做廣告的先河。〔註25〕後來朱耀祥傳子少祥、學生徐似祥等，也非常有名。除朱、趙這一脈外，還有一些人說唱《啼笑因緣》，主要有：（1）1936 年起，姚蔭梅根據陸澹庵的彈詞改編本和張恨水原著改編演出，自成一家，為大響檔。（2）范雪君於三十年代末、四十年代初說唱《啼笑因緣》，曾紅極一時，她以單檔的獨特風格掛牌演唱《啼笑因緣》。一個人不僅要說噱彈唱演，「生旦淨末丑」樣樣會演，還要會多種方言，唱各種流派。（3）蔣雲仙為朱耀祥之子少祥的學生，後又拜姚蔭梅為師，得姚的指導，演出較有影響。（4）其他根據同名小說編演的，有秦紀文、許韻芳、張月泉、王似蘭等。其中秦紀文的演出比較有影響。〔註26〕

　　《秋海棠》於 1941 年 2 月至 12 月在《申報·春秋》上連載，它所引起的轟動與《啼笑因緣》驚人的相似。1942 年 7 月，便由金城圖書公司發行單行本，還被移植為其他的劇種，又被搬上銀幕。1945 年，上海大華隆記公司開設的大華書場，擬聘請正處上升階段的范雪君登臺獻藝。苦於沒有合適的彈詞腳本，大華書場負責人張作舟想到《秋海棠》，覺得書中角色很適合范雪君表演，便找到已成功改編《啼笑因緣》的陸澹庵，陸澹庵欣然答應於 1945 年春完成了《秋海棠》的改編。演出當天，近千座的書場加座至 1200 多人。

〔註25〕劍簫、江更生、秦來來、陳平宇：《弦邊自有生花筆》，《新民晚報》2007 年 7 月 22 日。

〔註26〕詳可參見吳宗錫主編，《評彈文化詞典》，漢語大詞典出版社 1996 年版，393 頁。

范雪君從此一炮打響，躍入名家響檔行列，《秋海棠》成為其「看家書」之一，奠定了她在中國評彈界的地位。1946 年，上海文藝界在新仙林舞廳評選文藝界各界皇后頭銜，范雪君獲彈詞皇后。〔註27〕此外，20 世紀四十年代初說唱《三笑》、《玉蜻蜓》的藝人王宏蒸也據秦瘦鷗同名小說改編，與弟王如蓀拼檔演出，有一定影響。

　　《啼笑因緣》與《秋海棠》等從小說到文人改編的彈詞文本，再到藝人加工潤色的書場彈詞，紅遍了上海及蘇浙一帶，成為蘇州彈詞中的經典書目。從彈詞名家爭相請名家改寫彈詞可知，當時的文人與彈詞演出的關係相當密切，如陸澹庵、戚飯牛、姚民哀等人不僅對彈詞演出有濃厚的興趣，而且對彈詞韻律也有很深的造詣，同時還深入瞭解彈詞的受眾，使得他們的小說改編深受彈詞響檔的依賴。更值得一提的是他們不僅僅將小說改編成彈詞，更身體力行的創作彈詞，在理論上探索彈詞寫作的藝術規律。

　　在相當長的時間內，中國通俗文學作家將彈詞看作為小說中的一種類型，被稱為彈詞小說。王鍾麒《中國歷代小說史論》中說：「章回彈詞之體，行於明清。章回體以施耐庵之《水滸》為先聲，彈詞體以楊升菴之《廿一史彈詞》為最古。數百年來，厥體大盛，以《紅樓夢》、《天雨花》二書為代表。其餘作者，無慮百十家，亦頗有名著云。」〔註28〕清末民初之際，徐念慈、夏穗卿、狄平子等小說理論家都持同樣的觀點，認為彈詞是小說之一體。因此，清末民初有關小說理論的開創之作中基本上都提到了彈詞。

　　晚清民初，受梁啟超等人小說界革命的影響，通俗小說作家們普遍認為小說是喚醒民眾的最佳工具，因此小說被提高到可以興邦濟國的高度。同樣，彈詞也被認為是傳達新理念與新知識的有效途徑。《自由談》主編王鈍根寫信請夙擅音律的天虛我生創作彈詞。天虛我生在《自由花彈詞》序言中如是說：「會王君鈍根，方主自由談筆政，來函論近世說部體例，自以偵探及言情兩種為最流行品。作者雖眾，惜無能譜彈詞者。吾子夙擅音律，盍取新理想，而用舊體例，以成一種閨閣中歡迎之小說歟？予因結想經旬，默體一般閨秀之心理，以及新社會種種不可思議之事實……演此一篇。」〔註29〕《小說月

〔註27〕詳可參見秦來來，《小說〈秋海棠〉的戲劇衍生》，《新民晚報》2011 年 3 月
　　　　27 日。
〔註28〕轉引自周良，《蘇州評彈舊聞鈔》，江蘇人民出版社 1983 年版，271 頁。
〔註29〕天虛我生，《自由花彈詞·序》，譚正璧，《評彈通考》，中國曲藝出版社 1985
　　　　年版，219 頁。

報》的主編惲鐵樵也提倡新體彈詞，而且他還認爲彈詞有強於白話小說的一面，他說：「文字以淺顯能逮下爲貴，淺至彈詞，浸浸乎言文一致，傳播文明之利器也。白話小說雖亦言文一致，而無韻之文，總不如有韻之文入人之深，故我主張彈詞。古近體詩，境界太高，自不待言。舊有之彈詞，亦有韻之文，且所以感人者力量至偉。然《天雨花》、《鳳雙飛》這類，總不能使滿意。故勿論其窺牆待月之不足爲訓；即措辭較雅飭者，要不外狀元宰相之思想。我國人無平等觀念，其大原因即此種思想爲之屬階……故主張新體彈詞。新體彈詞者，利用言文一致與有韻之便利，排除淫褻與自大之思想，發實行通俗教育也。」〔註30〕與白話小說相比，他更主張創作彈詞，認爲有韻之文更容易感染人，只是舊有的彈詞思想境界不高，所以他在《小說月報》上大力提倡新體彈詞，將它看作是一種通俗教育的手段。

　　由於彈詞對女性所具有的巨大影響力，彈詞被賦予教育婦女的重大使命。如，狄平子曾稱彈詞爲「婦女教科書」，他在《小說叢話》中說：「今日通行婦女社會之小說書籍，如《天雨花》、《筆生花》、《再生緣》、《安邦志》、《定國志》等，作者未必無迎合社會風俗之意，以求取悅於人。然人之讀之者，目濡耳染，日累月積，醞釀組織而成今日婦女如此之思想者，皆此等書之力也，故實可謂之婦女教科書。」〔註31〕心庵氏在《俠女群英史序》中也說：「欲振興女權，亦仍以七字小說開導之，似覺淺近而易明，如《俠女群英史》一書，其關係非輕也。」〔註32〕

　　彈詞成爲當時愛國志士宣揚新觀念、推動女界改革乃至承載振興中華希望的文學樣式。清末民初的多數報刊都曾發表過彈詞，甚至開闢過彈詞專欄。如，《杭州白話報》、《安徽俗話報》、《江蘇白話報》、《半星期報》、《繡像小說》、《月月小說》、《小說旬報》、《婦女雜誌》、《小說海》、《小說叢報》、《小說新報》、《小說月報》、《紅雜誌》等。這一時期的報刊共發表了近百部彈詞作品，其中有不少還結集成冊出版。如，《庚子國變彈詞》原於《世界繁華報》1901年10月至1902年10月排日連載，同年10月由世界繁華報館印行線裝巾箱本六冊。

〔註30〕惜華《孟子齊人章演義》《小說月報》第六卷第九號。

〔註31〕轉引自阿英，《晚清文學叢鈔·小說戲曲研究卷》，中華書局1960年版，316頁。

〔註32〕（清）心庵氏，《俠女群英史·序》，譚正璧，《評彈通考》，中國曲藝出版社，1985年版262頁。

　　彈詞文學發展到此時，開始突破傳統題材的規範。首先，在愛國志士筆下，彈詞成為開啟民智，普及知識的有力武器。如，義水分別發表於 1916 年《小說月報》七卷二號、三號的《富爾敦發明輪船彈詞》和《照相發明彈詞》，鍾心青的《二十世紀女界文明燈彈詞》，這些作品的教育性非常明顯，擺脫了彈詞才子佳人的傳統題材內容，注入了新的思想，只是，這一類彈詞由於過份注重思想意識的批判、宣傳，在藝術性上有待提高。這類彈詞大都屬於短篇。除此之外，許多當時的小說名家也參與了彈詞創作。如，李東野著有《俠女花》彈詞，十六回，二言目，於 1914 年 4 月 19 日開始在《申報・自由談》連載，之後於民國四年（1915 年）由上海錦章書局出版。李東野還著有《孤鴻影》彈詞，上下卷三十六回，二言目，曾發表於《新聞報》副刊《快活林》，民國己未（1919 年）由上海新民印書館排印出版。張丹斧著有《女拆白黨彈詞》，程瞻廬著有《孝女蔡蕙彈詞》、《同心梔彈詞》、《明月珠》、《藕絲緣彈詞》、《哀梨記彈詞》、《君子花彈詞》等數種彈詞，陳蝶仙、許瘦蝶、姚民哀、胡懷琛、范煙橋、包天笑、郁霆武等都曾創作過彈詞。

　　這些彈詞也時時提到「改良社會」、以「婦女教科書」自居，如程瞻廬在《同心梔彈詞》文末說：「方今改良社會宜通俗，要使那雅俗共知婦稚明。編劇本，唱戲文，本來社會最歡迎。只是登場袍笏要安排好，終不能倉卒之間告厥成。惟有彈詞稱利便，輕而易舉削繁文。……編書的有志救時權不屬，只靠著筆尖兒普勸世間人。」〔註 33〕李東野作《俠女花》彈詞，方樗瘦為其所寫的序中說：「故余嘗謂欲改良家庭教育，必先毀去淫穢鄙俚之彈詞，多編孝義俠烈之唱本，以為長篇小說之輔。……俠女花彈詞……彈詞云乎哉？真家庭教育之善本也。」〔註 34〕

　　在實際創作中，這些彈詞的創作手法與他們所寫的小說大致類似。他們將當時小說創作中流行的哀情、黑幕、偵探等引入彈詞，還充分借鑒西方小說的創作手法。傳統彈詞以結構宏大、刻畫細膩著稱，但同時也流於繁瑣，同一件事往往不厭其煩的在不同人口中重複出現，因此情節進展緩慢。而這些彈詞作品情節安排詳略得當，如行雲流水，一氣呵成。在敘事方式和敘事角度上，也表現出許多近代文學的特徵，有別於傳統彈詞文學中敘事者「全知全能」的敘事方式。如《孤鴻影》採用了倒敘的方法，在作品一開始便道

〔註33〕程瞻廬著，王蘊章校，《同心梔彈詞》，1919 年商務印書館鉛印。
〔註34〕李東野，《俠女花》，1915 年上海錦章圖書局鉛印本，1 冊。

出了故事的結局，然後再通過第一人稱和第三人稱敘述故事情節的發展經過，敘事角度多次發生轉變，但銜接自然。可見，近現代彈詞作品在題材內容和寫作技巧方面都有所轉變。

與清代彈詞動輒幾百萬字的作品不同，這些彈詞限於報刊的發行要求以及作者們自身的創作模式，在篇幅上多屬中篇。此時出現的彈詞女作家，如姜映清，她的作品風格與內容均向當時的男性作家靠攏，並得到當時男作家的認同。她創作的《風流罪人彈詞》，三十二回，七至九言聯目，民國十五年（1926 年）由上海大陸圖書公司排印（四本）。除有自序外，還有王鈍根、劉豁公的序。

20 世紀二十年代之後，小說類型基本確立，彈詞不再被看作爲是小說的一種，而被劃分到曲藝之中去了，於是一股彈詞文本的小說改編熱出現了。彈詞本來就情節離奇，深受大眾喜愛，但囿於吳方言，不能使更多的人所熟知，因此，書局便請通俗文藝家加以改編，一是改掉蘇州話，二是改正不合理的地方，讓更多的人能讀。

江蝶廬曾將彈詞《雙珠鳳》改寫成《重編繡像完整本雙珠鳳全集》小說，由廣益書局出版，1947 年 1 月新二版中還保留了江蝶廬 1935 年 10 月「敘」：「歷來唱篇小說不下數百種，有完全唱句的，叫做盲詞。有唱句間夾說白的，叫做彈詞，又稱做南詞。比較盲詞更多趣味。所以蘇、申兩地書場之林立，頗能引人入勝。但是彈詞中的表白，喜用吳語，不能普及各省，那不是一樁憾事嗎？本社因爲這個意思，特地延請吳中名手，把社會通行最有名的唱篇小說，如《三笑》、《描金鳳》、《文武香球》、《玉蜻蜓》等，次第編出，頗受社會歡迎。現今又出一部《雙珠鳳》，在我們南邊人，沒有不知道這部書的名的。書中的情節十分離奇，前段如送花樓會等，更是風流蘊藉，且以後演出兩樁命案，變幻百出，愈令人拍案叫絕。惟來富唱山歌一節，主僕通情，略近穢褻，現經名手改削，把山歌一一修正，較有趣味，仍不失書中的本來面目，正就是古人所說的『關雎樂而淫』呢！最後天道昭彰，判分善惡，雖不脫老小說的窠臼，卻又不得不照舊譯出，好叫人心爲之一快！料想看書人也一定贊成的，這幾句話，雖算不得序，我卻拿來塞責，便把他寫在篇首，請諸君原諒吧！」

從中可知，廣益書局改編了大量有名的彈詞，如，《三笑》、《描金鳳》、《文武香球》、《玉蜻蜓》等。江蝶廬還改編過《玉夔龍全傳》小說，也由廣益書

局出版，有他自己民國二十六年（1937 年）的序。1988 年中國書店還根據廣益書局本影印出版由夢花館主編的《白蛇傳前後傳》小說。

有些彈詞名篇因為深受大眾喜愛，被不同的書局請人改編成小說。如，程瞻廬將彈詞《三笑》和《換空箱》的故事融為一體，改編成《唐祝文周四傑傳》小說，初版於三十年代，現有重印本。程瞻廬在小說的楔子中通過張老先生之口，表達了他改編的目的：「蘇州式彈詞的勢力範圍只不過於江蘇的蘇常鎮、浙江的杭嘉湖，大江以北的人，便不喜歡蘇州式的彈詞，聽了也不易瞭解。其他各省，益發沒有蘇州式彈詞的立足點了。我以為唐祝文周四大才子確是小說中的好腳色，所可惜的，《三笑姻緣》《八美圖》《換空箱》等書，都是彈詞體例，其中對白，完全是吳儂軟語，他方人見了，宛比天書艱讀。倘把唐祝文周四大才子的許多佳話，不用彈詞體描寫，而用平話體描寫，順便把許多不合情理的地方一一加以校正，我想這部書的銷行一定很廣的。」〔註 35〕

何可人也將《八美圖》、《三笑》、《換空箱》這三部彈詞改寫成了《唐祝文周全傳》小說，有 1935 年序，江蘇廣陵古籍刻印社 1984 年根據良友合作社印本重印。何可人在《唐祝文周全傳》中說：「《八美圖》、《三笑》、《換空箱》這三部書；都是蘇州式的彈詞，又是吳儂軟語。它的勢力，只限於江浙兩省。大江以北的人，讀了不易瞭解，現在改為平話撰述。順便再把不合情理的地方，加以糾正，我想這部書比較它這三部書，容易一讀吧。」〔註 36〕此外他還著有《唐祝文周全傳續集》，其實是《唐祝文周全傳》的下集，自序於 1936 年 3 月 12 日，海天出版社 1988 年重印本。他也曾說過「致於續集上的情節，悉取上文為依歸，與俗本彈詞小說，完全不同。取其不近情理者，一一刪去，而文字仍以淺顯流利為主。」〔註 37〕

廣益書局的競爭對手新文化書社也改編出版過不少彈詞，如薛恨生改編的《海公小紅袍》，共 42 回，1934 年由新文化社出版。

現代通俗小說與彈詞能夠互為改編根本原因是它們有著共同的市民閱讀階層。在市民閱讀要求下，它們有著共同的道德標準、審美趣味和表現風格。當然小說畢竟是語言藝術，彈詞畢竟是說唱藝術，它們有著不同的表現方式。

〔註 35〕程瞻廬著，《唐祝文周四傑傳（上冊）》，吉林文史出版社 1986 年版，第 8 頁。
〔註 36〕何可人著，《唐祝文周全傳》，江蘇廣陵古籍刻印社 1984 年版，第 2 頁。
〔註 37〕何可人著，《唐祝文周全傳續集》，廣東海天出版社 1988 年版，第 2 頁。

現代通俗小説不僅受到傳統小説的影響，還受到了外國小説的影響，現代彈詞創作則主要是傳統彈詞的衍化和影響。它們之間差別也就給它們的互動打開了空間。同樣，它們之間的互動也就給它們各自增添和豐富了美學內涵。

第四節　現代通俗小説與廣告傳播
——以書刊、商業電影廣告爲中心

　　文學和電影廣告是中國現代文學一道亮麗的風景線，是中國現代文學、文藝有別於古代文學、文藝顯示「現代性」的重要特徵。在現代中國，無論是新文學作家還是通俗小説作家、無論是左翼電影還是商業電影都重視廣告，魯迅、老舍、巴金、夏衍等新文學作家、左翼電影倡導者都自撰相當數量的廣告，不過相比較而言，通俗小説和商業電影的廣告更有特色，不僅數量極大、種類繁多，而且與小説創作、電影製作有著更爲密切的聯繫，更能體現文學、文藝市場的基本態勢，成爲了調控通俗小説、商業電影市場運作的有效手段。在現代通俗小説與商業電影的發展進程，它們彼此相輔相成，互相扶持，是中國現代大眾文化市場流動的兩極，將它們放在一起論述更能顯示廣告的整體效應。

　　先說通俗小説的書刊廣告。通俗小説的書刊廣告大致上可分爲三個階段。第一個階段是民國初年。在此之前，也有一些書刊廣告，例如韓邦慶的《海上奇書》出版之際在 1892 年的《申報》上就有出版預告。〔註 38〕但是這些書刊廣告基本上被淹沒在大量的商業或教課書廣告的之中。進入 20 世紀以後書刊廣告明顯增多，特別是林譯小説成爲書刊廣告的主要內容。民國初年，眾多作家作品的書刊廣告呈繁榮局面，充塞在各種報刊的大小版面。考量此時書刊廣告繁榮的原因大致有三：一是自 1902 年梁啓超發表了《論小説與群治之關係》之後，一場文學革命正在興起，小説不僅有愉悅的功能，還有「新國民」的功能，作爲一種文學顯學，小説受到人們的熱捧。社會的需求自然會催生大批的作家作品，自然會催生廣告大量地出現。二是大批的文學期刊出現。此時正是大量的報紙副刊向文學雜誌轉型時期。這些雜誌爲了爭奪市場份額推出不少作家作品。爲了雜誌的宣傳和作家作品暢銷，廣告自不可少。

〔註 38〕廣告：「海上奇書共是三種，隨作隨出，按期因售，以付先觀爲快之意，其中最奇之一種名曰海上花列傳，乃是演繹……」《申報》1892 年 2 月 16 日。

三是此時中國文壇上產生了第一批職業作家，他們完全依靠稿費而生活，而稿費的多少又和作家的知名度和市場效應聯繫在一起。例如1906年左右創作小說林紓大約每千字5元（最多時6元），包天笑每千字3元，市場價是每千字2元，也有千字1元，甚至是5角。〔註39〕林紓因為翻譯外國小說成為此時中國最有名的作家，包天笑因為創作教育小說聲名正在日益雀起，是新進名作家。為了更多的知名度和市場認可度，作家做廣告顯然是最佳手段。進入20世紀二十年代以後，通俗小說的書刊廣告再一次繁榮，引人注目的是此時的書刊廣告有時會達到整版，例如張恨水的《啼笑因緣》廣告。書刊廣告的數量、分量以及連續刊載的時間之長都達到了前所未有的程度。這是因為中國現代通俗小說與新文學分道揚鑣，明確了自我走市場路線的價值取向。通俗小說作家必須獲得讀者的認可才能生存。市場路線的確認也打開了通俗小說的創作道路。現代通俗文學走上了繁盛局面，期刊雜誌此起彼伏，小說創作越來越類型化，創作隊伍日益壯大。繁盛的通俗小說創作自然帶來繁盛的小說廣告。此時通俗文學書刊廣告繁盛還有兩個新的要素。一是書局的介入。新成立的世界書局和大東書局為了與商務印書館和中華書局爭奪市場份額，採用了創作通俗小說打開市場的經營策略。它們辦了很多通俗文學雜誌，很多小說作品經過連載逐步地取得了市場的認可度，然後它們再結集出版。雜誌連載和書籍出版形成互動，雜誌上連篇累牘地刊載那些書籍廣告，那些書籍上也是附載數頁的雜誌廣告。書局的有著自己的發行網，有著幾本甚至是十幾本雜誌，做起廣告來可謂是聲勢浩大。二是小說創作與商業電影的聯姻。此時的電影正逐步成為中國民眾最大的娛樂項目，很多吸引觀眾的電影均來自於暢銷的通俗小說的改編。電影為了吸引更多觀眾就不斷地打出廣告，強調它改編於什麼暢銷書，書商為了攀上電影光環，同樣是不斷地打出廣告，強調那部熱映電影的原著是什麼。於是作家、書商、導演，雜誌、出版、電影都加入了廣告大軍，造成了此時中國通俗文學書刊廣告異常熱鬧、非常好看。四十年代儘管戰爭連綿，由於通俗小說市場路線的價值觀，反而在激烈的爭鬥中獲取生存的可能，迎來創作的第三次波峰。有意思的是儘管此時通俗文學雜誌和作家作品並不遜色於民初和二、三十年代，但是書刊廣告卻不多，原因是雜誌的主人換了。民初時文學雜誌的主人是報刊，二、三十年代文學雜誌的主人主要是書局，此時文學雜誌的主人主要是工商業主，

〔註39〕包天笑《釧影樓回憶錄》，香港大華出版社1971年版，第325頁。

有些甚至就是廣告商，例如此時創刊的《小說月報》的主人就是聯華廣告公司出版部。工商業主和廣告商都需要廣告，但是他們重視的是商品廣告，文學書刊在他們眼中就是刊載廣告的平臺。因此打開此時的文學書刊，廣告極多，有時一份期刊有十幾頁的廣告，甚至連雜誌封面都做起了廣告，可是書刊廣告卻是寥寥。好在那些出版的書籍還是文學廣告佔據主要地位，成為了此時文學廣告的主要載體。

　　廣告雖然是促銷的手段，廣告主不同撰寫的廣告詞就不一樣，不一樣的廣告詞可以看作為廣告主對待文學的不同的價值觀念。例如魯迅寫的廣告強調的是文學作品的社會功能，舉兩則例子：

《一個青年的夢》

　　日本武者小路實篤作戲劇，魯迅譯。當歐戰正烈的時候，作者獨能保持清晰的思想，發出非戰的獅子吼來。

《出了象牙之塔》

　　日本廚川白村作關於文藝的論文及演說二十篇，思想透闢，措辭明快，而又內容豐富，饒有趣味，是一部極能啓發青年神志的書。

〔註40〕

魯迅是要告訴讀者，他所翻譯這兩本書都是能夠給人思考的書。通俗小說的廣告就不一樣了，它們強調是文學的愉悅性。其表達方式多樣：

　　一是聯想，即通過比擬讓讀者對文學作品產生愉悅的想像。最為典型的例子有兩則，一則是《禮拜六》的廣告，一則是《新山海經》的廣告。

　　寧可不娶小老婆，不可不看禮拜六

　　　　　　——1921 年 5 月 28 日《申報》第四版

　　禮拜六是你的良伴，禮拜六是你的情人。

　　　　　　——《禮拜六的自我推銷》《禮拜六》第 102 期

　　看《新山海經》如：按摩

　　一經魯宋女子按摩：神清氣爽

　　一讀秋蟲先生小說：骨軟筋酥

　　魯宋女子最有名的叫做，「密斯曼麗」！

〔註40〕以上兩則魯迅作廣告均引自於范用編《愛看書的廣告》，北京三聯書店 2004
　　　　年版，第 8 頁。

秋蟲小說最得意的便是,《新山海經》!

魯宋女子按摩只在皮毛!

新山海經小說寫入内心!

魯宋女子按摩只以肉感號召,

新山海經小說能以骨感動人。

按摩外加「必諾浴」遍體涼爽

小說參看「寫真圖」有骨俱酥

看張秋蟲先生新著的小說《新山海經》五十回後,身心愉快,積悶全消,實在比較魯宋女子按摩一番來得有趣舒服!而且按摩一番須大洋五元,《新山海經》每部三元,尤覺十分便宜。

新山海經　全書五十回　回目列下

——新聞報 1930 年 2 月 24 日第 16 版

讀《禮拜六》就如娶小老婆、找情人,讀《新山海經》就如是魯宋女子的按摩,廣告主是想在兩者之間尋找聯繫,產生愉悅的聯想。

二是揭秘,刺激讀者的好奇心,同樣舉兩則例子:

《海外繽紛錄》

宣佈中國見所未見的巴黎怪據,發表中國聞所未聞的巴黎人肉市場的醜史。

俗云:巴黎多美人,所以巴黎的醜事亦獨多,因爲巴黎的美人,性多淫蕩,一人數夫不足爲奇,加之她們都具有媚人的手段,只要會想到你,你無論是一個鐵石心腸的人,也能使你心回意轉,所以巴黎的紀事獨多,本書乃專門記錄巴黎瑣事,共有一百多回,長篇累牘一氣呵成,並且續寫在即,看來真有回回動性之氣。

欲知本書是否佳作,請看本告白上面的專載,便可明白。

價目:全書四十大回,洋洋五十萬言,分訂八大厚冊,定價大洋四元,特價只收二元四角,奉送美麗粉匣一隻,外埠函購寄費加一,郵票十足收用。

上海四馬路書綿裏東首卿雲圖書公司發行

——《新聞報》1930 年 2 月 22 日第 17 版

前時事新報館　錢生可編　四十萬言　《上海黑幕彙編》　三版出書

揭破　近來社會新奇百怪黑暗　男女風流秘密豔事怪狀　大黑

幕五百餘椿

四馬路上　法租界內　北四川路　人肉交易所

神秘

肉林內幕　卜畫　手續　秘史　怪事

男妓院內　收貨　買淫　誘人　秘術

按摩院內　女職員　女招待　裸體浴

韓莊秘密　勾搭史　白相好　假做作

房術研究會　咖啡館　開密室　消魂所

鹹肉公館　野雞公司　淌白總會　消魂蕩魄所

黑幕

……

特價發售　全書四大厚冊　定價二元八角　特價一元四角

外埠函購　寄費加一

　　　　　　　　——《新聞報》1930.2.27 第 16 版

告訴你想知道的幕後的事情，揭秘就是刺激讀者好奇的神經，從而達到促銷
的目的。

　　三是故事情節片段摘錄，刺激讀者的閱讀欲望，如王小逸的《春水微波》
廣告。

《春水微波》　三十萬言長篇社會小說　王小逸傑作　龐亦鵬插圖

是十九年份第一部名作

事實　哀豔淒清　可歌可泣

描寫　緊張熱烈　奇趣橫生

穿插　滑稽突梯　笑痛肚皮

人物　活色生香　呼之欲出

看過這部風情絕妙的《春水微波》，可以解決色情狂病！神酥骨醉！

宛似醍醐灌頂！

有不可思議的快感！有意想不到的神秘！

本書片段的摘錄：

第五回片段

……

十三回的片段

……裏去洗澡，我替她去買牌子。一會，我算回來了，其實牌子是早預備好的，只叫她開浴室門拿牌子，她一定不肯，我説牌子是放在門邊，你自己開了門拿，我卻假裝出門，等她開浴室門來拿東西，我便轉了回來一把把她抓住，等到她要叫喊，你卻從房門外衝了進來，拍了一張照片去。

廿四回的片段

……

廿九回的片段

……

全書四大厚冊精裝　一盒定價二元五角　特價一元五角　外埠郵費加一　郵費代洋通用

上海　麥家園交通路　玫瑰書店發行。本外埠各大書局均有出售

——《新聞報》1930 年 3 月 6 日第 17 版

摘錄片段很像現在影視廣告的片花，告訴讀者這本書有很多好看的情節，當然欲得詳情，還是要買全書。

四是正話反説，前面舉的《新山海經》有一則廣告就是這樣做的：

《新山海經》　　害人不淺

因爲《新山海經》　極意描摹女性的妖媚！

因爲《新山海經》　露骨描寫女性的嬌媚！

描寫得女性……一絲不掛！

描寫得女性……顯豁呈露！

像模特兒一般赤裸裸？？？？

使幕中人見了

氣死！羞死！愧死！！

著者張秋蟲害人不淺　罪過！罪過！

名畫家魯少飛精心結構，加入插圖五十幅

此五十幅插圖，名貴非凡，張秋蟲君曾以五十大元得來

諸君看文字之後，再看插圖，妙不可言

定價　每部大洋五元　特價只收大洋三元　外埠郵寄酌加寄費

上海麥家園老惠中旅館隔壁弄口

中央書店總發行　世界書局分售　各省各售點特約

杭州……有代售

——《新聞報》1930 年 3 月 8 日第 17 版

明是批評，實在推銷，廣告的目的就是要吸引人們的眼球。

五是演繹故事。這種手法是將要宣傳的內容編成一則曲折可笑的故事來吸引讀者，常常運用到文學雜誌廣告上。例如《紅》雜誌前 20 期，幾乎每期的第一篇都有一篇與「紅」有關的文學作品，第 1 期是陸津西的《賀紅娘出閣啓》、程瞻廬的《紅笑》，第 2 期是海上漱石生的《說紅》，第 3 期是朱楓隱的《紅閨福新開篇》等等，或是賀詞，或是小說，或是彈詞，文體各異，目的都是爲《紅》雜誌做廣告。

六是小說創作中暗示廣告。這種手法很像我們現在的一些影視劇將一些商品作爲道具做些插播廣告。舉個例子，當時《新聞報》有個專門刊登廣告的欄目叫《本埠附刊》。爲了讓讀者看到廣告，欄目中還穿插刊登一些文學作品。很多通俗文學作家都在這個欄目中寫過作品。爲了讓讀者看到自己的作品，很多通俗文學作家在小說中就將《新聞報》的《本埠附刊》直接構成情節，如汪仲賢的《歌場冶史》：

> 上海的報紙上有一張本埠附刊，外埠人是永遠看不到的。你在本埠附刊的分類小廣告裏，登兩行脫離夫妻關係的小廣告，不要說外埠人看不見，就是本埠的看報人也不會留心。你登了這條廣告，以後無事最好，萬一發生法律問題，你就可以避免重婚的罪名了。但是這個廣告，只能你自己出面，律師可不能代表你出面，因爲這是違法的事。
>
> ——汪仲賢：《歌場冶史》，春風文藝出版社 1997 年版，280 頁

再如顧明道的《奈何天》：

> 王志澄今天是滿懷著一團遊興，左顧右盼，眺望不已。回過頭來，卻見我已買了一份《新聞報》在那裏看報，整個的臉都被報紙遮住了。他就把我的手一拉道：「密司脫李，你方才在校裏不是已看過《新聞報》嗎？怎麼現在又購著細閱呢？好不奇怪！」我一時沒的回答，只得說道：「我想看看《新園林》和本埠附刊上的長篇小說。」
>
> ——顧明道：《奈何天》，上海文化出版社 2006 年 1 月版，356 頁。

汪仲賢和顧明道都是《新聞報》附刊《本埠附刊》上主要作者，都有很多文字刊載其上。

通俗小說的這些廣告評價都不高，被認為是顯示通俗小說低格調的證據。其實大可不必如此批評，反而應該加以肯定。如果說讓通俗小說也像魯迅那樣做廣告，恐怕也就存在不下去了。通俗小說本來走的就是市場路線，市場路線有自己要求，它必須想方設法吸引讀者；通俗小說本來要求消遣愉悅，消遣愉悅就是要讀者好奇，讓讀者感到有趣。紛繁繚亂的通俗小說廣告說明了通俗文學市場性的壓力和活力。

自從 1896 年電影登陸中國之後，經過 20 多年的發展，中國電影人終於明白了一個道理，電影要想取得中國觀眾的認可，非要有故事不可。外國引進的風光片雖是能夠滿足觀眾的好奇心，但是好奇心並不能長久，中國人自己拍攝的戲曲片、古裝片的吸引力根本就敵不過舞臺上那些傳統劇目的演出。1920 年中國影曲研究社拍攝了《閻瑞生》，是根據一則真實的社會新聞改編的長篇故事片（共 10 本），讓中國電影人第一次嘗到了票房的甜頭，1923年明星公司拍攝了鄭正秋編劇的《孤兒救祖記》，又一次獲得了好的票房。故事和傳奇，電影要想獲得中國人的心，非走這條路不可。於是，中國電影人看到了正在紅紅火火發展中的通俗小說，中國電影與中國通俗文學聯手進入了蜜月期。最早登上銀幕的是民初鴛鴦蝴蝶派作家的那些名作，例如 1924 年拍攝的徐枕亞的《玉梨魂》、1925 年拍攝的包天笑的《空谷蘭》等等，接著就是那些正在刊登連載的熱銷作品被改編成電影，例如 1928 年拍攝的根據向愷然的《江湖奇俠傳》改編的《火燒紅蓮寺》、1931 年拍攝的張恨水的《啼笑因緣》等等，這些電影均取得很好的票房。這些電影都被稱為商業電影。中國商業電影的成功標誌著電影在中國站穩了腳跟，它不再是一個處於虧損狀態艱難維持的文化事業，而是吸引著廣大民眾最為紅火的文化藝術，並由此形成了電影的產業鏈。到 1928 年，上海的電影公司已有 20 家，〔註41〕電影院數十家，每年拍攝的影片數十部。與電影產業快速發展相匹配的就是大量的電影廣告。電影廣告一般以兩種形式出現，一種是海報，一種就是文字廣告。此時的電影廣告之多，風頭之健甚至都蓋過通俗小說的廣告。

現以兩則《空谷蘭》電影廣告為例，一睹當時電影廣告之面貌。

〔註41〕何秀君《張石川和明星公司》，《文化史料叢刊》第 1 輯，文史資料出版社 1980
年版。

明星影片公司各埠春節映片網　足跡滿布全國　觀眾遍及四方

全部對白歌唱有聲巨片　明星影片公司出品　《空谷蘭》

編導：張石川　主演：胡蝶　高占非　宣景琳　嚴月閒

趙丹　嚴工上　沈駿　王獻齋　尤光照　王夢石　孫敏　舒繡文

胡笳　王微信　譚志遠　朱少泉　王吉亭　徐梓園　黃耐霜　朱秋

痕　顧梅君　顧蘭君　王慧娟　袁紹梅　諸大明星精心合作

攝影：董克毅　置景：董天涯　楊鏡心　收音：何兆璜　何兆璋　何

懋剛　印接：顧友敏　黃生甫　歌曲：任光　安娥　王乾白　嚴工

上

新光大戲院二月三日起映

曲折纏綿　膾炙人口　堂皇典麗　蔚為大觀

謹答投函諸君：

徑啟者：本公司自將默片時代膾炙人口之名作《空谷蘭》重攝聲片
以後，承各方觀眾注意，向本公司詢問攝製情形及公映時間之函件，
紛至沓來，每日不下數十封。現該片業已攝竣，決於春節（二月三
日）起在上海新光大戲院公映。特此奉告。不另一一作覆，幸乞見
諒為幸。

《孤兒救祖記》是明星公司樹立根基的作品，《空谷蘭》是明星公司
轉危為安的作品：沒有這兩部片子，就沒有明星公司。誇大點說，
也可說是沒有今日的中國電影界，可不是？目前中國有比明星歷史
再久、規模再大的公司嗎？

　　《空谷蘭》一片，是無聲片中至今保持國片營業最高記錄的作
品，而且每年在各地開映，雖是八年前的舊片，賣座始終不衰，簡
直是超越了空間性和時間性的。

　　現在的有聲《空谷蘭》，在內容上，擷精取華，兩部並成了一部，
而且經過改編，更精彩，更緊湊了。至於演員，胡蝶（她在本片中
一人兼飾三角）、高占非、宣景琳、嚴月閒諸君，她們的演技如何，
這裡可以不必詞費。總之，無論從那方面說，《空谷蘭》都是值得非
常注意的作品，我們敢相信：它一定跟《姊妹花》和《再生花》一
樣可以使觀眾諸君得到一百二十分的滿意！

　　　　　　　　　　——《新聞報》1935 年 1 月 30 日本埠附刊第 10 版

專映國產巨片的最高尚大戲院　新光大戲院（即南京路新新公司後面）　電話九四五九零號

全部對白歌唱有聲巨片《空谷蘭》明星影片公司名貴出品

張石川導演　胡蝶　高占非　嚴月閒　宣景琳主演

時間：下午二時半　五時半　九時一刻　今天開映　價目：五角　七角　一元　日夜一律

賣座破最高記錄的巨片　無場不擁擠　無日不客滿　上午十時開始售票

默片的《空谷蘭》已經使觀眾傾巷來觀，目奪神馳，萬分感動！

聲片的《空谷蘭》當然更覺得錦上添花，風靡全國，可想而知！

寫盡人生途上的離合悲歡。寫盡戀愛場中的辛酸苦樂。

是有口皆碑的名作！

是蓋世無雙的佳片！

國產片的上上品！

慈母斷腸，稚子飲恨，錐心泣血，哀絕塵寰！

親子夫妻，天涯咫尺，鏤心刻骨，慘不忍聞！

——《新聞報》1935 年 2 月 8 日本埠附刊第八版

《空谷蘭》被明星公司拍攝過兩次，一次是默片，一次是有聲片。這是兩則有聲片廣告。與通俗小說的廣告相比，就會發現它們在追求市場效應、設計文字懸疑、煽動讀者情緒上完全一致，不同的是電影廣告還注重導演和電影演員的排列，強化明星效應。

　　繁榮的通俗小說書刊廣告和商業電影廣告不但為很多作家作品、電影上映搖旗吶喊、鳴鑼開道，它們還聯手為各自的發展進行市場運作。我們這裡以向愷然的《江湖奇俠傳》以及明星公司的《火燒紅蓮寺》和張恨水的《啼笑因緣》以及明星公司的《啼笑因緣》為例，說明它們如何進行市場運作。這是兩次市場運作的經典之作。

　　　本書著者不肖生！他就是身懷絕技的劍俠，這書中的劍仙俠客，都是他的師友，這書中神怪的事實，都是他親身經歷的，所以這部書實情實事，與那向壁虛造的小說，根本不同。書中關於湖南方面的劍俠奇跡，略述如下，你如果不信，隨時隨地找一個湖南朋友問問，就能證明確有其事了。

這是載於《申報》1923 年 1 月 5 日第 2 張第 8 版上關於平江不肖生（向愷然）著《江湖奇俠傳》的廣告。此年此月他著的《江湖奇俠傳》開始在《紅》雜誌上連載。後來，《紅》雜誌改版爲《紅玫瑰》，小說繼續連載。至 106 回後，向愷然回老家湖南，由趙苕狂續寫，斷斷續續地寫到 1929 年。伴隨著小說的連載，有關不肖生和《江湖奇俠傳》的廣告連篇累牘。圖書廣告在晚清就開始盛行，但往往也就是個預告或售價，像圍繞著《江湖奇俠傳》連載如此密集地刊發廣告並不多見。另外，《江湖奇俠傳》的廣告詞有著較強的文學筆法，就如前引廣告，強調的是這是一個會武功的奇人寫出來的奇妙的小說。

根據《江湖奇俠傳》改編的電影《紅燒紅蓮寺》保持著這樣的廣告風格。自從第一集電影拍攝之時，有關《紅燒紅蓮寺》的廣告就鋪天蓋地，只要翻閱此時任何一份報紙和那些大眾刊物大概都逃不脫《紅燒紅蓮寺》廣告的眼球轟炸。那些廣告詞如果連起來看就是一部《火燒紅蓮寺》製作、放映的本事評介。我們欣賞兩段：

> 韓雲珍騷媚入骨，大肆勾引手段，鄭小秋坐懷不亂，被逼假做新郎。

> 九集紅蓮寺中逍遙仙姑把桂武陸小青楊天池劫至宮中，於三人中選一人充作東床，詎知此三人皆非好色之徒，雖仙姑一再威逼試誘，俱難入床，後三人密議，使陸小青佯爲心許。桂武與楊天池得脫樊籠，出外作殺伯之呼。此中所經之事，亦香豔，亦滑稽，最後金羅漢興仙姑之劍，斷其鋒光，則全恃攝影術，但見銀光二道，自仙姑眼中飛出，光極銳利，能束縛人之自由。崑崙諸健兒，俱非所敵，惟金羅漢能產之。……大俠人心，仙姑一角，仍由以表演風騷戲著名之韓雲珍承乏。桂武陸小青亦仍由鄭小秋皆飾，其他重要角色，亦如舊。凡未觀以前諸集者，見此集後，必欲歎紅蓮寺影片爲觀止。如已見過以前諸集者，則知此集之妙。自能與前數集相映成趣，只映三日，尚希各界早臨，以免嚮隅。

> ——《紅玫瑰》1930 年 2 月 20 日第 24 期

> 名震遐邇萬眾歡迎之火燒紅蓮寺每一集出世必四方轟動，故出品稍遲，老看客即紛紛來信催促，本公司不勝感慰。唯第十一集，因取材偶不經心，致召上海市電影檢查委員會之取締，嗣經本公司繕具呈文，陳明中國影業風雨飄搖之苦況，及紅蓮寺關係國片存亡

之實情……今第十二集已經檢會修正又與諸君相見於熒屏

——載《申報》1930 年 7 月 5 日第 5 版

第一則是《火燒紅蓮寺》第九集的廣告，其中強調的是色、奇、俠的故事內容，以及電影的特技和明星。第二則是《火燒紅蓮寺》第十二集的廣告，講述的是《火燒紅蓮寺》第十一集由於過份離奇，被上海電影檢查委員會取締的事情。第一則是正面介紹，第二則是自我批評。無論是正還是反，都是宣傳影片。《火燒紅蓮寺》拍了 18 集，每一集都有大量的廣告，觀眾們就是這樣被「燒」進了電影院。

在電影《火燒紅蓮寺》紅火之時，《江湖奇俠傳》又乘勢結集出版，所打出的廣告是：

《江湖奇俠傳改編紅燒紅蓮寺》

火燒紅蓮寺影戲，其情節皆取材於《江湖奇俠傳》書中，本書，是（不肖生）第一部得意傑作，全部十一集，一百零四回，一百萬言，自從這部書出版以來，全國轟動，人人愛閱，（明星公司）及（大世界）等，均在本書採取情節演義，價值之高，可想而知。本書敘述清代劍俠奇績，五十餘件，首尾聯貫，又長江湖上見識，愛武俠者，非看不可，定價一至五集每集七角，六至十一集各九角，七折；全部十一集實洋六元二角三分，外埠函購寄費每集各八分半，全部二角一分，上海及各省世界書局發行

——《紅玫瑰》1930 年 2 月 8 日第 17 期。

《江湖奇俠傳》反過來借《火燒紅蓮寺》的勢了。雖然電影只是借小說的故事開了一個頭而已，但是確實是從小說中尋找到的靈感。本來是兒子借老子的名闖蕩江湖，現在兒子比老子還有威風，老子又來借兒子的勢擴大地盤了。

《啼笑因緣》同樣是廣告開路，廣告造勢，比《江湖奇俠傳》和《火燒紅蓮寺》多了一點的是它還「造」了很多活動。這些活動有些是主觀的，有些是客觀的。先說主觀活動，主要有三項。一項是「代抄小說」。《啼笑因緣》最初連載時反應平平，但是隨著故事情節的深入，越來越受到讀者的關注，有些讀者看到後來就想補看前面，由於還是連載階段，沒有單行本，怎麼辦呢？《新聞報》就刊登啟事，代抄《啼笑因緣》。一部有人願意代抄的小說，豈不令人關注。一項是開設讀者信箱。為了不斷地給小說閱讀加熱，《新聞報》

上專門開設了《啼笑因緣》的「讀者信箱」，由張恨水和《新聞報》副刊主編嚴獨鶴等人直接與讀者互動。在「讀者信箱」中張恨水等人不僅解答讀者提出的問題，還讓讀者設計小說的結尾，引起讀者的好奇和爭論。《啼笑因緣》在連載時之所以熱度不減，「讀者信箱」的添柴加火功不可沒。一項是廣告競拍。《啼笑因緣》火了，每天的連載文字放在什麼位置就成為了報紙最吸引眼球的地方，在小說連載文字旁邊刊登廣告當然就有最高的閱讀率。於是《新聞報》就開展廣告位置競拍，其結果是報社賺了錢，小說有了很多人閱讀，人們都想看一看是什麼小說居然能夠吸引商人們的關注。《新聞報》副刊主編嚴獨鶴深諳市場的運作，一場「啼笑因緣旋風」就這樣被他們鼓動了起來。客觀活動是指那場電影的「啼笑官司」。小說剛剛連載結束，明星公司就已經購買下版權，由嚴獨鶴作為編劇準備改編成 6 部電影。1930 年 12 月 1 日《快活林》主編嚴獨鶴就在報紙上宣稱：「明星影片公司，已決定攝製影片」。為了不允許別人侵權，他們特地在報紙上刊登版權所屬啟事。可是很多劇團電影公司已經排演或者拍攝《啼笑因緣》，根本就不可能停下來，於是明星電影公司官司不斷，其中與大華電影社的官司更是打得滿城皆知，涉及到當時的大律師章士釗、大聞人黃金榮，驚動了政府內務部。〔註 42〕這場「啼笑官司」成為了《啼笑因緣》造勢的推手，推動了小說的熱賣和電影的熱映。

　　現代中國的通俗小說書刊、商業電影的廣告及其市場運作是中國現代文化、文學史上極有價值、極其生動的輝煌的一頁，前無古人，後無來者（迄

〔註 42〕1931 年明星影片公司買到了《啼笑因緣》的版權，由嚴獨鶴為編劇，準備拍有聲電影 6 部，並且在報上發表啟事，不准他人侵犯版權。可是當時的上海的廣東大舞臺正在改編同名京劇，明星影片公司就通過律師發出警告，不准上演。可是人家已經快改完了，即將上演，只好請黃金榮出面調解，京劇改名為《成笑因緣》上演了。這個時候，與明星影片公司一直處於競爭狀態的大華電影社氣不過，就與黃金榮勾結，走後門從政府的內政部得到了《啼笑因緣》的版權，然後又用高薪的方法挖明星影片公司的主要演員。明星公司沒有辦法就趕進度，想先放映，佔領市場。終於在 1932 年 6 月，開始放映第一集了。當時劇院裏座無虛席。正要放映的時候，大華電影社不知用什麼手段從法院弄來一個「通令」，不允許放映。明星影片公司措手不及，只好交了 3 萬元罰金，影片到下午 5 點才開始放映。電影放映之後就很火。大華電影社很不舒服，黃金榮從幕後轉到了臺前，說大華電影社拍的電影是他要拍的，並且要大華電影社到南京內政部去告狀。明星影片公司驚嚇了起來，只好請與黃金榮地位相當的杜月笙出面，並按照杜的指示，請章士釗做法律顧問。最後是黃、杜調解，敲了明星影片公司 10 萬元的鉅款，雙方才算「和解」。這就是民國時期轟動一時的「啼笑官司」。

今爲止）。這種現象的出現起碼說明以下幾個問題：

它們是一批出自於文化商人的很有特色的廣告文字，既有商人的機巧和圖利，又有文人的智慧和修養，無論是中國現代文學史，還是中國現代廣告史均可記上一筆。

中國文學和中國電影曾經經歷過完全的市場化時期。在市場化的背景下中國通俗小說與商業電影經受的市場的壓力，表現出來的是市場的拼搏。儘管我們可以批評它們浮躁、淺薄、無聊，但是它們最值得肯定的核心價值是活力！市場化的創作會帶來跟風，跟風就會有雷同；同樣市場化的創作就是一種優勝劣汰，於是優秀的作家作品就會不斷出現。現代中國的通俗小說與商業電影也就在跟風、雷同、淘汰、優勝的往復之中充滿著活力的前行著。

中國作家、電影人眞正體會到讀者和觀眾是它們的衣食父母，它們的創作必須猜摸讀者和觀眾的趣味，迎合讀者和觀眾的趣味。我們可以說它們媚俗，但不可批評它們的揚惡。因爲中國讀者和觀眾有自己的道德底線和價值評判標準，懲惡揚善、扶危濟貧、父慈子孝、眞情實感、社會清明等等價值訴求是社會的主流，超過了社會主流訴求的文學作品和商業電影，中國老百姓同樣是會將其淘汰。舉個例子，民國初年言情小說因其反映婚姻不自由的苦悶和眞情實感而受到讀者的歡迎，但是很快就在跟風中失去了思想價值，變成了描寫一些虛情的傷感小說，但是很快就失去了市場，沒有人看刊物就不願意登，〔註 43〕那些言情小說也就自然消失。因此說，如果作家和電影人不把自己看成高於廣大民眾一等，看成是思想和生活的指導者，相信民眾有自己的價值判斷，媚俗也不是什麼壞事。

它們是一批完全依靠自己的創作生活的作家，它們與媒體是一種經濟利益關係。因此，它們與各個媒體都有關係，名作家、暢銷書、熱映電影各個媒體都競相宣傳，於是它們就更有名，相反，則無人問津，就默默無聞。廣告數量的多少、出現的頻率、篇幅的大小、覆蓋的寬窄記載著這些作家的酸甜苦辣。他們與那些以社團爲紐帶、以雜誌爲載體的新文學作家、左翼電影人有著不同的生存空間，在現代中國的文學、電影的生物鏈中有著自己的層面。

〔註 43〕 1914 年 3 月惲鐵樵主辦《小說月報》就明確宣佈對於言情小說：「敝報中幾乎摒棄不用」，理由是：「歐洲言情小說取之社會而有餘，我國言情小說，搜索枯腸而不足」。惲鐵樵《特別廣告‧本社函件叢錄》1914 年 3 月《小說月報》第 4 卷第 12 期。

第四章 中國當代通俗小說的文類批評

第一節 新類型小說和文學消費主義

所謂新類型小說是指玄幻、懸疑、穿越、驚悚、新武俠等小說，它們與中國傳統的類型小說社會、言情、偵探、歷史、傳統武俠等小說相對，是當下中國流行的新興的類型小說。所謂的玄幻小說主要指寫修眞世界的作品。例如蕭潛的《飄渺之旅》、蕭鼎的《誅仙》。所謂的懸疑小說主要指那些以懸念或懸疑事件作爲小說情節發展推動力的小說，至今爲止，影響力較大的作家作品有蔡駿及其小說、那多及其小說。所謂穿越小說是指那些時空倒置、古今穿越的小說，例如金子的《夢回大清》、曉月聽風的《獨步天下》、桐華的《步步驚心》。所謂的驚悚小說實際上是玄幻小說的延續，只不過將修眞世界寫到古墓之中，因此它有被稱作爲盜墓小說，影響較大的作品有天下霸唱的《鬼吹燈》、南派三叔的《盜墓筆記》。所謂的新武俠是指金庸之後活躍在大陸的武俠小說作家群體，他們又被稱作爲「大陸新武俠」，代表作家有滄月、小椴、鳳歌、步非煙等人。

類型小說與精英小說（這個名稱並不科學，姑妄稱之）本就有著不同的美學觀念和美學表現方法，在它們之間尋找不同沒有什麼新的學術價值，倒是從與老類型小說的比較研究中發現新類型小說的變化，從中探索出社會和文化風氣的遷徙，將提供我們更多的學術思考空間。

老類型小說是中國傳統小說在現代中國的延續，包天笑曾說他們創作文

學的宗旨是：「擁護新政制，保守舊道德」，這句話基本概括老類型小說的政治觀念和文化觀念。他們擁護當時的共和制度，維護的是中國傳統的文化思想和道德觀念。中國傳統的文化思想和道德觀念也就是老類型小說的價值判斷和褒貶標準。社會小說揭露社會黑暗、批判統治者的腐敗，更多地是抨擊社會風氣的惡劣和統治者的道德敗壞，他們要說明的是社會風氣今不如昔，要揭露的是惡劣社會風氣製造者的腐敗和虛僞；言情小說中不管是三角戀愛還是多角戀愛，不管主人公怎樣移情別戀或者別戀移情，終將有情人成爲眷屬，一切化爲平靜；偵探小說中好壞之分同樣那麼分明，善惡之報的情節設計甚至置法律而不顧；歷史小說感歎滄桑無定，順應天時、民意者昌，逆天而動、獨夫者亡；武俠小說中的俠客們再怎麼叛逆，再怎麼有個性，最後的英雄一定是個君子。老類型小說實際上就是中國傳統的文化觀念和道德標準的宣揚書。新類型小說就不一樣了，它們是人的基本欲望的宣揚書，玄幻小說、穿越小說都在現實世界之外創造出一個虛幻的世界，讓現實世界的人在虛幻世界中產生故事、實現理想。人的生命是有限的，人的生活是有範圍的，但是人的欲望是無限的，虛幻世界的設計就是人的生命的延長和人的生活的擴展；懸疑小說和驚悚小說刺激的是人的好奇心和窺私欲。有時爲了欲望張揚的效果，新類型小說的情節設計甚至有違中國傳統的文化觀念和道德標準。例如當下風行之中的那些盜墓小說充滿著離奇情節，極大地滿足了閱讀者的好奇心和窺私欲，但是，這是掘人家祖墳的事情，中國傳統文化與傳統道德將這些人和事視作爲不入流的下三濫的事情，君子從來不爲。可是當下的新類型小說卻津津樂道地迷戀在其中。傳統武俠小說從現實世界走入江湖世界，儘管神乎其神，還是一種生活形態的描述，新武俠小說從江湖世界走入了人的意念世界，什麼生活形態都不重要，君子小人很難劃分，它們只是人的各種欲望的傳導體和人的不同的表現形態而已。

　　小說創作總是要經過藝術加工，老類型小說不管怎麼藝術加工，還是告訴讀者故事發生的社會和時代（或朝代），表現小說的客觀性，作者在小說中總是努力地申訴故事的眞實性。新類型小說根本就不顧小說創作的客觀性，顯現出一種「去眞實化」的形態。它們不說故事發生在什麼社會和時代（或朝代），而是說「有一座山」「有那麼一件事」「有那麼一個朝代」。它們毫無顧忌地將自我主觀意念凌駕於客觀的表述之上，毫不掩飾地將虛構的形象呈現給讀者。以穿越小說爲例，歷史事件和歷史人物完全是根據作者的主觀意

念設計，七國爭霸的勝敗完全取決於是否得到一位當代英雄的幫助（黃易《尋秦記》）、董卓成為了重情重義的美男子（夢三生《美人殤》）、康熙成為了同志（李歆《獨步天下》）、雍正成為了戀愛高手（金子《夢回大清》）。如果「穿越小說」也算上是歷史小說的話。它既不同於那些「紅色經典」和「帝王歷史小說」，也不同於追求民間敘事的「新歷史小說」，它就是「主觀歷史小說」。它是作者用自己的主觀想像解構歷史。其實，歷史小說都是解構歷史，但「穿越小說」的解構不是對歷史本體的質疑，也不對歷史價值立場否定，而是直接質疑歷史的真實性、客觀性，其實質是想像歷史。作品中很多歷史人物、歷史事件、歷史場景都來自於作者的想像，歷史在作者心目中已成為他們心靈張揚、放飛、寄託或休憩的場所。再例如玄幻小說更是深深地印著設計者的主觀烙印，整個故事都是建立在超越人間的另一個世界，其中的場景安排、是非判斷、正邪真偽、神魔轉換、鮮花與毒藥等等完全來自於設計者的價值觀念、個人愛好，甚至是性格脾氣。這樣的小說也就是一種主觀意念小說。無根的漂浮懸遊構成了新類型小說最為突出的美學特徵。

　　與這樣的欲望化的表達和主觀化的書寫相聯繫的就是對情節離奇化的極端追求。新類型小說已經不滿足老類型小說的事件離奇和人物離奇，因為這些事件和人物再離奇都是發生在現實社會中的事和人，只是不同於常事、常人而已。新類型小說開闢了另類空間，玄幻小說開闢了神界、魔界的空間；懸疑小說開闢了靈異空間；穿越小說開闢了歷史空間；驚悚小說開闢了幽冥空間，新武俠小說開闢了意念空間……發生在這些空間裏任何的事情和人物都離奇之極，因為它們不僅僅是不同於常事、常人，而是不同於凡事、凡人。很有意味的是這些空間似乎很有市場，細細探究起來都存在中國人的歷史想像和現實推理之中，中國民間流傳的那些神怪故事早已在我們心靈中建立起一個神魔世界；超現實、超理性的感官預警和預測常常令人不可思議；從小就閱讀的那些歷史故事給我們帶來滿足和「替古人擔憂」的感歎；盜墓及其鬼怪之事一直刺激我們的好奇的神經和警戒著我們做人做事的原則；意念空間中的事和人雖然是為了需要而組合，可是每一種障礙、每一種力量似乎都是我們現實生活中邪惡和正義的延伸。於是，新類型小說的另類空間與民族的非理性的潛意識聯繫了起來，那些似是而非、似真似幻的人和事似乎都有了心理根據，情節的離奇似乎也就有了合理存在的依據。

　　老類型小說是中國傳統小說在現代中國的延續，它們在現代中國主要接

受中國新小說的影響，逐步地形成雅俗共賞的美學形態。新類型小說則主要
接受歐美、日本流行小說的影響，並逐步地中國化、本土化。放在世界流行
小說譜系中，中國這些新類型小說其實都不新鮮。在歐美，玄幻小說又稱作
為「幻想小說」，20 世紀最有代表性的作家作品有英國作家魯埃爾‧托爾金
（Reuel Tolkien）的《指環王》、美國作家林‧卡特（Lin Carter）《劍客柯南》
《巫師讚歌》等，激起中國讀者對英美幻想小說閱讀熱情的是英國作家羅琳
的《哈利波特》。這部小說自 2000 年進入中國後不僅僅是給孩子們帶來了閱
讀快樂，也給當下新類型小說的寫手們開廓了巨大的玄幻想像空間。懸疑小
說在歐美又稱作為「黑色懸念小說」，它起源於英美的「硬漢派」偵探小說，
發展於 20 世紀五六十年代，至今還延綿不斷。康奈爾‧伍爾里奇（Cornell
Woolrich）、吉姆‧湯普森（Jim Thompson）等人是代表作家，不過激起中國
人對懸疑小說閱讀和創作熱情的還是美國「黑色懸念小說」作家後起之秀丹‧
布朗（Dan Brown），他的《達‧芬奇密碼》自 2004 年引進中國後，很快就引
起了中國人的閱讀熱潮。歐美流行小說有兩個永恒的主題，一是懲治邪惡，
一是愛情幻想。在表現方法上歐美流行小說作家們都很推崇西格蒙德‧弗洛
伊德（SigmundFreud）的學術思想，幻覺等超自然現象構成了作家們的想像空
間，夢幻、暗示、預警和驚悚成為了作家們最喜歡運用的表現方式。根據這
樣的思維，正義和邪惡的對抗、民意與獨裁的拼搏、美好與醜惡的選擇、善
良與惡毒的彰顯常常成為小說的主題；冒險的探寶人、邪惡的巫師、私利的
商販和冷血的科學家常常成為小說的主人公；大漠、古墓、海底與極地常常
成為演繹故事的最好環境。當然，那種超越時空、超越歷史的今古、人鬼愛
情就不斷地被演繹，形成一種奇幻的「穿越傳奇」。歐美、日本的流行小說打
開了中國作家的創作視角，延續著歐美、日本流行小說的思路，他們開始在
中國歷史、原始文化、民間傳說中尋找創作資源，於是中國悠久的歷史、豐
厚的典籍、靈異故事、神怪傳說被廣泛地汲取和自由地穿越。生死輪迴、陰
陽交錯、靈魂附體、神怪顯靈等很多民間傳說和禁忌成為了中國作家們常用
手法，中國戲曲（例如儺戲）中的人物臉譜、服飾、道具、曲調以及詩詞歌
賦、經典樂章成為了中國作家們常用「關目」。中國本土化的文化藝術也就成
為了這些新類型小說「中國化」元素。中國本土化的文化內涵在歐美、日本
流行小說的表現手段的支配和調度下，被賦予了新的生命和新的表現形態，
洋為中用、土為今用，中西文化雜糅在一起，呈現於中國當下新類型小說的

美學形態上。當然，有些作家覺得中國文化和西方文化還不夠，他們甚至將觸角伸向了印度文化（例如玄幻小說作家步非煙的作品）。從這個意義上去思考，中國的新類型小說實際上是世界流行文化的中國文本。

這樣的美學形態又由於當今的影視藝術和網絡平臺得到了強化。小說是語言藝術，歐美和日本的流行小說再怎麼大眾也還是一種精英閱讀，真正讓這些類型小說在中國形成大眾化影響的還是影視劇。流行小說本來就是歐美影視熱衷於改編的小說題材，在歐美幾乎所有的有影響的流行小說都被拍成了影視劇，它們在歐美產生了廣泛的影響。這些影視劇也成為了中國引進歐美大片的主要片源，它們在中國創造著高票房收入的同時，其表演形態同樣給中國觀眾留下了深刻的印象。於是，中國導演們（主要是大陸和香港）也開始了此類影視劇的拍攝，《古今大戰秦俑情》、《神話》、《新倩女幽魂》，特別是周星馳主演的《大話西遊》、《工夫》等影視劇幾乎都是運用歐美大片的思路演繹著中國故事，這些影視劇同樣受到中國觀眾的熱捧。與小說相比，影視劇以其形象將正邪爭鬥和愛情玄想的主題表現得更為鮮明突出，將超越時空、幽冥飄渺的構思表現得更為神出鬼沒。影視劇將很多美學特徵形成模式，並且深入人心，形成時尚和潮流。小說創作與影視創作從來就是互為影響、相輔相成。中國那些新類型小說作家深受這些影視劇的影響，他們的很多作品實際上是影視劇的小說表述，他們創作的小說的很多章節都可以當做影視劇本來閱讀，其中周星馳似的表演風格和語言更是滲透於各個方面。隨著這些新類型小說的走紅，一些優秀的作品反過來又被一些影視劇的編導們所看中，它們被拍成了影視劇，例如《宮》、《步步驚心》等等。這些影視劇的熱播更加刺激了新類型小說的創作。

給新類型小說更大助力的是網絡。老類型小說主要是報紙寫作，新類型小說幾乎都是網絡寫作，那些有影響的新類型小說都是先經過網絡寫作，然後再紙質化和影視化，當然大多數網絡小說也就止於網絡之中。報紙與網絡最大的區別是，報紙是主要承擔著社會宣教責任的紙質媒體，網絡主要以娛樂為主的電子媒體；報紙是精英編寫、大眾閱讀的寫讀媒體，網絡是寫手為主，眾人參與的互動媒體；報紙是有著明確分工、明確責任的集團媒體，網絡則是連接著千家萬戶各自為政的個人媒體。網絡媒體的特點使得新類型小說的價值觀念不可能理性化，因為理性化代表著原則性，原則性總是要束縛住一些人的需求。網絡媒體使得欲望的釋放有了最好的平臺，使得娛樂化有

了最暢通的管道。欲望和娛樂是人的需求的最大公約數，在欲望和娛樂的釋放上網民們可以取得一致的利益共享。新類型小說實際上也就是網絡平臺生成的具有網絡特點的文學形態，它受制於網絡要求，也表現著網絡特徵。值得特別指出的是，網絡上欲望和娛樂的釋放並不代表欲望和娛樂的泛濫，在人的本性上的一些公共認可的具有積極傾向的願望和標準還是大多數網民們共同認可的價值標準，成爲了制約各種欲望和娛樂的最大的民意。懲惡揚善、美好愛情是人類永恒不變的美好的願望，網絡既給新類型小說釋放欲望和娛樂的管道，也以願望和標準制約著新類型小說無限制發展的欲望和娛樂。網絡是公共平臺上的個人寫作，要獲取網民們的認可，寫手們都非常注意民意和點擊率，並且根據民意和點擊率不斷地調整自己的寫作思路，一部有影響力的新類型小說最後的完成實際上是眾人意見的綜合體。這樣的創作過程很容易造成小說創作造中的狂歡化，眾人拾材火焰高，越是被人關注的小說網民們越是給力，越是給力的小說也就越是能成爲有影響力的小說。同樣，由於是眾人參與，不管意見是多麼分歧，最後一定會取得一個大眾能接受的平衡點。這就使得新類型小說越來越模式化和同質化，以驚悚小說中的盜墓題材來說，《盜墓筆記》、《鬼吹燈》等等作品極多，但是只要稍微比對分析就會發現情節基本相似，只不過換了人物和地點而已。網絡通達古今、連接中外，網絡的神奇給了新類型小說最好的啓發和發揮，神遊八鷔，漂浮沉潛，網絡給新類型小說的創作最充分地施展空間。同樣，膚淺化、泡沫化、模式化和無釐頭，這些新類型小說常被人詬病的缺點也就是網絡媒體的一些特點，在所難免。

小說當然不等同於政治社會理念，但是小說確實是離不開政治社會的理念，何況是表達欲望情緒的新類型小說。與其說指責這些小說是「垃圾」「泡沫」，不如深入地思考一下這些新類型小說背後究竟表達了什麼樣的政治社會理念。就以穿越小說爲例，穿越小說在清末民初的中國文壇就曾流行。吳研人的《新石頭記》寫賈寶玉和林黛玉穿越時光隧道，到一些文明國家，領略現代西洋文明。陳冷的《新西遊記》寫唐僧師徒四人穿越到當時的上海，雖然他們的本領非凡，在上海的物質文明的面前卻顯得那麼地愚笨，孫悟空的筋斗被電線給彈了回來，豬八戒想鑽地，卻怎麼也鑽不下去，因爲路面上有了水門汀……有意思的是當下中國的那些穿越小說與吳研人、陳冷小說中的穿越路徑正好相反，吳研人、陳冷是讓中國古人、能人穿越到現代社會中

來，顯其落後；當下中國的那些穿越小說是讓現代人穿越到古代社會去，顯其才能。路徑相反的穿越顯示了不同的時代情緒和不同的時代心態。清末民初的中國社會動蕩，卻正處於除舊布新的時代的轉折點上，充滿期待地展望未來是時代的主流情緒，在一個新國家中做一個文明的新國民是時代的主流心態，再聰明的人、再有能力的人不適應現代文明都要被淘汰。當下的中國越來越強盛，現有的國家機器和社會體制越來越顯示出強勢，個人的社會地位由於個人的社會背景、家庭出生的不同越來越被先天注定，個人的奮鬥和努力在強盛的國家機器和體制面前顯得那麼的渺小，卻又充滿著無奈。可是人的理想的規劃以及為實現理想的奮鬥又是人的天性。既有理想的追求，現實社會又少有途徑，於是穿越到古代去就成為了滿足自我、釋放情緒的最好的途徑。當下的那些穿越小說（包括影視劇）大致上分為兩類，一類是穿越到先秦，這類作品又被稱作為「秦穿」；一類穿越到清朝，這類作品有被稱作為「清穿」。「秦穿」作品中往往是男性，到了那個群雄紛爭的動亂社會中，具有現代文明和現代技能的男主人公當然也就成為了傲視群雄、一統天下的大英雄，寫作者和閱讀者都會在主人公的經歷和奮鬥中體會到英雄氣概；「清穿」作品中的主人公往往是女性，清朝皇宮中王爺、貝勒、格格特別多，情感糾葛也特別多，在勾心鬥角的清朝後宮中，具有現代智慧和現代美貌的女主人公當然是遇難吉祥、眾人拱捧的大美女，創作者和閱讀者同樣會在主人公的爭寵、受難而又勝利的過程中得到愉悅。虛擬世界中的得意和滿足反映出的是現實社會中的失意和不足，神采飛揚的抒寫滲透出的是個人欲望的失缺和令人心酸的苦澀。這是當下穿越小說之所以盛行的社會心態。

　　新類型小說的創作者和閱讀者主要是青年人。他們是當下中國社會中的最進取者，也是當下中國社會中的最焦慮者，新類型小說的創作和閱讀成為了他們的進取和焦慮心態很好的釋放管道。在現有的中國教育體制中（政治教育、社會道德教育和國民教育），青年人一直處於被教育的狀態。被教育狀態的背後是個性的羸弱，欲望的退縮。中國傳統的小說創作還是以現實主義為主，那些標為「現代主義」稱呼的小說常常是很晦澀的個人理念的表達，青年人實在是看多了（從小學課本開始）和看不懂（或者不願意動腦筋）。關公戰秦瓊、仙界與冥界、盜墓與掘寶，誰說歷史不可以這麼寫呢？修真界、玄真界照樣打得天昏地暗、愛得死去活來，誰說人間的悲喜就一定發生在凡世之中呢？新類型小說有著創作者和閱讀者隨心所欲的愜意和灑脫，有著創

作者和閱讀者新鮮傳奇的快感和發泄。青年人在傳統的教育體制之外和在傳統的小說創作之外似乎尋找到了一個屬於自己的精神領域。青年人永遠是文學閱讀的主體，他們的閱讀取向往往決定著文學發展的方向。「五四」以來的新文學之所以能夠取代中國的傳統文學成爲文學創作與閱讀的主體，與當時中國大中學校的青年人的閱讀和追捧有很大的關係。而當下的中國青年人卻逐步地遠離新文學的傳統，其中的原因自然很多，但有一點相當明確，那就是當下中國社會的主流文化體現的價值和表現形態確實與青年人的追求發生了偏差。

生活節奏的加快和閑暇時間的碎片化，使得通過網絡看世界成爲當下中國青年人認識世界、感知世界的主要方式，電子閱讀正在擠壓和取代紙媒閱讀。新類型小說正是電子閱讀的文學類型，它讓生活在快速節奏中的青年人有了閱讀的欲望，讓閑暇時間碎片化的青年人有了閱讀的可能（最有說服力的是正在流行的手機網絡閱讀，其中下載的小說幾乎都是新類型小說）。新類型小說寄生於網絡閱讀，而網絡閱讀又產生於當下的生活狀態，新類型小說也自然成爲是當下青年人最適合的閱讀物。

評價一部小說的水平高低關鍵在於如何設立評價標準。如果從精英文學（這個名稱不科學，姑妄稱之）的標準評價這些新類型小說，這些新類型小說的水平確實不高，人性刻畫的淺薄、情節模式的老套、場面描寫的無聊、情感描寫的輕浮等等，這些評價語言都用得上。而且這些評價都有道理，它們有魯迅小說那麼深刻的人性刻畫麼？有 80 年代的那些小說那麼犀利的批判色彩麼？這麼一比，新類型小說簡直是無地自容。但是如果我們反過來考慮，讓新類型小說就那麼注重刻畫人性，那麼注重批判色彩和人文內涵，它還能稱上是「新類型小說」麼？它還會有那麼多讀者麼？它還能流行於當下社會麼？其結果令人懷疑。所以，對新類型小說不應從精英文化評判之，而應從消費文化考慮之。

新類型小說是一種文學消費主義表現。在消費文化的視野中，文學創作根本就不思考人的終極價值，也不去思考什麼文學的內在規律以及自我特性，它就是將文學當作時尚生活消費品一樣看作是一種商品。新類型小說只不過是按我所需地將小說的一些元素拿了過來作爲一種時尚商品消費，借著文學形式表達自己的社會理念和宣泄自己的思想感情一種文本。由於是商品消費，當然就沒有什麼思想的崇高性、生活的真實性的追求，有的是一種商

品消費過程中必然出現的消費快感和大眾性狂歡。既然是商品，也就可以複製，可以批量生產，新類型小說的模式化顯而易見，而這些模式又都是刺激人們購買閱讀的「賣點」。當然，只要有人消費，商品就有生命力。在當下的中國新類型小說屬於熱賣的商品，而且還將熱賣相當長的一段時間，因為在一個以 GDP 的增長作為主要發展動力的社會裏，一個主流文化的取向和傳統文學的追求與青年人的追求有著偏差的文化氛圍中，有著消遣娛樂的消費文化就自然會成為人們（特別青年人）的主要的文化選擇。只要消費文化盛行，文學作為商品就不可避免，有些新類型小說過段時間也許不再熱了，另一個名稱的更新的類型小說必將取而代之熱了起來。

　　消費文化有著很強的集體主義大眾狂歡意識，滿足著自我最基本欲望的釋放。新類型小說作者幾乎來自於草根階層，它的讀者也大多來自於平民，創作和閱讀構成了中國平民社會的集體愉悅。由於這些作者和讀者以青年人為主，愉悅之中自然就充滿著青春氣息，有著一種自戀的羅曼蒂克的氣息。新類型小說最吸引人和最有價值的部分也就是小說所表現出的這種充滿著青春氣息的「草根心態」。這種「草根心態」具有二種表現形式。一是社會心態。新類型小說都是從老百姓的視角看世界，它區分和表現好壞善惡的標準就是老百姓日常生活中所堅守的道德標準，基本上不做世界觀和人生的宣教，而是直截了當地告訴讀者什麼是好人，什麼是壞人，什麼正義，什麼是邪惡，並且一定是好人戰勝壞人，正義戰勝邪惡。它沒有精英小說那麼沉重、厚重和更多的餘韻，幾乎是與讀者處於同一水平線上思考問題。正因為如此，讀者知道這是作家筆下的生活與現實相差千里，也知道其中很多的情節並不合理，破綻是那麼多，但是卻能夠表現出巨大的容忍和寬容，就因為小說的草根視角與他們的觀感相一致。消費文化要求著作家站在大眾文化的立場上看問題，新類型小說做到了這一點。二是自然心態。新類型小說除了社會視角與大眾一致之外，情節的設計和場面的鋪排還刺激著讀者的潛意識。那些離奇的環境、絕色的美女、驚天的陰謀、古怪的語言刺激的是讀者的無限的欲望，好奇心、好勝心、窺私欲和情慾與神乎其神的故事情節和青春浪漫的氣息攪拌在一起能產生巨大的吸引力。故事模式雖然老套，卻沒有疲態，因為這些潛意識是人的自然心態，不但具有普遍性，而且永遠處於更新的狀態。

　　就如商品有精品一樣，新類型小說也有精品，當然，它需要一個發展過程。新類型小說的創作需要規範，但應該明白，就如商品的生命力在於熱賣

一樣，新類型小說的生命力就在於流行。當下的中國的新類型小說充塞於各個書店的書櫃，而大多數作品粗製濫造，很多評論家憂心忡忡，認爲這是浮躁的閱讀現象。其實大可不必如此憂慮，這是類型小說發展過程中的正常現象，也是類型小說的生命力所在。稍微梳理一下各種類型的類型小說的發展起伏的歷史就會發現，類型小說發展的基本態勢是先導引領、群眾運動和英雄輩出，並循環往復。所謂「先導引領」是指某類小說類型變革；所謂「群眾運動」就是我們所說的「跟風」階段；所謂「英雄輩出」是指在「跟風」中出現了具有個性的流派。例如中國現代武俠小說的發展是由 1923 年平江不肖生的《江湖奇俠傳》爲先導，接著是各種人等在中國文壇上掀起一股武俠小說創作狂潮，這是群眾運動的階段，然後在群眾運動中產生了李壽民爲代表的「劍仙派」、王度廬爲代表的「俠情派」、白羽爲代表的「人生派」、朱貞木爲代表的「歷史派」。用這樣的發展態勢看當下中國的新類型小說，很多類型的小說正處於「群眾運動」階段，例如以黃易的《尋秦記》爲先導，一股玄幻、穿越小說創作的「群眾運動」正在進行中；以美國作家丹·布朗（Dan Brown）的《達·芬奇密碼》爲先導，懸疑小說也正在中國掀起了創作旋風。處於「群眾運動」階段的類型小說創作，其形態是粗放型的，泥沙俱下，但是這些粗放型的小說創作卻充滿激情、充滿著青春的氣息，其中蘊藏著強有力的生命的跳動點。我們很難說在中國就不會出現玄幻小說大師、懸疑小說大師、穿越小說大師、驚悚小說大師和新武俠小說大師。類型小說的優秀與否不在於創作形態是否精緻、是否「高品位」，而在於它是否被大眾所認可、所追捧、所模仿。類型小說的魅力在於流行，作品流行多了、時間長了，作家就成爲了大師。粗放的流行本來就是類型小說發展的自然階段，有生命力的部分會沉澱出類型小說的精品，沒有生命力的部分會自然淘汰，相信市場，市場的揚棄要比那些自以爲是的褒貶有用得多。

第二節　中國當代懸疑小說論 [註1]

懸疑小說是用懸而未決曲折的情節推進故事發展的一種小說形式。通篇小說以強烈的懸念引導、嚴密的邏輯推理取勝。我國的懸疑小說是舶來品，是汲取歐美「黑色懸念小說」的營養本土化的結果。歐美「黑色懸念小說」

〔註1〕博士研究生朱全定對本節有貢獻，特此說明。

成型於 20 世紀四十年代，是在硬派私人偵探小說基礎上發展起來的一種通俗小說文類，在西方五六十年代廣為流行，其特點是「充滿緊張的懸念」，關注的重點不是破案和嚴懲罪犯，而是「剖析案件發生的撲朔迷離背景和犯罪的心理狀態」，作品的敘事角度也與傳統偵探小說不同，它通常「依據與神秘事件有關的某個當事人或案犯本身」〔註2〕

　　中國懸疑小說起步比較晚。一開始它是網絡文學的重要組成部分，網絡是它賴以生存的土壤。2001 年，蔡駿開始在互聯網上連載《病毒》。2004 年，《達·芬奇密碼》在中國文學類圖書中熱銷，促使隨後幾年「不折不扣地成為了中國圖書的懸疑年」〔註3〕。網絡文學最顯著的特點就是反應快。但是，網絡小說又容易造成大量跟風作品出版。2005 年，中國懸疑小說創作駛上快車道，鬼谷女創作出版了《碎臉》，網絡點擊量短短數週就超百萬。2005 年 9 月，李憶仁的《枯葉蝶》被出版界譽為「東方的《達·芬奇密碼》」。2006 年，天下霸唱創作的系列小說《鬼吹燈》陸續出版，受到其「燈絲」的熱捧。2007 年，南派三叔出版了《盜墓筆記》，至此具有我國特色的「盜墓系列」懸疑小說初步形成。2007 年「《死亡筆記》事件」爆發以後，〔註4〕懸疑小說的出版受到衝擊，以裝神弄鬼、感官刺激、血腥暴力為主要內容的作品受到限制，但是，儘管受到制約，懸疑小說創作還是生生不息，懸疑小說的銷售還是極為火爆。當下中國的懸疑小說究竟為什麼會如此地吸引讀者？其中有哪些值得肯定的美學要素，有哪些值得注意的負面影響？本節以中國懸疑小說創作的兩位領軍人物蔡駿、那多的創作為中心，展開自己的思考。

　　懸疑小說為什麼會在當代中國流行，答案很簡單，就是它能夠給人們精神愉悅，可以在工作情緒之外獲得另一種情緒釋放。當下社會人們所承受的生活壓力、工作壓力極為沉重，所產生的精神焦慮極為緊張，懸疑小說最主要的功能就是消遣性，它是讓讀者愉快、精神愉悅、忘記現實。它的目的在於娛樂。

〔註2〕　黃祿善著《美國通俗小說史》，譯林出版社 2003 年版，第 365 頁。

〔註3〕　羅四鴒著《懸疑江湖，誰是英雄──當前懸疑小說透視》，《青春》，2008 年第 8 期，第 53-54 頁。

〔註4〕　2007 年充滿著恐怖神秘氣氛的日本漫畫《死亡筆記》在我國中小學生中流行，受到了廣大家長和教育工作者的關注和批評。2007 年 5 月 25 日，全國「掃黃打非」辦下發通知，要求各地開展一次為期一週的查繳日本漫畫《死亡筆記》等恐怖類非法出版物專項行動。

　　根據作品的表現手法，可以將懸疑小說分為現實型懸疑和超自然懸疑兩類。現實型懸疑小說指偏重推理分析的懸疑小說，作品中沒有過多的筆墨去渲染恐怖詭異的氣氛，而是把離奇的情節作為推進故事發展、引發讀者好奇的主要手段，運用的是縝密的推理分析來進行解疑。現實型懸疑小說以蔡駿為代表。蔡駿的小說一般都有一個重要的歷史事件做為引子，而這個歷史事件確實是真實的。根據真實的歷史事件賦予離奇生活細節，敷演出神秘的情節推理，這是蔡駿經常使用的創作思維。例如倫敦泰晤士河畔，國會廣場屹立百年的大本鐘在格林尼治時間 2005 年 5 月 27 日 10 點 07 分毫無預兆地突然停擺。這是一個真實的事件。與此同時，留學英國的春雨與戀人高玄擦肩而過；在發現高玄完全喪失記憶後春雨又親眼目睹他遭遇一場車禍……；與此同時，春雨正抱緊高玄躲過飛車，自己卻捲入銀行劫案，中槍臥倒街頭……；也是與此同時，沒有撞車巨響，沒有子彈呼嘯，春雨和高玄登上同一節地鐵車廂，卻因為分別來自不同時間，即使重逢對面，也終將永別……。這就是蔡駿的名著《旋轉門》的故事情節。大本鐘停擺是真實發生的，故事生活細節卻很離奇，在離奇的生活細節的組合中，真實的歷史事件卻成為了神秘是故事的起因。由真實性觸發，運用偶然性推理，達到必然性的結論，蔡駿的小說有著自我的特色。

　　超自然懸疑小說以那多小說最具有代表性。運用超自然的神秘，構思故事情節是那多常用的創作思維。問題是這些超自然現象的運用常常會造成不可思議的閱讀效果，而「不可思議」太多了，又常常引起人們對他的小說的真實性產生懷疑。對這樣的懷疑，那多心知肚明，他採用了兩種手法加以彌補，一是用一條似乎真實的新聞作為故事的引子，例如他的名作《那多靈異筆記》，這部由 11 個故事組成的小說，每一個故事都是從一條新聞引發開去。二是充分渲染一些超自然的心理情緒，以說明每一個人都有自己的心理世界，於是弗洛伊德的內心力量實驗、茨威格的人類詛咒等超驗幻覺以及巫術幻術在他小說中反覆使用，例如他的《百年詛咒》、《甲骨碎》等小說均可以看作為超驗文本。似真似假，似乎都有那麼一個生活或者心理的根據。從一個看似真實的新聞事件出發，寫離奇的生活，並用超驗的心理靈異證明其合理性，靈異而又飄忽，構成了那多的小說特色。

　　現實型懸疑小說和超自然懸疑小說的分類也只是創作手法不同而已，將離奇的生活碎片編織成充滿懸念的邏輯推理，並從中發散出神秘氣氛，這才

是懸疑小說的創作思維核心，也是懸疑小說的美學特徵所在。在閱讀心理維度上，它的側重點不是價值觀的啓迪、正義感的激發，也不在於情感的煽動、英雄性的渲染，而在於好奇心的滿足，在於在匪夷所思的情節中獲得的一種可信（也可以是不可信）的閱讀快感。這樣的閱讀快感離社會意識形態的要求較遠，卻紥根在人類的本能之中。因此，它沒有社會批判的深刻性，沒有生活反思的厚重感，卻具有心理情緒釋放普遍性。這就是當下中國懸疑小說得到普遍歡迎的重要的原因。

　　將懸疑小說閱讀全部認定爲淺閱讀的說法不正確。就以約定俗成的說法，將人性刻畫的小說看作爲深閱讀，將情節小說看作爲淺閱讀，懸疑小說也不能全部劃爲淺閱讀。刻畫人性的小說就是那麼深刻，情節小說刻畫人性就是那麼膚淺，這本身就是一個望文生義的說法。優秀的情節小說一定會深刻刻畫人性，表現人性，懸疑小說同樣如此。中國的懸疑小說興起與網絡寫作分不開，當下中國的懸疑小說作家都曾經是網絡寫手。蔡駿、那多、鬼谷女、莊秦、大袖遮天、麥潔、七根胡、一枚糖果等，都是在網上紅火之後，達到一定的點擊率，才引起了各大出版公司的關注。廣西人民出版社，接力出版社，重慶出版社都爭相策劃和出版他們的網絡連載小說。正由於這些出版機構的認可和介入，中國懸疑小說創作流派才得以崛起。中國懸疑小說的發展過程就是一個泥沙俱下，披沙礪金的過程，有著大量的泥沙，卻也淘洗出不少金粒。蔡駿、那多有相當多地深刻地表現人性和人生的作品。蔡駿的表現比較直接，他一般在批判貪婪、嫉妒、自私等負面人性中達到對滿足、寬容、博大等正面人性的推崇和贊美，那多的小說常常是在否定人生的負面追求的基礎上，推導出人生對自我、世界乃至於宇宙的正面思考。懸疑小說也在追尋經典，優秀的懸疑小說一定是讀有所思的「深閱讀」。條條大道通羅馬，懸疑小說走的是自己規劃出來的那條道，優秀的作品同樣是人性人生的深刻表現。當然，懸疑小說的確是良莠並存，大量的作品只是停留在感官刺激的層面，而這些作品卻又有相當的閱讀率。科學的評價和引導應該是當下評論界的當務之急。

　　要論懸疑小說的鼻祖，當推美國作家埃德加‧愛倫‧坡（Edgar Allan Poe,）。他的偉大之處在於「以開拓和獨創精神創作美國文學」。〔註5〕一生著述頗豐，其作品集兇殺、懸疑、恐怖、科幻等通俗暢銷元素於一體，融合了西方傳統

〔註5〕常耀信著《精編美國文學教程》，南開大學出版社2005年版，第96頁。

經典文化與工業革命科技成果。愛倫‧坡對懸疑小說的貢獻是他推崇的藝術
創作的統一效果論。在《創作哲學》（The Philosophy of Composition,1846）中，
他提出了創作的統一效果論（the Unity of Effect)。他認為聰明的藝術家不是將
自己的思想納入他的情節中，而是事先精心策劃，想出某種獨特的、與眾不
同的效果，然後再杜撰出這樣一些情節——他把這些情節聯接起來，而他所
做的一切都將最大限度地有利於實現那預先構思的效果。〔註6〕技巧嫻熟的文
學藝術家應該如何從「效果」入手進行創作呢？愛倫‧坡認為應該是經過精
心策劃、巧妙鋪陳，力圖「在短篇小說這種文藝形式裏，每一事件，每一描
寫細節，甚至一字一句都應當收到一定的統一效果，一個預想中的效果，印
象主義的效果。」〔註7〕在《創作哲學》中，他承認自己喜歡從考慮效果入手。
「在眾多能感化心智或曰（更寬泛些說）靈魂的效果或印象中，我應該為眼
前的這篇選用哪種？」〔註8〕愛倫‧坡認為每篇作品都應該收到一種效果，效
果的設定就是創作的開始。統一效果論是他偵探、恐怖、神秘、推理小說的
美學總結。自 1841 年愛倫‧坡創作小說《莫格街血案》，世界文壇上就出現
了一種新的文類：偵探神秘小說。之後，他又創作了《瑪麗‧羅熱疑案》《竊
信案》《金甲蟲》等作品，這些被認為是世界偵探神秘小說鼻祖的作品的形成
過程，也就是他文學創作統一效果論觀念的形成過程。在這些小說中他都力
圖製造驚險、恐怖和強烈情感的效果。為了達到這樣的效果，他精心打造每
一個細節，以此傳達出他實現設定的主題：美的幻滅與死亡的恐怖。愛倫‧
坡的統一效果論，以及「作品的結構細節應該為整體目的服務」的觀念，對
後世的偵探、恐怖、神秘、推理小說創作有著深遠的影響。時隔多年，英國
著名偵探小說家柯南‧道爾感慨地說：「一個偵探小說家只能沿著這條狹窄的
小路步行，而他總會看到前面有愛倫‧坡的腳印。如果能設法偶而偏離主道，
有所發掘，那他就會感到心滿意足了」。〔註9〕

愛倫‧坡的足音同樣在當下中國懸疑小說中回響。蔡駿、那多等人的創

〔註6〕 盛寧著，《愛倫‧坡與「五四」運動以後的中國現代文學》，《國外文學》1981
年第 4 期，第 9 頁。

〔註7〕 George Perkins. & Barbara Perkins, *The American Tradition in Literature* （Vol.
1），Boston：McGraw-Hill Companies,Inc.,1999：1308

〔註8〕 G。R. Thompson,ed., *The Selected Writings of Edgar Allan Poe*, New York： WW.
Norton & Company, Inc., 2004：676

〔註9〕 朱利安著，《西蒙斯，文壇怪傑——愛倫‧坡傳》，文剛、吳樾譯，陝西人民
出版社 1986 年版，第 247 頁。

作幾乎毫無例外地是這種統一效果論的追隨者。蔡駿、那多的小說的主題都相當明確，從對醜惡人性批判中達到對美的人性贊美。驚險、恐怖和強烈情感衝擊都是他們的小說所要追求的效果。在敘事中，蔡駿整篇作品就是一個大的懸念，解讀這一懸念就是小說的目標設定。圍繞著這一懸念，小說精心構思了一些離奇的細節，用層層推進的方式引導讀者進一步閱讀，層層地達到了驚悚恐怖的效果。例如《地獄的第十九層》就從女大學生春雨收到一封短信開始，「你知道地獄的第十九層是什麼？」看似一則遊戲短信，多讀幾遍以後，就會讓人的思緒不可自拔。春雨深陷其中，並且踏上了地獄眞相追尋不歸路。「你已通過地獄的第 1 層，進入了地獄的第 2 層。」「你已通過地獄的第 2 層，進入了地獄的第 3 層。」……通過地獄層數的不停地暗示，讀者隨著主人公的腳步彷彿被一隻無形的手牽引著，充滿好奇地要瞭解一個名爲「地獄」的短信遊戲。隨著一步一步的通關，一個叫春雨的女生經歷一系列恐怖故事，讀者的聽覺、視覺被調動了起來，感受到神秘恐怖的氣氛一陣陣襲來，並且越來越強烈。那多小說的敘事常常與蔡駿相反，他經常一開始就設定一個驚險、恐怖的懸念，這個懸念就是他的小說預先設定的效果。然後通過多重論證說明這個驚險、恐怖事件的合理眞實的存在。由於這些預先設定過於靈異，很多細節僅靠邏輯推理解釋不了，那多就常常使用超驗的本能加以化解，例如《凶心人》中幻術、《幽靈旗》中的催眠術。

　　中國作家對愛倫·坡的追隨，甚至達到意象設定。「貓」這個意象在西方文學作品中經常出現，是具有某種靈性的邪惡力量的意象。人類最原始的情感之一就是懼怕。〔註 10〕黑貓讓西方人心生恐懼。西方作家喜歡借用「貓」這個意象，給作品增添了魔幻和奇詭的色彩。愛倫·坡的作品常常寫到貓，他還專門寫了一篇小說《黑貓》，寫貓受虐，使主人瘋狂犯下殺妻之罪。在蔡駿、那多的作品中，貓也時常會帶來恐怖的訊息。「春雨養了一隻美麗的貓，有一天它不幸地被汽車撞死了，她將貓埋葬到了寵物公墓後邊的泥土中。但是，在第二天的清晨，那隻貓敲響了她的房門……」（《地獄的第十九層·第 28 節》）。在小說《天機》、《貓眼》中更是讓一隻白貓反覆出現，並且賦予它陰柔的神態，蔡駿以此來營造驚悚的氛圍。那多在《變形人·九命黑貓》中，一開始就用一隻「骨骼柔軟，被卡車軋，從樓上摔下摔不死的黑貓」營造詭

〔註10〕《馬克思、恩格斯，馬克思恩格斯選集（第四卷）》，人民出版社 1972 年版，第 320 頁。

異的氣氛，接著就是一聲聲淒厲尖銳的貓叫會時常迴蕩在讀者的耳畔。在小說《清明幻河圖》中，那隻叫做「小煤球」的黑貓能使裘澤面對古董心有靈犀，彷彿就成爲了裘澤手中的一把具有魔力的鑰匙，協助裘澤緩緩開啓那扇巫術時代的大門……愛倫‧坡是西方懸疑小說的鼻祖，東方的中國懸疑小說也將其奉爲祖先。

愛倫‧坡的小說是影響中國當下懸疑小說的遠方的足音，美國作家丹‧布朗（Dan Brown）的小說是影響中國當下懸疑小說的近期的鏡像。丹‧布朗的小說「不光集謀殺、恐怖、偵探、解密、懸疑、追捕、言情等多種暢銷因素於一身，還融合各種文化符號和當代高新科技於一體。」〔註 11〕在《達‧芬奇密碼》中，丹‧布朗在保持小說節奏緊湊、懸念迭起的同時，還創造性地對西方宗教進行了重新闡釋，而這些新的闡釋足以動搖西方人的信仰基礎。爲了破解密碼、找出眞凶，這部小說巧妙地穿插了各領域的知識：密碼學、符號學、藝術史、中世紀教會史、秘密社團、加密術等，最後是哈佛大學宗教符號學教授羅伯特‧蘭登攜手密碼破譯天才索菲‧奈芙，破解了隱藏在達‧芬奇藝術作品中的西方宗教的天大的秘密，而這一秘密的揭破又直接觸動了西方人的人生信仰的根基。《達‧芬奇密碼》給蔡駿創作很大的影響，讓他「明確了懸疑小說的定位」，同時給了他極大的自信心：懸疑小說創作同樣可以創作經典。〔註 12〕密碼解密是《達‧芬奇密碼》解密的關鍵，在蔡駿的小說中也經常借用，其中最爲明顯的小說就是《地獄的第十九層》。這部小說的主人公葉蕭是這樣解密的：首先推斷英文字母爲密碼，那麼最簡單的設置就是——=0、=1、=2、=3、=4……依此類推，直到=25。如此這般，用二十六個英文字母與 0 到 25 的數字互相替換，這是換字式暗號的基礎。解開「741111」這個號碼，首先要把「7、4、1、1、1、1」這六個數字分解，分別以換字式暗號規律的英文字母來替換。最終，葉蕭不但立刻讀出了它的英語發音，而且明白了它的意思——地獄。這樣的解密方式明顯地受到《達‧芬奇密碼》的啓發。丹‧布朗的創作喜歡在歷史中尋找疑案。將其設置成懸念，再用知識作爲解密的鑰匙，在解密的過程中產生顛覆性的結論。這樣的創作手法同樣頻頻出現在蔡駿和那多的小說中，蔡駿接受採訪時說他閱讀最多的是各種不同的歷史資料。〔註 13〕他的小說確實展示了他的豐富的歷史知識，

〔註11〕朱振武著《數字城堡‧譯者序》，人民文學出版社 2004 年版，第 3 頁。
〔註12〕http://tieba.baidu.com/f?kz=99672023
〔註13〕http://book.qq.com/s/book/0/11/11775/54.shtml

他常用一個歷史事件作爲背景，罪惡之源都來自那個歷史上過去發生的疑案。在充滿懸念與推理的故事中，不斷地增加知識元素，這些知識元素既是解密的難度，也是解密的趣味，由此形成了蔡駿小說「知識懸疑」的顯著特點，具有一定的歷史知識厚重感。那多的小說更是如此，幾乎都是歷史追蹤、文化尋迷，將歷史文化的神秘轉化成生活本色，將崇高敬畏轉化成蒼白可笑，從而影響人們的歷史觀念、文化觀念，乃至生活信仰的，例如他的小說《神的密碼》、《甲骨碎》等均是如此。將陳舊事件賦予新的解讀，並給予觀念上的更新，這是典型的丹・布朗式的思維，中國的懸疑小說作家們顯然跟隨其後。

愛倫・坡、丹・布朗等西方懸疑小說作家們實在是太強大了，跟隨其後的中國當代懸疑小說作家們要超越他們實在是太難了。問題是中國作家們有沒有「設法偶而偏離主道，有所發掘」呢？也還是有的，那就是在中國本土特色元素中尋找靈感，並給自己的小說賦予本土化的色彩。正如那多所說「中國的懸疑作家完全能從本民族傳統文化中汲取養料，寫出民族風格的、并能爲世界所接受的東方懸疑暢銷書。」〔註14〕

最能體現中國本土特色的元素不外乎是兩個，一個是中國特有的人文環境和自然環境，一個是中國特有的歷史和文化。這兩點正是蔡駿、那多等中國懸疑小說作家體現本土化的兩種努力。蔡駿的小說《幽靈客棧》是個典型的例子。作者不僅讓讀者感受到了在那個瘋狂年代，人性的扭曲和泯滅，更是通過這樣的事例披露出人性的弱點，拷問人的靈魂。進而讀者從中可以讀出中國傳統文化「是非分明」地「勸人」的道德規訓。用中國特有的事件構成中國環境，並從中展現中國式的道德意識的人文情懷，這樣的小說本土色彩自然就十分濃厚。與蔡駿的政治敏感性不同，那多更喜歡中國人文景觀的點綴，在《甲骨碎》中歐陽文瀾居住的院子是按照蘇式園林風格布置的，隨處可見奇山假石，配合老樹隔擋出許多景致，充分體現了東方建築美學特徵。在《清明幻河圖》中，汝窯的碎瓷片、充滿懸思的對聯、東方巫術、羅漢床、澄泥硯、韓愈的古詩、惠山泥人……這些中國風韻暈染其中，使得散發出中國畫的氣息。作爲生活在上海的那多，作品中的海派地方特色自然少不了。《甲骨碎》中的一些場景，就設置在了最具上海特色的石庫門中，讀者從這裡追隨主人公，進入了那些老舊的弄堂裏，沉浸在作者精心編織的新奇想像而又

〔註14〕http://www.cbi.gov.cn/wisework/content/93863.html

充滿邏輯和推理的世界中，時而還能聆聽到獨具地方特色的上海方言：「儂有毛病啊，儂阿是毛病又犯了。」「我看她眼烏珠定洋洋，面孔煞煞白，趕快朝她眼睛盯牢的方向看。」〔註15〕還能陪同主人公何夕「品嘗」到上海本幫菜：「烤子魚，馬蘭香乾，外婆紅燒肉，扣三絲，蟹粉豆腐，水晶蝦仁。兩個冷菜四個熱菜，外加一份小吃糯米紅棗。」

在中國傳統文化的挖掘上，中國懸疑小說作家顯然更喜歡在原始文化和民間傳說中尋找靈感，地獄懲罰、生死輪迴、陰陽交錯、靈魂附體、神怪顯靈、蠱術巫術等成為了中國懸疑小說作家情節設置時常用手段。蔡駿在小說中常將這些原始文化和民間傳說作為一種知識宣導，例如中國老百姓祭奠去世的親人時，會有一些中國民間特有的喪葬民俗。在《地獄的十九層》中清幽的媽媽來收拾女兒的遺物。春雨「看到她在樓下的空地用粉筆畫了一個圈，然後把箱子裏的東西一件件放到圈裏。」「清幽的媽媽用打火機點燃了一條白色的睡裙──這是清幽那晚中邪似的轉圈時穿的睡裙。這時春雨才明白了她在幹什麼，原來是在焚燒死者的遺物，將死者生前用過的東西化為灰燼，寄給陰間的鬼魂使用。幾千年來，中國人一直都是這麼處理逝者的遺物的，春雨記得小時侯家裏也燒過死去的長者的衣服。粉筆畫出的圓圈旁邊還有一個小開口，大概是要把這些東西送到陰間去的通道吧。」蔡駿顯然是要告訴讀者中國人怎樣祭祀親人的一種方式。同樣在這部小說的第 39 節中，蔡駿這樣寫道：「他在紙上緩緩地寫下──地獄的第 1 層：拔舌地獄『挑撥離間，拆散他人，誹謗害人，說謊騙人，將被打入拔舌地獄，用鐵鉗夾住舌頭，生生拔下。』」在我國原始文化中，地獄是陰間地府的一部分，用於關押生前罪孽深重的亡魂。蔡駿通過古老的地獄傳說，讓讀者瞭解有關地獄的知識，什麼人將要受到什麼樣的懲罰。這樣的文字顯然是蔡駿有意而為之。

與蔡駿相比，那多筆下的中國原始文化和民間傳說顯得更為靈異。他很喜歡寫巫術和幻術。當讀者看到《清明幻河圖》這個書名，自然會聯想到北宋張擇端的名畫《清明上河圖》。可是這部小說並不是寫人間生活世態，而是寫支配人間生活的巫術。巫術一直被認為是支配人類生活的超驗現象，古老而又神秘的法術，旋繞人間揮之不去。《清明幻河圖》的封面上寫著此書「解救禁錮了 200 年的巫術精靈」。遠古流傳的巫術儀式失效了，新的巫術開始了，照相巫術、假貨巫術、對聯巫術、LV 包巫術、車巫術、《清明上河圖》巫術、

―――――――――――――――――

〔註15〕那多‧甲骨碎[M]，瀋陽：萬卷出版公司，2009：30，31，76。

龜甲巫術在這部書中神奇地輪番上演。從這些巫術的名稱就可以體會到，老的巫術沒落了，新的巫術在新的時代、新的人類身上重新復活，有了新的生命。小說再現了一個亦真亦幻的巫術世界，彌漫著靈異氣氛，其中不乏詭異的內容。在那多的筆下，巫術和幻術是超驗的力量，只有階段性，沒有終結性，綿延流暢，世代傳遞，因此一些歷史秘密、警示和教訓借助巫術和幻術，同樣可以綿延流暢，世代傳遞。例如，生存對於我們來說到底意味著什麼？這樣的問題幾乎是所有的作家所要在小說中揭示的人類的最終關懷。作為一個懸疑小說家的那多就用幻術來回答這樣的問題。在《凶心人》中，當朱自力、何運開為保命爭搶食物時，那多「看著朱自力手裏的那根白骨，百年前這裡曾經發生過的事，剛剛開始的時候，是不是，也是這樣……最高等的教育，再昌明的社會，人骨子裏的醜惡，還是一樣抹不去。或許，那並不能叫醜惡，只是動物的生存的本能吧。」那多認為死去的蕭秀雲一定是利用幻術，傳遞信息給幸存者。他絲毫不懷疑蕭秀雲有假扮鬼神的能力，令他心驚的「是她對人性負面情緒拿捏把握得竟然這樣精準」。生存對於我們到底意味著什麼，那多的回答是：本能，從古到今都是如此。不過，他是利用幻術作出了這樣回答，這是懸疑小說式的回答方式，是那多式的回答方式。

中國的懸疑小說作家都很喜歡《聊齋誌異》，蔡駿和那多也不例外，蔡駿作品中的女主角大多都有「聶小倩」氣質，沉默、憂鬱，敏感，卻又有執著的追求，例如《幽靈客棧》中的水月。蔡駿並不隱瞞自己對聶小倩的喜歡，他有時在小說中直接用聶小倩給他的女主人公命名。他的小說的結構也常顯《聊齋誌異》痕跡，例如《貓眼》就是《聊齋誌異》式敘事方式：充滿秘密的黑色的房子，兩個毫不知情的男女，故事在不斷的探秘的過程中展開。那多似乎更喜歡《聊齋誌異》的氛圍。在《變形人》中，那多「有些不安地再環視了一下，赫然發現在離我不遠處的工地旁，竟然有一個孤零零的白色的影子……那慘白色的影子徐徐轉過身來，我這時才看清，原來是一個長髮女子。」妖異的長髮白衣女子突然出現在視野中，這樣的描述是《聊齋誌異》中比較典型的女妖現身法。

蔡駿平時喜愛的唐詩、宋詞，中國悠久的崑曲藝術也影響到了他的創作。在《神在看著你・25 章》中，老人輕輕地吟出了蘇軾的水調歌頭。「但願人長久，千里共嬋娟。」，並以此來構造故事的氛圍。在《天機・第八章・山間公墓（5）》中，將崑曲《牡丹亭》杜麗娘遊園中那段「那荼蘼外煙絲醉軟」的

唱詞穿插其中，剛剛目睹春天的美麗，便將要鬱鬱寡歡而死，唱的是杜麗娘的詞，顯然是小說主人公的心境，給人一種淒美的感覺。那多小說很少有蔡駿那樣的雅致的情調，但他卻有一段新聞記者工作經歷。這段經歷雖然短暫，但卻影響到了他的新聞寫作模式。新聞稿件看似客觀記錄，卻又給不在現場的讀者留下了想像空間。那多充分利用了新聞稿這樣的真實感和疏離感，在似真亦假的新聞寫作中做足了文章，寫出一幕幕真實的幻境。

中國懸疑小說深受西方懸疑作家的影響，從最初的單純模仿，到今天融入大量的中國特色的民族元素，創作出具有個人特色的懸疑作品，發展著實令人矚目。但是與西方懸疑作品相比較，中國作家創作的懸疑作品雖有佳作，卻沒有經典。分析問題大概有三：

一是西方的懸疑小說基本上是「人類視野」，一般是從人類發展的角度思考哲學、宗教、政治等宏大的話題，追尋人類生存的根據，還原人類活動的本色（當然是小說家言）。而中國的懸疑小說基本上是「中國視野」，寫中國人的文化環境和生存法則。當然我們可以說「越是中國的越是世界的」，但是當中國話語與世界主流話語偏離的時候，中國話語就顯得偏窄和狹小，特別是當懸疑小說的美學結構基本上還是追尋人類生存根源的西方話語的時候，中國視野就有了很多難以展開的局促的地方，這就是為什麼當下中國很多懸疑小說缺少深度，讀起來很像刑事偵破小說的原因。

二是對本土文化需要淘洗和超越。從中國豐厚的原始文化和民間傳說中汲取創作營養，是中國懸疑小說作家得天獨厚的創作優勢。問題是如何拿捏超驗的靈異之感和科學解密的關係。在我看來，科學解密還應是懸疑小說解密懸案的主要依據。如果總是依靠靈異之感解決懸案的難題，就很容易墮入靈異故事的巢臼之中，就會與中國民間流行的「鬼」故事無異。

三是應該強化小說意識。小說就是要寫生動而具有個性和內涵的人物形象，儘管是類型小說，同樣是懸疑小說作家追求的目標。與西方的懸疑小說相比較，這是中國懸疑小說普遍的弱點。中國的懸疑小說注重情節的詭異，很少見到豐厚的人物，即使是蔡駿、那多等優秀作家作品中，人物基本上是情節的一個符號而已，有時也就是扮演了一個故事的敘述者而已，例如《那多靈異筆記》中的那多。另外，應該擋得住影視的誘惑，作品被改編成影視作品，當然會提高作家作品的知名度，但是作家決不能為了「觸電」而有意為之。影視劇本的寫法會增加小說技法的豐富性，但是小說絕不是劇本，否

則會影響小說的整體美感。這樣的問題在蔡駿和那多的小說中都有。

　　究其原因，可以看出中國的懸疑小說作家的個人文化素養和知識儲備都有提高的空間。只有站得高，才有遠視的前景，但是站得高需要文化和知識的支撐。文化和知識需要中國的，更需要世界的。中國懸疑小說作家應該有文類自信，任何一種小說文類都可以創作經典，懸疑小說同樣如此，而況中國的懸疑小說創作正處於方興未艾的階段呢？

第三節　中國當代官場小說論

　　官場小說各國皆有。美國就有一批寫總統的政治醜聞作家作品，例如約翰·厄里奇曼（John Ehrlichman），他 1976 年出版的《陪伴》對好幾個總統的政治醜聞進行曝光；另一個作家瓦爾特·斯托瓦爾（Walter Stovall）的《總統告急》居然將總統寫出背叛祖國、背叛人民的極端自私者。英國也有一批專寫官場腐敗的作家，其中最有名的作家大概是查爾斯·斯諾（Charles Snow），1940 年到 1970 年間，他以《陌生人和兄弟們》為題，寫了 11 卷分類小說，涉及到英國政治社會的各個方面。不過，在英美等國家，這類官場小說被歸類為「暴露小說」之中，因為這些作家不僅暴露官場黑幕，還暴露商業、醫療、教育、影視等社會各方面的黑幕，例如美國作家西德尼·謝爾頓（Sidney Sheldon）和阿瑟·黑利（Arthur Hailey）都是著名的暴露小說作家。在世界文學中，大概只有中國有「官場小說」的名稱。這是因為中國文壇有一個專寫官場小說作家群，他們相當集中地暴露官場的內幕，並形成了一股官場小說的創作潮流。當下中國官場小說主要代表作家作品有張平的《天網》、《抉擇》、陸天明的《蒼天在上》、《大雪無痕》、閻真的《滄浪之水》、王躍文的《國畫》《梅次故事》、《蒼黃》、周梅森的《人間正道》、《中國製造》、《絕對權力》、王曉方的《駐京辦主任》等等。中國作家為什麼獨愛官場呢？是中國作家的視野不夠開闊？是中國其他行業部門的內幕不值得暴露？都不是，而是中國的政治生態環境所決定的。在中國的國家體制中，政治權力高度集中，官場就是整個社會生態的「綱」，它的影響輻射到社會的各個行業，綱舉目張，寫的是官場小說，描述的是整個社會。中國作家獨愛官場小說小說的另一個重要原因，是中國官場確實有話可說，它給作家們提供的創作素材實在是太多了，而且是層出不窮、稀奇古怪。這些源源不斷的創作素材不僅給作家們提供創作靈感，還給作家們提供思考的空間。中國作家獨愛官場小說的再一個

原因，是中國的官場體制並不完全透明，與普通老百姓有著一定的距離。距離帶來了關注度，也帶來了神秘感。充滿著神秘感的關注度必然帶來各種添油加醬的道聽途說，其中發生了什麼以及怎麼發生，正常的消息途徑的空缺給文學創作帶來了想像空間，讀者的需求給了作家們創作的動力。

與英美官場黑幕小說相同的是，中國官場小說也是以官場腐敗作為情節元素，以揭秘作為創作線索，以真相大白或者懲惡作為故事的結局。從小說的美學表現上說，它們屬於一類。但是中國的官場小說有著自我的特點。英美官場小說主要寫貪官怎樣利用體制進行貪腐和作惡，中國的官場小說主要寫體制中的弊病怎樣使人墮落和貪腐。《滄浪之水》中池大為原以為通過自己的努力可以實現人生的理想，可是再怎麼能幹、再怎麼聰明，在現實社會中就是行不通。現實告訴了池大為一個事實，在中國社會中要想實現人生理想，不進入官場根本就行不通。小說的結尾，池大為在父親的墳前燒掉了父親留給他的那本《中國歷代文化名人素描》，隨風飄去的不僅是灰燼，還有純真的人格、理想和精神。進入官場就能實現人生理想了嗎？不一定，《國畫》中朱懷鏡年方三十就當上了副縣長，可是自己的願望就是難以實現，現實中他明白了一個道理，官場就是一個一個的權力生態圈，你只有進入生態圈中才有願望實現的空間。一旦進入官場生態圈，就必須根據官場生態圈的遊戲規則辦事，有些事情明明有違事實，甚至是有違良心，也不得不去做，於是《蒼黃》中那些官場「差配」和精神病人診斷也就有了合理的理由。有意思的是幾乎所有的中國官場小說都對官吏體制中的弊病表示了憤恨和無奈，卻很少對政治和社會體制中的弊病進行批判，也很少寫體制中的官員們的靈魂如何痛苦和掙扎，中國的官場小說總是在道德上做文章，津津樂道於那些貪官們如何地表面上道貌岸然，背地裏骯髒齷齪，這件事表面上如何風風光光，背地裏卻見不得人。小說不是要通過事件的描述寫出問題的思想性和人物性格的複雜性，而是通過事件的描述告訴你，這個人就是個壞人，這件事就是件壞事，並從中告誡讀者，這麼大的官做這麼壞的事情，這個官場不腐敗才怪呢？中國的官場小說也並不一味地揭露和批判官場的腐敗和黑暗，不管腐敗的官僚有多麼少，小說中一定會有一個（或幾個）清官，這些清官雖然一直受到打壓，但是那種一心繫著人民、鞠躬盡瘁的形象總是令人動容。更主要的是這些清官構成了對貪官的制衡的力量，形成了小說的矛盾衝突。同樣不管腐敗的力量多麼強大，小說的最後這些腐敗的官員和腐敗事情一定會在上

級部門的介入下受到懲罰或者得到揭露，污染的土地終將恢復藍天綠水。這樣的小說情節和結尾在張平、陸天明、周梅森等人的小說中表現得相當突出。這就是中國官場小說特有的「清官意識」和「光明的結尾」。中國官場小說的「清官意識」和「光明的尾巴」常常被人所詬病，認為這是一種矯情和作假，其實大可不必如此貶低。不僅僅是中國的出版體制需要作家做出這樣的情節安排，現實生活中也的確如此。中國官場中不管有多麼腐敗，的確是有一股制衡的力量，這股制衡力量也許不是某一個清官，而是民意和黨紀國法，它使得貪官們不敢肆無忌憚；中國貪官不管官位多大，只要一經查實，必將受到懲罰，中央在對待貪腐官員從來不手軟，光明的尾巴也許是個願望，卻也是事實。

官場小說是當下中國閱讀熱點之一，這是被點擊率和圖書暢銷榜所證明的事實，但是評論家們對官場小說的評價一直不高，這就出現了一個問題，為什麼很多讀者所喜歡的作品，就進不了很多評論家的「法眼」呢？是讀者的審美層次太低，還是評論家的眼光不准，我認為還是評論家的眼光出現了問題，他們沒有真正讀懂官場小說。

官場小說是大眾文化的文學表現。大眾文化所關心的是發生在當下、而為大眾所關心的社會熱點問題。官場小說的魅力就在於它寫了當下的官場。縱觀現當代文學的發展，官場小說最繁榮的是兩個時期，一個是晚清，一個就是當下。官場的腐敗無疑是晚清重大的社會問題，晚清的官場小說描述的就是當時官場如何的腐敗。無可諱言，官場腐敗確實是當下重大的社會問題，官場小說在當下繁榮理所當然。在當下中國的文壇，拒絕崇高、逃避現實幾乎成為了一種風氣，官場小說卻成為了為數不多的審視崇高、直面現實的小說類型。這並不是官場小說家們有什麼特別高尚的文學理念，而是大眾文化特性使其然也。

官場小說就是模式小說。「腐敗＋陰謀＋美色＋內幕」是官場小說慣用的模式。只要一提到官場小說，這些模式和套路就浮現在眼前。其實我們大可不必指責這些模式和套路，它們就是官場小說的標誌。同樣的推論，去掉了官場小說的那些模式，也就沒有了官場小說。我們當然鼓勵那些既保持著模式小說「味」，又有著新的突破的小說的創作，但是我們應該明白，模式小說情節的生動和精彩往往就在於這些情節模式的組合和變換之中，就像玩魔方組合，最後的結果你早已心知肚明，樂趣就在不斷地扭轉組合之中。在於過程，

而不是結果，這是模式小說最重要的美學特徵。模式小說作家的高明就在於如何將這個過程設計得讓人玩得樂而不疲、疲而不忘，而讀者認為的「好看」也就在於是否真的被作家設計的過程所迷住。近年來，王曉方的《駐京辦主任》為人們所關注，被認為是官場小說創作新的發展。要論套路，《駐京辦主任》還是官場小說的那些套路，但是它有了新的「變法」和「扭法」，那就是「秘書視角」。秘書是官場核心事件的參與者，又是旁觀者，是官員的替身，又是獨立的個體存在。從這個視角出發，作者就既能淋漓精緻地揭秘，又能發幾句感慨式的批評，既能寫混跡於其中的內幕，又能在文字上保持幾分清醒。但是小說中清醒的批判是那麼的微弱，不管是死心塌地，還是身不由己，那些秘書們最後捲進了官場的漩渦，這就是秘書的歸宿。從一個新的角度揭示和思索官場的規則，這就是《駐京辦主任》給官場小說帶來的最新的「變法」和「扭法」。

官場小說表現的是一種「草根心態」。這種「草根心態」具有二種表現形式。一是社會心態。官場小說都是從老百姓的視角看官場。既然中國當下的官場有那麼多問題，老百姓當然就關心它，可是中國的官場體制透明度不夠，大眾媒體上的粉飾的話太多，官場小說卻告訴讀者官場的內幕以及官員是什麼樣的人。讀者知道這是作家筆下的官場和作家描繪的官員，並不一定符合真實的現狀，但是通過閱讀可以滿足對官場和官員的好奇心；讀者也知道其中很多的情節並不合理，破綻是那麼多，但是卻能夠表現出巨大的容忍和寬容，就因為小說的草根視角與他們的觀感相一致。大眾文化要求著作家站在大眾文化的立場上看問題，官場小說做到了這一點。二是自然心態。官場小說除了滿足於讀者的好奇心之外，還刺激著讀者的潛意識。那些內幕、美色、陰謀刺激的是讀者的窺私欲和情慾，它們與曲折離奇的故事情節攪拌在一起能產生巨大的吸引力。雖然老套，卻沒有疲態，因為這些潛意識是人的自然心態，不但具有普遍性，而且永遠處於更新的狀態。

官場小說的創作需要規範，但應該明白它的生命力就在於流行。當下的中國的官場小說充塞於各個書店的書櫃，而大多數作品粗製濫造，很多評論家憂心忡忡，認為這是浮躁的閱讀現象。其實大可不必如此憂慮，這是模式小說發展過程中的正常現象，也是模式小說的生命力所在。用這樣的發展態勢看當下中國的模式小說，很多類型的小說正處於「群眾運動」階段，例如以黃易的《尋秦記》為先導，一股玄幻、穿越小說創作的「群眾運動」正在

進行中；以美國作家丹‧布朗（DanBrown）的《達‧芬奇密碼》爲先導，懸疑小說也正在中國掀起了創作旋風。中國的官場小說也處於「群眾運動」階段。處於「群眾運動」階段的模式小說創作，其形態是粗放型的，泥沙俱下，但是這些粗放型的小說創作卻充滿激情、充滿著青春的氣息，其中蘊藏著強有力的生命的跳動點。我們很難說在中國就不會出現官場小說大師。模式小說的優秀與否不在於創作形態是否精緻、是否「高品位」，而在於它是否被大眾所認可、所追捧、所模仿。模式小說的魅力在於流行，作品流行多了、時間長了，作家就成爲了大師。粗放的流行本來就是模式小說發展的自然階段，有生命力的部分會沉澱出模式小說的精品，沒有生命力的部分會自然淘汰，相信市場，市場的揚棄要比那些自以爲是的褒貶有用得多。

第四節　中國當代武俠小說論

如果以上世紀 70 年代末金庸小說登陸大陸爲起點，審視 30 年來中國大陸武俠小說的發展狀況就會發現，中國大陸的武俠小說始終被籠罩在金庸小說巨大的背影之中。人們只要一談論武俠小說還是津津樂道於金庸小說（偶而也會提及梁羽生、古龍小說），好像這 30 年來中國大陸就沒有武俠小說創作似的。這種狀況既不符合 30 年來中國大陸武俠小說的創作狀況，更不符合人們的閱讀期待。30 年中國大陸的武俠小說有著很大的發展，但是爲什麼人們就看不到這樣的發展，還是論述金庸小說呢？中國大陸的新武俠究竟有什麼問題值得我們思考呢？大陸新武俠的創作群體究竟有沒有能力創造「後金庸時代」呢？

經過30 年的努力，中國大陸形成一個武俠小說作家群，代表作家有滄月、王晴川、鳳歌、小椵、步非煙、沈瓔瓔、紅豬俠、時未寒、楊叛等。他們以其大量的作品在中國建立了比較穩定的創作閱讀圈，成爲了新時期通俗小說的重要的生力軍。在我看來，更重要的意義在於：他們繼承了中國武俠小說創作的歷史，成爲了中國武俠小說的正宗血脈。武俠小說是中國的國粹，古已有之。進入 20 世紀以後，中國的武俠小說進入了創作的高峰期。1949 年以前中國武俠小說創作的生力軍在大陸。向愷然、李壽民、王度廬、白羽、鄭證因、朱貞木以他們的各具風格的創作爲中國現代武俠小說留下了不同的創作流派。1949 年以後，武俠小說的創作中心在臺、港地區。臺灣有柳殘陽、

司馬翎、古龍等人，香港有金庸、梁羽生、溫瑞安、黃易等人，而中國大陸 1949 年以後的相當長的一段時期內，武俠小說基本上是絕跡的。就在臺、港地區武俠小說走向式微之際，我們驚喜地發現中國大陸的武俠小說崛起了。更爲驚喜的是他們不是一二個人，而是一個作家群。他們成功地將中國武俠小說創作的話語權重新地置於中國大陸。

中國大陸崛起的武俠小說作家群，有著「新武俠」的風格。首先這批作家大多是具有高學歷的身份，經歷過比較完整的學院式教育。他們學歷教育的時期正是中國大陸改革開放的時候，開放的國際視野使得他們的文化薰陶更爲廣闊而龐雜。他們接受中國傳統文化的教育，但是並不注重於儒、墨、道、佛哪一家，他們受到現代外國文化的影響，卻是感覺多於理性。他們注重的是生活在當代社會中的「活法」以及感覺。他們身上的文化構成具有改革開放以後中國大陸那一代人共有的特徵。這樣的文化特徵在他們的小說中纖細畢露地表現了出來。我們可以在金庸等人的小說中分析出什麼是「儒家之俠」、「道家之俠」等指歸型的結論，對他們的小說中人物卻很難作出這樣指歸和結論。滄月的小說（例如《鏡》系列）、步非煙的小說（例如《人間六道系列》）、沈瓔瓔的小說（例如《琉璃塔》）等人的小說常常被人說是表現了中國道家的文化觀念，可是仔細分析就會發現，她們小說中的人物行爲看其起來似乎很有道家的氣息，但是小說人物評判是非的標準卻是中國傳統的道德文化。中國傳統的道德文化卻是儒家觀念的核心思想。再仔細分析那些小說人物的行爲動力，似乎眞正的推動力又不是中國傳統的「理念」，倒有不少是西方文化中的「意念」。例如「獻身」是武俠小說重要的情節模式，金庸等人小說中有，滄月等人的小說中也有（如《聽雪樓》系列中的人物迦若），金庸小說中的「獻身」或者「俠之大者，爲國爲民」的儒家式獻身（如蕭峰），或者是「至情至性」的道家式獻身（如小龍女），或者是「我不入地獄誰入地獄」的佛家式獻身（如石破天），他們都是爲了一個理念，他們都是以生命的可貴襯托出更可貴的東西，可是滄月小說中的「獻身」就是爲了「意念」，活在世界上該做的事情都做了，到了該死的時候了，於是就要獻身了。這樣的獻身不是說明生命的可貴，而是輕視生命。從中我們體會到的是生命的價值與生活的質量成正比，生活沒有的質量生命也就沒有了價值，死亡就是生活過程的一個組成部分。這樣的「獻身」觀念，充滿著現代個性主義的色彩，是生活在當代社會接受外國文化思想的滄月們所具有的文化理念。再例如鳳

歌、王晴川、紅豬俠、時未寒、楊叛等人被認為是「傳統派」。他們的小說走現實主義的路子，儒家的文化思想是他們小說的價值判斷。但是他們小說中的人物同樣充滿著現代人生的情緒。例如「孤獨」情緒是武俠小說突出的情感表達。金庸等人的小說中也有孤獨的情緒，例如楊過、蕭峰、令狐沖等人身上都有，但是他們的孤獨是所謂的主流派別對他們的排擠或者是他們人格境界的高尚而得不到別人的理解。鳳歌等人的小說中的孤獨不僅僅是與社會的格格不入，更多的是感歎人生的無定和世事的傷感，有著更多的生命價值的思考。正因為這樣，金庸等人的小說中的人物再孤獨也有幾個朋友，鳳歌等人的小說中的人物的孤獨是很徹底的一個人，因為感歎人生的無定和世事的感傷完全是個人經驗，是無人可以理解的。根據這樣的分析，我們可以得出一個結論：大陸新武俠小說的文化構成實際上是一個結合了中國傳統文化與當代西方文化的混合體。正是以這樣的文化混合體，大陸新武俠創作群體體現出了與金庸等人的小說的切割，展現出了自己的面貌。

　　大陸新武俠的作家都是編故事的高手，情節傳奇，故事生動，幾乎每一篇小說都能刺激和滿足讀者的好奇心。但是他們的故事沒有「根」。金庸等前輩的小說都很注重事情發生的人文環境的描述，寫大山就寫出是哪一座山（例如李壽民《蜀山劍俠傳》等小說），寫歷史就寫出哪一個朝代（例如金庸、梁羽生的小說）。大陸新武俠也寫山，但是並不指明是哪座山，而是「有那麼一座山」；大陸新武俠也寫歷史，但是讀不出來哪一個朝代，而是「有那麼一個皇帝」。金庸等前輩們編故事是要在傳奇之中突出故事的真實性，那些真實的人文環境是故事的「根」，傳奇故事似乎是從「根」中申發出來的「果」；大陸新武俠作家追求的不是故事的真實性，他們需要的就是傳奇，需要的就是那些「果」。正因為這樣，大陸新武俠的小說故事顯得很飄逸，主體色彩很濃。這樣飄逸的主體色彩有時還漫延於小說文字的描述中，小說人物（或者是作者）的主觀感覺和對客觀事物描寫混合在一起，這樣的文字在滄月等女性作家的作品中顯得特別地突出。看得出來，大陸新武俠作家們根本不耐煩金庸等前輩作家作品中的那些鋪陳，而是迅速地切入小說的主要情節，迅速地將作者的思想感情傳導給讀者。

　　應該說，大陸新武俠的出現有著重要的歷史意義，在文化追求和美學追求上都有自有的特色，但是，為什麼他們至今還擔當不起一個新的武俠小說時代代表性作家群體呢？其中的原因應該在他們與金庸等武俠小說前輩作家

的差距中尋找。

與金庸等武俠小說前輩作家們相比，大陸新武俠創作群體的差距表現在內在和外在兩個方面。

內在方面有兩個層面。首先是知識層面。金庸等前輩作家的作品無不是涉足生活各方面，以生活的常識、知識而引人入勝，又無不是以某一個（或層面）的知識描述的突出而引領一個時代。向愷然的《江湖奇俠傳》是從湖南鄉民械鬥開始寫起的，他的小說中中國中南部的鄉村世俗描寫至今武俠小說作家無人能及；李壽民寫《蜀山劍俠傳》「三上青城，五登峨嵋」，其奇異的自然風光和怪異的奇珍異獸不斷地為後來者所學習；王度廬小說中愛情知識的豐富給陽剛的武俠小說帶來了纏綿；白羽、鄭證因小說中的山寨、會黨、鏢局的描述如數加珍；朱貞木對四川的風土人情和明末張獻忠的事跡的描述深入深刻。到了金庸，他對生活知識的描述更是達到了前所未有的廣度和深度。琴棋書畫、詩詞歌賦、經典樂章、茶酒食花等等幾乎樣樣都有別有新意的表述。不要小看這些生活知識的描述，它是武俠小說創作中的重要「關目」。武俠小說當然要有趣味，這些知識的描述自然會大大增強小說的趣味性；武俠小說是追求大眾話語，卻也追求雅化地閱讀，這些知識的描述不但體現了作者的文化修養，也提高了小說的雅化的境界；武俠小說是中國特有的小說類型，「中國元素」自不可少，這些知識的描述大大增強了小說的民族性。更為重要的是，在這些知識的延伸中武俠小說開創了一個一個的新的境界。我們可以說向愷然把中國武俠小說帶入了「江湖世界」，可以說李壽民開了中國武俠小說的「神魔境界」，可以說王度廬的小說是現代「俠情小說」；可以說白羽、鄭證因的小說開闢了江湖世界的「底層空間」；可以說朱貞木的小說是「歷史武俠」。至於金庸小說，人們基本認可是「文化武俠」。知識層面的變換必然帶來創作風格的轉換。道理很簡單，不同的知識層面要求著不同人事的描述和不同的趣味的追求。從這樣的觀點出發，我們再來看大陸新武俠的小說創作就會發現，他們缺乏的就是這樣的知識描述。在他們的小說中滿眼都是武功描寫，絕殺、絕技、絕器的描述，作家津津樂道、樂此不疲。武俠小說當然要寫武功，但是寫武功只是武俠小說的共性，寫共性的東西寫不出武俠小說的新境界來。優秀的武俠小說從來都是寫「武外之意」。值得欣喜的是這兩年來，隨著鳳歌《崑崙》的出版，大陸新武俠小說之中以武論武的局面有了改變。在《崑崙》中鳳歌將一些科學常識穿插其中，試圖開闢一個「科

學武俠」的新境界。但是做得還不夠圓熟。圓熟的知識描述是將知識和武功的展開、人格行為表現水乳交融地融合在一起，而不是僅僅的知識介紹。

　　其次是文化層面。有一種觀點很流行，認為武俠小說是中國傳統小說就應該表現中國傳統文化，大陸新武俠之所以開創不了新局面就是因為太淡漠了傳統文化。這種觀點應該加以糾正。武俠小說是中國傳統小說，武俠小說表現的文化不能崇於一尊。崇於一尊的武俠小說只會束縛武俠小說的發展。武俠小說的發展也說明只有文化價值判斷的變化才能推動武俠小說新境界的產生。向愷然偏向於儒家，李壽民偏向於道家，王度廬將新文學人學引進武俠小說，白羽、鄭證因引進武俠小說的是幫會文化，朱貞木的小說卻有著正統的「朝廷意識」。金庸、梁羽生、古龍除了傳統文化的描述之外，還將現代西方的文化和情緒引進了武俠小說。實踐證明，武俠小說要開創新境界，文化的表述就必須流動。中國大陸新武俠注重當代社會的文化訴求，引進當代西方的流行文化，這樣的秉持和表現無可厚非。那麼，是什麼問題阻礙了大陸新武俠開闢新的境界呢？我認為是在文化的寫作中。武俠小說寫文化絕不僅僅是簡單地訴求和表現文化，而是用武俠故事和武俠人物來思考文化。這些思考表現在兩個方面，一個是文化的演繹和反思，一個是社會政治的演繹和反思。這兩個方面我分別各舉兩個例子來說明。王度廬《臥虎藏龍》中的玉嬌龍形象很為人們稱道，就在於這個人物形象具有閨秀和俠女兩重性格，白天是閨秀，讀書刺繡，晚上做俠女，騎馬奔馳。前者尊崇禮法，後者個性張揚，最後是衝出家庭走向自己選擇的生活道路。這樣的人物形象和價值追求，放在武俠小說系列中看很有新意，但是如果從新文學的角度追尋作者的創作靈感的來源，就會發現這樣的人物形象和生活道路的選擇在 20 世紀三十年代是一種風氣，巴金的《家》中就有典型的演繹。王度廬是從寫新小說轉向為寫武俠小說的，他將新小說中的文化來演繹武俠人物。再例如金庸《天龍八部》中虛竹形象是用佛家文化來演繹的，他的人生命運是天生注定，隨緣而動。但是他偏偏又喝酒，又吃肉，還近了女色。雖然這些行為是被迫的，卻也不符合佛家的規矩。不合規矩的人同樣做成了大英雄，說明了什麼呢？說明了金庸既推崇佛學，又對佛家有自己的反思。至於對社會政治的演繹和反思，這些武俠小說的大家們更是特別注重。朱貞木的小說那麼強調「朝廷意識」，與他 20 世紀四十年代創作背景有很大關係，社會動亂國家為上，朱貞木寫的是武俠小說，思考的當下的社會問題。這樣的例子在金庸

小說中就更多了。很多人都喜歡令狐沖的形象，就因爲這個形象在你爭我奪的江湖世界中張揚個性獨自逍遙。這樣形象的塑造正是金庸對中國文化大革命紛亂的世界中人生態度的反思。用文化來構造情節、塑造人物、反思社會，帶給小說的不僅僅是深度和內涵，還有批判的力量。因爲作家所秉持的文化總是自我獨特的，自我獨特的文化總是不合潮流。特異於潮流，批判的力量也就蘊含其中了。只是表現，很少思考，只停留在江湖世界，很少關注現實世界，武俠小說就顯得內涵薄，格局小，風格飄，這恰恰是中國大陸新武俠身上的問題。

外在方面是指大陸新武俠缺少大眾強勢媒體的扶持。大陸新武俠的作品主要集中在《今古傳奇‧武俠版》和《武俠故事》等刊物中，或者自由地散見在網絡媒體上，有質量的小說然後再結集出版。雖然很多作品都成爲了暢銷書，總的來說，影響力不夠。一是傳播平台比較狹小，就是那麼幾本雜誌，二是受眾比較狹小，主要是青少年讀者。怎樣突破這樣的「瓶頸」，就需要強勢媒體的介入。金庸等前輩作家之所以能夠開闢出一塊廣闊的天地與當時的強勢媒體的扶持密不可分。向愷然的《江湖奇俠傳》影響力那麼大，重要的原因是它被改編成電影《火燒紅蓮寺》，並且連續拍了 18 部。電影是 20 世紀二、三十年代的都市社會的強勢媒體。除了電影之外，大眾雜誌和報紙副刊也是當時的強勢大眾媒體，李壽民、王度廬、白羽、鄭證因、朱貞木等人都是當時大眾雜誌和報紙副刊熱捧的作家作品。到了金庸等人這種現象更加明顯。金庸一邊創作小說，一邊就在報紙上連載小說，最多的時候整個東南亞的華文報紙都在連載他的同一部小說，例如《射雕英雄傳》同時在 11 家報紙上連載。除了大眾雜誌和報紙，電臺是 20 世紀五十年代以後的強勢媒體，金庸等人的小說同樣成爲電臺的熱捧的作家作品。這樣的狀況在 20 世紀八十年代以後的中國大陸也屢屢出現。一部電影《少林寺》就能引起武俠電影的熱潮。李安的一部《臥虎藏龍》的電影就將王度廬推到了當下武俠小說的前沿。強勢媒體的介入和扶持能夠迅速地將作家作品推向大眾階層，推向社會的各個階層。當下最有影響的強勢大眾媒體是電視。可是電視關注的還是金庸小說，他的很多小說被反覆地改編重怕。電視幾乎就沒有關注到大陸新武俠的作品，大陸新武俠也就只能是小聲小氣地存在著，只能被金庸的身影籠罩著。

與金庸等前輩們相比，大陸新武俠的差距十分明顯。發現問題只是第一步，解決問題才是關鍵，只有解決問題才能尋找到出路。

　　大陸新武俠要真正創作出「後金庸時代」需要大的格局。大陸新武俠小說作家不能滿足於作品的暢銷，應該追求作品的長銷。只有在相當長的時期內一直有賣點的小說才能稱為經典。大陸新武俠小說作家不能滿足於做一個寫手，應該追求成為一個大家，甚至是大師，只有成為了大家或者大師才能成為一個時期武俠小說創作的代表者。「心大」是基礎，「視野大」是條件。「視野大」是指對文化和社會人生的深入地思考。對文化和社會人生的深入思考是任何一個想成為經典作家作品的不二的途徑，無論是通俗小說還是非通俗的小說，無論是武俠小說還是非武俠題材的小說，只不過這樣的思考與眾不同。作為一種類型小說，武俠小說的突破有一定的難度，例如一些模式已經成為了武俠小說「武俠元素」。爭霸、奪寶、情變、行俠、復仇，武俠小說沒有了這些模式就沒有了武俠小說味道。怎樣調動這些武俠元素和激活這些武俠元素就是武俠小說作家思考的問題。金庸等武俠小說前輩們的小說用的是他們的文化思考和人生價值判斷賦予了這些武俠元素的自己的風格，大陸新武俠作家也應該用自己的文化思考和自己的人生價值判斷賦予自己的小說中。大陸新武俠小說作家有沒有這樣的條件呢？有，那就是武俠小說前輩們所無法經歷的「當下經驗」。社會的發展變化提供著生活在當下社會中的人思考文化的新的角度，更何況當今時代還向我們不斷輸送著外國文化資源，讓我們有著更多的文化參照系。社會發展同樣也帶來發展中的社會問題，這些社會問題與我們的生活息息相關，我們有著切身的感受。「當下經驗」必然是新的思考和新的角度，當我們將這些「當下經驗」帶入到武俠小說創作之中，武俠小說必然會出現大的視野。武俠小說要有突破絕不能只停留在武俠之中，絕不能是用別人的生活體驗和已經用過的思考視角，否則只能是一種重複。

　　如果將大陸新武俠作家與金庸等武俠小說前輩們相比，我們可以清楚地看到大陸新武俠小說作家們的創作準備期是相當不夠的。大陸新武俠作家大多是武俠小說的愛好者，在武俠小說的閱讀中（甚至是網絡遊戲的玩耍中）產生創作衝動，逐步成為武俠小說的寫手、作家。人生履歷和文化修養都相當地單薄。金庸等武俠小說前輩們就不一樣了。他們在創作武俠小說之前的人生履歷和文化修養都相當厚實。我舉幾個例子。李壽民（還珠樓主）寫《蜀山劍俠傳》的時候大約 30 歲（1932 年）。18 歲的時候他供職北平「內務部」，「公暇常至中央圖書館看書，涉獵極廣，經史子集、佛經道藏、稗官野史、

醫卜星象，無所不窺；後在愛國名將胡景翼戎幕中當記室，行軍所至，遍及泰山、華山、祁連山、點蒼山等名山大川，為後來從事於武俠小說創作打下了厚實的基礎。」之後他又經歷了婚姻的波折，上過法庭，挨過打。在做了這樣一些文學準備和生活經歷之後，他開始了武俠小說創作。再說白羽在寫武俠小說之前，一直努力創作新文學，在魯迅地直接指導下閱讀了大量的中外名著。20 世紀二十年代中期他又在京、津地區的很多新聞報刊工作，對社會底層的生活有很深的瞭解。在這個基礎上，1937 年他創作了《十二金錢鏢》，並一舉成名。至於金庸的生活經歷就為很多人熟悉了。他四川讀書的時候在中央圖書館閱讀了大量的中外文學經典，在五十年代初又經歷了一次外交夢的幻想和破滅，之後又編《新晚報》的副刊。他同樣是在深厚的文學和生活的準備之後進行武俠小說的創作。其實，人生履歷和文化修養不夠可以靠後天來補。可是從大陸新武俠的創作狀況看，他們沒有注重這個問題。他們的小說內涵沒有能夠做到轉換和深入，好的作家還能保持原有的狀態，次一些的作家只是每作愈況。其中透露出來的信息是，他們沒有補充自己的文化和生活的修養和學識，只是在反覆地擠榨自己那一點「油」。當然也不能一概而論，有些作家也已經意識到創作的危機性，已經意識到文化和生活學識補充的重要性。例如風歌將自己的寫作計劃暫時擱置起來，專門利用一段時間來讀書。相信他再拿起筆進行創作的時候，作品一定會上升到一個新的境界。

要使大陸新武俠能夠開創新的境界，媒體同樣起著重要的作用。大陸新武俠能夠與電視等大眾媒體的結合當然是努力的方向，但是受到主客觀因素的影響只能水到渠成。武俠小說自己的媒體的革新應該是當務之急。如果我們審視大陸武俠小說的雜誌的歷史和現狀，就會發現兩個問題很值得我們思考。首先是辦刊方針。應該明確提倡武俠小說創作的創新意識。在這個問題上武俠小說雜誌一直做得不夠，甚至還有誤導的嫌疑。例如 1983 年《今古傳奇》連載聶雲嵐的《玉嬌龍》，這部小說引起的反響曾經給《今古傳奇》帶來最輝煌的時期。但是這部小說給武俠小說所帶來的負面影響也不應該小覰。因為它是根據王度廬的《臥虎藏龍》改編的。改編缺少的是創新意識。雜誌的主編們顯然沒有注意到其中的負面影響，因為隔了幾年以後，他們又組織一些人將王度廬的另一部小說《鐵騎銀瓶》改編成《春雪瓶》，試圖再創輝煌。《今古傳奇》是當代中國最有影響的通俗小說雜誌之一，它的辦刊方針影響著中國武俠小說乃至整個中國通俗小說的創作走向。武俠小說作品都可以改

編，接受金庸等武俠小說前輩的影響進行創作似乎有了更充足的理由，何況
金庸等武俠小說前輩們的作品是那麼地經典而有影響力呢？其次，武俠小說
雜誌專門化的做法是否合理值得推敲。同樣以《今古傳奇》為例，2001 年《今
古傳奇》專門將武俠小說從綜合版中脫離出來，創辦了《今古傳奇武俠版》。
武俠小說雜誌的專門化有好處，它能夠集中地刊發武俠小說的稿件，但是有
沒有負面的後果呢？也還是有的。它使得雜誌的讀者平面化了，會產生雜誌
的單一風格。如果武俠小說的讀者主要是青少年，為了抓住青少年讀者，雜
誌就會要求作者們創作出青少年們願意讀的風格，於是雜誌就會形成青春版
了。武俠小說要創造出新的境界卻不能局限於某一個階層，它必須向中老年
階層滲透。中老年們的閱讀更注重小說的內涵而不僅僅是離奇的情節。問題
還在於青少年的閱讀熱點轉換很快，當一個閱讀熱點吸引他們的時候，原有
的閱讀熱點被拋棄在所難免。這些負面的後果在綜合性雜誌中都可以避免。
從歷史的角度來看，是有經驗教訓可以接受的。1924 年鑒於當時武俠、偵探
小說的紅火，有人專門辦了一個雜誌《偵探世界》，專門刊載武俠、偵探小說，
可是僅僅一年雜誌就停刊了。為什麼呢？雜誌讀者的平面化和創作風格的單
一化是重要的原因。辦雜誌當然要追求經濟效益，沒有經濟效益什麼都談不
上，但是辦雜誌又不能只求經濟效益，也需要大的格局，只有大的格局才有
大的視角，才有大的收穫。

第五節　中國當代科幻小說論

　　作為中國當代科幻小說的三位代表作家，劉慈欣以他的《三體》而引人矚
目，王晉康以他勤耕不綴的系列小說浸潤著市場，韓松以他的詭異之風吸引著
讀者的眼球，他們被稱為當代中國科幻小說的「三劍客」。他們的作品顯然將中
國科幻小說創作帶入了新的階段。有意思的是這三位作家風格是如此的相異，
一個大氣、宏大、瑰麗，而氣勢磅礴，一個小巧、縝密、雋永，而吐納綿長，
一個則是迷亂、跳躍、新奇，而思緒惆悵。值得思考的是這三位風格相異的作
家在作品中卻顯示出很多相同的追求。在我看來，這些相同的追求正是中國科
幻小說新的創造和變化，正是中國科幻小說進入新階段的標誌。

　　劉慈欣在《三體》第一部中講了這樣一個故事。當分解了一個公式時，
別人會說「這公式真巧妙」，葉文潔的女兒楊冬卻說「這公式真好看」，她將

這個公式看成一朵漂亮的野花；當欣賞一首曲子時，別人會身心陶醉，她的回答卻是：一個巨人在大地上搭一座好大好複雜的房子，巨人一點一點地搭著，樂曲完了，大房子也就搭完了。劉慈欣試圖通過這個故事說明，作爲天體學家之後的楊冬具有怎樣與眾不同的思維，說明她之所以成爲物理學家的可能性。然而，給我們的啓發是：要想有所創造，有所成就，能擺脫常臼，展現與眾不同的思維是多麼的重要。中國當代科幻小說展現出了這一特色。

　　從人類的角度思考生存問題是當代中國科幻小說展開想像的出發點。作爲一種舶來品，科幻小說在清末民初之際就已經登陸中國，此時不僅有大量的科幻小說譯作，中國人創作科幻小說也開始起步。回顧百年中國科幻小說創作，就會發現大致上有三個角度，一是國家意識，就是站在中國的角度想像科學讓中國人獲得思想啓蒙、讓中國得到發展強大的助力。清末民初之際徐念慈《新法螺先生譚》中的「余」在金星上見到了「換腦術」，首先想到的是換中國國民之腦，「我國深染惡習之老頑固，亦將代爲洗髓伐毛，一新其面目也」。小說中的「余」上天入地一番後，最後還是要在上海開一個「腦電學習班」。上世紀 80 年代童恩正發表《珊瑚島上的死光》產生很大影響，寫的是學成歸國的科學家受到邪惡勢力的阻擋，其基本思路還是國家意識。中國科幻小說的國家意識是對中國國弱民貧的現實狀態的本能反應，有著強烈的渴望改變、渴望強大的本能動力。二是少兒科普。科幻小說作家蕭建亨曾對這樣的創作思維作出形象的概括：「無論哪一篇作品，總逃脫不了這麼一關：白髮蒼蒼的老教授，或戴著眼鏡的年輕工程師，或者是一位無事不曉、無事不知的老爺爺給孩子們上起課來。於是誤會——然後謎底終於揭開；奇遇——然後來個參觀；或者乾脆就是一個從頭到尾的參觀記——一個毫無知識的『小傻瓜』，或是一位對樣樣好奇的記者，和一個無知不曉的老教授一問一答地講起科學來了。參觀記、誤會記，揭開謎底的辦法，就成了我們大家都想躲開，但卻無法躲開的創作套子。」〔註16〕爲什麼就躲不開這樣的創作套子呢？這的確是與國家的提倡有著很大關係。1955 年《人民日報》發表《大量創作、出版、發行少年兒童讀物》，同時中央發出「向科學進軍」的號召。在這樣的時代背景下，少兒科普自然應運而生。三是科學撫慰。從上世紀八十年代開始中國的科幻小說開始建立了人類思維角度，科學作爲人類

〔註16〕蕭建亨《試談我國科學幻想小說的發展》，黃伊主編《論科學幻想小說》，科學普及出版社 1981 年版，第 24 頁。

的對應物和參照系，像春天一樣撫慰著人類的心靈或像明燈一樣引領著人類的前行，劉慈欣說得不錯：「那時的科幻小說中，外星人都以慈眉善目的形象出現，以天父般的仁慈和寬容，指引著人類這群迷途的羔羊。」〔註17〕當下中國的科幻小說是上世紀八十年代以來人類思考的延續，但是外星人和科學發現不再是春天或者是明燈，而是要置人類於死地，並取而代之的惡魔。劉慈欣筆下的三體世界智力水平和科技水平是比人類高明，他們飛向地球卻不是拯救人類，而是要佔領地球這個星球。善寫生命意識的王晉康，他筆下的那些掌握著特異科技手段成為了特異功能的人，並沒有造福於人類，反而毫無例外地成為了破壞人類生存法則、人類生活秩序的兇手。韓松更為悲觀，他深深憂慮那些生活在便利的科學世界中的人類。人類會不會脫離自身的發展軌道而發生變異呢？人不是人了，這是多麼可怕的結果。科學技術不再是人類發展的助力，而是人類發展的阻力，甚至是毀滅的力量，這樣的創作思維引發出很多思考：什麼是真正的人類健康的生活，是人類思維、人際交往的生活，還是科學思維、科學交往的生活；什麼是真正的人類文明生活，是遵守著人類制定的秩序，卻又不斷犯規、充滿著各種犯罪的令人厭惡的本能社會，還是沒有犯罪、沒有私念、一片祥和卻被控制住的科學社會；什麼是真正的人類的物種生活，是有著悲歡離合、生老病死的情感和循環，還是永遠歡樂，長命不死的祥樂永恒的世界。人類有著自己的生活習性，有著自己的生存法則，有著自己的發展程序，有著自己的快樂和痛苦，科學技術只能是維持著人類的這些規則，服務於人類的這些規則，任何想占取人類的權利、改變人類的規則的力量，都是邪惡！這大概就是當下中國的科幻小說所要告知人們的觀念。

　　科學技術的發展給虛擬空間的建立以及科學危機的思考尋找到了看似合理的理由。科幻小說總是在現實社會之外，建立一個（或數個）虛擬空間。虛擬空間是現實社會的參照對象，總是扮演著現實社會的指引者或者對抗者。問題是這些現實社會怎樣連接虛擬空間呢？中國的科幻小說常用的手法是夢境（如陸士諤《新野叟曝談》），或是時光隧道（如吳趼人《新石頭記》）等等，這些近乎荒誕、手法十分僵硬的連接，使得人們對虛擬空間合理性常存懷疑，常被看成是缺少科學依據的主觀編造。更為被人詬病的是，同樣的連接方式常常運用在玄幻小說、穿越小說之中，因而，科幻小說和玄幻小說、

―――――――――――――――――――――

〔註17〕劉慈欣《三體》第一部，重慶出版社 2008 年版，第 300 頁。

穿越小說的邊界就很難被劃分。當下科學技術的發展以其神奇性爲科幻小說虛擬空間的設立了依據。例如，作爲人類科學技術的重大發明，電腦和網絡已成爲當今的人類不能離開的瞭解社會、獲取知識的途徑和窗口，很難想像當今人類社會沒有了電腦和網絡將是什麼模樣。網絡技術的神奇性就給當下中國的科幻小說虛擬世界的轉換提供了科學的依據。星河的《決鬥在網絡》、吳岩的《鼠標墊》等都是通過網絡將現實社會和虛擬世界連接成片的優秀小說，而劉慈欣既是將網絡寫成現實社會和虛擬世界的連接點，又是將網絡寫成地球人與太空人鬥智鬥勇的戰場。三部《三體》幾乎都是通過網絡遊戲、網絡電波、網絡脈衝等各種網絡技術完成了地球社會與三體世界的轉換，並通過網絡展開地球人和三體人互相的暗示、威脅、爭鬥、追殺等等。電腦不僅能夠與人腦媲美，其信息傳達的精密程度還能超越人腦，電腦以及網絡技術所帶來的信息複雜性以及隨之而產生的神奇性，引起了人類感歎，甚至是擔心，用之作爲現實社會和虛擬世界的連接點既有科學性、神奇性，更爲重要的是人類隨之而產生的危機感似乎有了合理性。如果說網絡技術還是一種有形的物理性質的連接，王晉康小說中的連接呈現出落地無聲的化學形態，很爲老到。他將科學領域中仿生學、遺傳學、細胞學等多種科學原理運用到人類社會，並在此基礎上展開科學思維。例如他的《蟻生》將螞蟻王國中的社會組織和社會結構運用到人類社會來；《生命之歌》則將遺傳學、細胞學的原理運用到人的異化之中，於是人類所渴望得到的理想的社會、大富大貴的生活、長生不老的生命都出現了，而且都有了科學的依據。人類的發展本身就是在模仿中不斷地變異和改進，因此王晉康小說中的連接點是無形的，卻深入精髓。更有特色的是，與劉慈欣等人所構造的現實社會與虛擬世界的二元空間不同，王晉康小說中的連接是在人類現實生活中逐步形成，他的科學思維的發散點就呈多維狀態，人類還是人類，但是行爲變了，形態變了，於是實在與虛擬、客觀與主觀、個人與集體混合在一起，眞善美與假僞醜、理想與欲望、正義與邪惡攪拌於一體，人類的行爲、形態來自於人類的本能，變異的行爲、形態來自於人類基因的變異，他們都有科學的依據。如此的思維給王晉康小說帶來了特殊的魅力。劉慈欣著力於宏觀，王晉康著力於微觀，韓松則對我們生活的現實社會表現出深深地憂慮。他的思考直接與我們所享受的科學技術帶來的生活便利連接在一起。地鐵和高鐵給我們帶來了便利，可是每天幾億人在地下穿行，幾億人裝在箱型物體中移動，人類的社會交往

發生著變化，變化著的人類交往直接影響著人類的基因。看看我們每天的生活，想想韓松所提出的憂慮，就會驚出一身冷汗。

科幻小說，「科」是特色，「幻」是水平，思維是根本，高水平的「幻」建立在合理而靈動的思維之上，中國當代科幻小說達到了這個境

科學是什麼，這是科幻小說必須解答的問題。一般來說，科幻小說總是從兩個方面做出自己的回答，一是科學作用的形象闡釋，二是科學社會的形象描繪。當下中國的科幻小說創作對這兩個問題都有了新的見解。

科學具有什麼樣的作用？科學是文明的生活方式，掌握了它就成爲了「新民」，這是晚清徐念慈等科幻小說作家所做出的回答；科學是先進的技術技能，掌握了它就能成爲強國，這是民初陸士諤等科幻小說作家的強國暢想；科學是強大的能量工具，如果被邪惡的人所利用，就會毀滅人類，成爲邪惡科技，這是 20 世紀三、四十年代徐卓呆、顧均正等科幻小說作家所提出的警示；科學是一種知識，掌握了它就能聰明，這是 20 世紀五、六十年代科幻小說作家所致力追求的社會效果；科學是國家現代化的重要途徑，掌握了它就能國家強盛、人民幸福，這是 20 世紀七十年代以後中國科幻小說作品所表現出來的理想圖景……隨著社會的發展、轉型，意識形態的訴求、起伏，科學的作用在中國科幻小說作家手中始終處於變化狀態。但是，萬變不離其宗，科學是一種工具，它爲人類所掌握，是人類發展的助力，是社會發展的通道。當下中國的科幻小說作家提出了與工具論完全不同的命題：科學是人類自我探索的本能，它的形成、發展、成熟的過程是人類逐步自我毀滅的過程。星河的《決鬥在網絡》中與「我」決鬥是電腦病毒，而電腦病毒的產生則是人類窺探別人秘密的本能，因此，小說得出一個結論：「我」本身就是一隻電腦病毒，「我們相信，今天人類體內某些 DNA 的一部分就有來自病毒的可能。可以想像，早在遠古時期人類祖先的 DNA 中，便已被那時的病毒插進來它自己的遺傳模板。人類與病毒的戰鬥將遙遙無期，究竟鹿死誰手更是殊難把握……」〔註 18〕小說中的「我」與病毒決鬥，也就是自己與自己決鬥。同樣的命題出現在韓松的《春到梁山》中，科學的追求就如「梁山故事」一樣，既是固定的模式，又是漫無邊際永無休止的重複，可是這一切都是虛幻的，是「它自己製造了它自己」。在眾多作家中，對此命題寫得最深刻的當數王晉

〔註18〕星河《決鬥在網絡》，《世紀末 10 年中國科幻小說精品選》，作家出版社 2003 年版，第 23 頁。

康。對生命本源和動力的挖掘是人類科學探詢的本能目標，而要證明生命本源和動力科學探詢的正確性就必須要有科學的印證，於是機器人就成爲了最佳的印證物。然而機器人一旦被輸入正確的生命密碼，它們必然以其純正性和嚴密性戰勝人類，甚至毀滅人類。一方面是人類要探索自我的本能追求，一方面是人類自我毀滅，這就是他的名作《生命之歌》所揭示的問題。同樣的思考在他另一部小說《生死之約》中得到更爲精彩的表現。絕大多數的人都想長生不老，於是研究「壽命基因」就成爲了熱門的科學探討，問題是如果人眞的可以長生不老了，這個世界又是什麼樣子呢？小說中的那個活了 170 歲的蕭水寒，還能結婚生子，的確令人羨慕，可是他還是自絕了生命，並將長生不老的之秘方永遠地帶走，理由簡單而又沉重：如果人人都長生不老「世界要爲此而顚覆了，人類社會的秩序要崩潰了。誰不想長生不老？什麼樣的人才有資格得到這個特權？如果全人類都長生不老，後來者怎麼辦？一個在組成成員上恒定不變的文明會不會從此停滯？」〔註 19〕這是對那些尋求長生不老的人的發問，又何曾不是對科學作用的發問？同樣的發問出現在韓松的小說中，高鐵和地鐵是人類社會科學技術發展的重要標誌，可是卻將人的生活放置在全新的狹隘、壓抑的空間，結果是人的倫理、思維心理都狹隘了、壓抑了，發生了撕裂和扭曲，人類在科學技術的追求中將自己推向了種類變異甚至毀滅之途，讀之令人恐怖！

外在的科學社會究竟什麼樣子，自清末民初儒勒·凡爾納的作品被引進中國之後，凡爾納的享樂主義烏托邦的理想社會建構就一直成爲中國科幻小說作家展開想像的出發點，要麼是極爲豐富的物質文明，如陸士諤《新野叟曝言》中水晶爲地、祖母綠爲樹的月球世界和黃金爲地、鑽石爲地的木星世界；要麼極爲文明強盛的社會，如吳趼人《新石頭記》中的「文明境界」。科學社會的文明而富強，就是要映襯人類社會的愚昧而落後，從而激發地球人通過科學發展達到彼岸，近百年來的中國的科幻小說幾乎都是這樣的科學社會的構想。這樣的構想被劉慈欣和王晉康等人顚覆了。劉慈欣《三體》中的三體世界是個什麼世界呢？用它們元首的話來說：「三體文明也是一個處於生存危機中的群體，它對生存空間的佔有欲與我當時對事物的欲望一樣強烈而無止境，它根本不可能與地球人一起分享那個世界，只能毫不猶豫地毀滅地

球文明，完全佔有那個行星系的生存空間。」〔註20〕這是一個充滿著邪惡欲望的邪惡的群體。不但欲望邪惡，三體世界征服地球的手段也非常的卑劣。它們對地球文明採用了三種手段，一是「染色」，即利用科學和技術產生副作用，使公眾對科學產生恐懼和厭惡，例如污染；二是「神跡」，即對地球人進行超自然力量的展示，讓地球人對三體文明產生神一般的崇拜；三是「窒息」，即讓地球科學鎖死在現有水平；四是「絕育」，讓地球人停止繁衍後代，直至滅亡。不是天堂，不是天使，而是惡魔，三體文明就是個「惡托邦」。如果說劉慈欣筆下的科學社會令人憤怒，王晉康小說中的科學社會則令人驚悚。一個完全利他、無私、犧牲、紀律、勤勞的社會，一直是人們所追求的理想的科學社會，但是如果真是這樣的社會將是如何呢？他的小說《蟻生》就寫了這樣一個社會，這個社會其樂融融、完全利他，可是它建立在被控制、被麻痹之中。問題是如果失去了控制源怎麼辦，如果一部分人被控制住，一部分人清醒了怎麼辦？如果一部分人被控制的比例多些，一部分人被控制的比例少些又怎麼辦？小說展示了這樣一副圖畫：互相扭打、撕咬，直至死亡。科學社會就是好的社會麼？劉慈欣和王晉康異口同聲地回答：不！

　　對科學作用和科學社會的如此解釋，當代中國科幻小說作家實際上提出了兩大問題，一是人本的科學觀念，二是人類生存的法則。

　　宇宙中最優秀的生物是人，最美好的社會是人類社會，最科學的進化是人依據自我的規律的發展，正如王晉康在《蟻生》所揭示的道理：「並沒有可靠的機制來持續產生出一個個善的、無私的上帝」；「本性自私的人類，磕磕絆絆，最終走到今天的文明社會，而且顯然比野蠻時代多一些善，多一些『利他天性』，這說明上帝的設計還是很有效的。」〔註21〕如果改變人的基因，改變人類的社會規則，改變人的進化規律，不是人類的幸福，而是對人類的傷害，最後必然導致人類的毀滅。從這樣的基本點出發，科學永遠只能是人類的工具而服務於人類，任何想改變人類基因的科學必然是一種邪惡；科學發展永遠只能受制於人類的發展，任何想超越人類的發展的科學進步同樣是一種邪惡。人，也只有人，才是萬物之靈，才是宇宙的主宰。如果人類與其他靈類發生碰撞和衝突，誰贏呢？是人！在《三體》第一部中被描述得那麼強大的三體艦隊，在《三體》第二部中已經被人類所擊敗，為了保存人類的基

〔註20〕劉慈欣《三體》第一部，重慶出版社 2008 年版，第 274 頁。
〔註21〕王晉康《蛟生》，福建人民出版社 2007 年版，第 243 頁。

因而被冷凍起來的羅輯醒來後，聽到的是：人類的太空戰艦要比三體人的戰艦厲害得多，不但多，而且強大，三體艦隊已經變得稀稀拉拉，潰不成軍。人類贏了。

　　既然外在的科學社會是一個充滿著自我欲望、自我色彩的實體，人類社會怎樣與這樣的實體打交道呢？正如劉慈欣所擔憂的那樣：「我認爲零道德的宇宙文明完全可能存在，有道德的人類文明如何在這樣一個宇宙中生存？」（註22）據此，他提出了「宇宙道德」的命題。這個命題的核心就是一個關係問題。他用遠距離看足球的狀態，圖像地解釋了他的「宇宙道德」：「就像在體育場的最後一排看足球，球員本身的複雜技術動作已經被距離隱去，球場上出現的只是有二十三個點構成不斷變化的矩陣（有一個特殊的點是球，球類運動中只有足球賽呈現出如此清晰的數學結構，這也可能是這門運動的魅力之一）」（註23）狀化、變化、穿梭、競爭、奪取勝利、身心愉悅、和諧交融，但是這一切都是在雙方承認的遊戲規則中進行，這就是劉慈欣的「宇宙道德」。他的三部《三體》寫人類文明與三體文明關係及其發展，就是他的「宇宙道德」的演繹。王晉康筆下的科學社會（人）是人類社會（人）異化的結果，他強調的不是關係，而是制約。能夠制約得住，科學社會（人）就是健康的，如果制約不住，科學社會（人）就是邪惡的，對於制約不住的科學社會（人）怎麼辦，王晉康的辦法是：中止它的發展，甚至是毀滅它。相比較而言，韓松要悲觀得多，他認爲人類社會的科技發展的欲望不止，悲劇就會不斷出現，這是人類發展的宿命。《高鐵》中小說主人公周原在高鐵中尋找失蹤的妻子，發現高鐵是個人工宇宙，生活其中的人都很怪誕。很有意味的是，周原在尋妻的過程中與女列車員生下來一個男孩周鐵生，而這個周鐵生長大以後，又在重複周原的生活：尋找父親。父子之間在尋找之中互相猜忌，最後竟然是兒子殺死了父親。循環往復，不斷地探尋、尋找，而結果是心靈的扭曲，直至悲劇的發生。在韓松看來，所謂的「宇宙道德」根本不能成立，因爲人的科學探索的衝動生生不息。

　　長期以來，對科幻小說的評價中一個重要的標準是：它能夠於是科學發展的前景，或者是它的科學預言經常被科學發展所證實。這是一種實證法的評價標準，是一種物質的檢驗和證明。如果用這樣的標準對照中國當代科幻

〔註22〕劉慈欣《三體後記》第一部，重慶出版社 2008 年版，第 301 頁。
〔註23〕劉慈欣《三體後記》第一部，重慶出版社 2008 年版，第 301 頁。

小說，中國當代科幻小說顯然不合標準。因為，作家們筆下的科學不再是科技，而是智慧，強調不是功能，而是思想。「現在的科幻迷們已經打開了天眼，用思想擁抱整個宇宙了。」〔註24〕智慧和思想是不能用物質來檢驗和證明的，卻能提供警示和啓發。警示和啓發也就是當代中國科幻小說作家作家科學思考的角度和價值。它揭示的不是人類發展中步驟，而是人類發展中的隱憂，不是人類發展中的形而下，而是人類發展中的形而上，正因為如此，中國當代科幻小說的思考顯得沉重，但卻深邃。

　　西方科幻小說的發展軌跡比較清晰，儘管有很多說法，大致上分為十九世紀的烏托邦小說、20 世紀三十年代的反烏托邦小說、20 世紀四十年的太空歌劇（Space Opera）、20 世紀六、七十年代的新浪潮、20 世紀八十年代的賽博朋克（Cyberpunk）。中國當代科幻小說屬於哪一個階段，用西方科幻小說的階段性特徵分析，就會發現中國當代科幻小說除了烏托邦小說的概念之外，幾乎包括了後面的所有階段的特徵，有反烏托邦階段的對物質進步、科技進步的憂慮，有太空歌劇階段的太空旅行和宇宙文化，有新浪潮階段的科學心理的挖掘，有賽博朋克階段的人工智慧和信息技術的奇幻。這種狀態說明了兩個問題：一是中國科幻小說與世界融為一體；二是融合的形態和速度如開閘放水，匯合各種潮流，迅猛而湍急。

　　問題在於中國科幻小說的「中國特色」在那裏。我認為中國當代科幻小說的「中國特色」在於中國素材（不是中國文化）。這樣的中國素材大致分為兩類，一類借中國悠久的歷史和大量的傳統作品的「殼」展開科學想像。例如韓松的《春到梁山》，說當時的梁山水泊不是108 將，而是109 將，多的那個人叫方剛，他胡編亂造的一本《水滸傳》。水泊梁山中的英雄也不是招安、戰死，而是被朝廷的龍捲風屏幕困死。再例如蘇亦軍的《遠古的星辰》寫當年楚國為什麼在丹陽先敗於秦國，後在藍田大勝秦軍，是因為得到外星人的幫助。劉慈欣所勾畫的三體社會中不斷出現的人物是秦始皇、莊子、墨子等中華名人。這類小說將人們所熟悉的歷史和典籍重新組合作為想像的起點，展現文學的韻味，並將科學幻想寄居其中。另一類是寫中國事件。當代中國最有特色的事件是什麼呢？劉慈欣和王晉康不約而同地將思維定格在文化大革命上。《三體》中描述的紅衛兵批鬥天體學專家的慘烈、夫妻為了革命的理想的反目、天體學專家的慘死、紅岸基地的革命，這些事件對葉文潔的青少

〔註24〕韓松《科幻文學期待新的突破》，《文藝報》2006 年 9 月 13 日。

年心理造成了極大的衝擊，成爲了她日後背叛地球、呼喚外星文明的根據。與劉慈欣捕捉文化大革命的經典鏡頭不同，王晉康盡寫文化大革命的荒唐。在荒唐的事件中進行奇幻的科學思維，最後再讓荒誕的現實擊碎奇幻的科學思維，是他常用的手法。最有代表性的小說是《天火》。小說根據物質無限分的原理說明隱身術和鑽牆術的可能性，想像雖然荒唐，但是在人人自危的文化大革命中似乎有著現實的需求，有荒誕意味的是，就在主人公的實驗即將成功之際，竟被「一身文革標準打扮，無領章的軍裝，敞著懷，軍帽歪戴著，斜端一支舊式步槍」的民兵開槍打死了。文化大革命成爲了劉慈欣、王晉康這一輩作家無法抹去的歷史記憶，將這些歷史記憶作爲中國元素表現，實屬必然。

科幻小說是姓「科」還是姓「文」，一直是科幻小說性質的爭論話題。我認爲只要和小說掛上鉤，其他素材也就只能是小說的題材，就如武俠小說是武俠題材的小說，不等於是武術和俠行；偵探小說是偵探題材的小說，不等於是刑偵偵破，科幻小說是科學幻想題材的小說，不等於是科學技術。科幻小說當然是姓「文」，是將科學想像寄予於文學思維之中的一種文學文類。相當長的時期內，中國的科幻小說都是現實主義文學創作思維，嚴謹的結構和敘述論述著嚴肅的話題、宏偉的理想。當代中國科幻小說的文學思維有著明顯的變化，一是因果關係的時間敘事結構已被打破，時空的組織在現實和虛擬中構造了結構的精美；二是現實主義經典的追求已被疏遠，類型小說的通俗化和現代主義的意念化成爲了小說情節模式的主流形態。

上下五千年求索，古今中外縱橫，「漫無邊際」的展開想像是科幻小說的特徵，問題是如何設立這些求索和縱橫的敘事結構。以往的因果關係的時間敘事結構中，科幻的虛擬世界就處於他者的位置，因爲因果關係的時間敘事總是從人類發展的角度思考問題，處於他者位置的虛擬世界中神奇，以及對人類現實社會的各種關係、影響均是從人類的角度獲取認知，得到感受。如今，這種主體與客體、接受與影響、主動與被動的視角被打破了，他者的位置消失了，現實與虛擬均是主體，他們之間的關係是兩個相同的主體之間的對話、碰撞，或者交融。劉慈欣的《三體》的第一部《地球往事》雖然空間意識很強，基本上還是時間敘事，小說基本上是以天體學家葉文潔的家庭出生，父親在文化大革命中的劫難和母親對父親的背叛，從知識青年到進入神秘的紅岸基地，從一個邊緣的科學家進入核心領域，從星球探秘者變成了地

球叛軍領袖，曲折的人生，苦難的經歷構成了小說的敘事主體。到《三體》的第二部《黑暗森林》中時間敘事漸漸弱化，空間敘事上升為敘事主體。面壁者和破壁人的設立為小說建立了二元空間。從面壁者的角度揣測三體世界如何侵害地球，並設置防衛措施，再從破壁人的角度分析面壁者的防衛，並一擊而置於面壁者於死地，二元空間展開了激烈的對抗，不同的空間，不同的視角，不同的思維，形成了不同的智力角鬥，這是相當激烈，而又相當精彩的空間敘事藝術。到了《三體》的第三部《死神永生》中出現了執劍人和反執劍人的二元對立，就當讀者對小說敘事角度的重復有所失望時，聰明的作者在小說最後將地球文明和三體文明結合在一起，並將文明的發展看成是一個歷程，將毀滅看成是新生的起點，於是小說敘事結構的空間對抗變成了融合循環，形成了一個精美的輪迴式的敘事結構。與劉慈欣不一樣，王晉康展開的是本體與異化的對話和對抗。本體是人類現實的生存狀態，異化是人類虛擬的生存狀態，或者是極其聰明、無所不能的機器人，或者是長命不衰、生命永恒的特異人，或者是永遠利他、幸福快樂的伊甸園……這些異化的生存狀態幾乎都是人類的生活追求、生存追求和理想追求，這樣的對話構成了人的現實的本體與虛擬的異化之間二元時空敘事結構。韓松乾脆將現實生活和虛擬空間打碎了融合在一起寫，形成了一種多維度、多層次地立體型的敘事結構。作者反覆提醒讀者，現實社會和虛擬空間其實沒有什麼區別，人就是生活在一種真真假假的感受和理念之中。

　　類型小說的情節模式在劉慈欣和王晉康的小說中相當明顯。劉慈欣的小說運用的是武俠小說的「爭霸模式」。三體文明和地球文明將像世界中兩大集團，一個處於攻勢，一個處於守勢，面壁者、破壁者、執劍人、反執劍人就如武俠小說中的執法者、護法者，他們各有絕招，卻都受制於各自首領的指揮，雙方的爭鬥既有充滿陰謀的鬥智，也有極為剛烈的鬥力，互相滲透、互相利用又互相依賴，最後是沒有什麼霸主，一切爭鬥都彌於新的力量的出現。王晉康的小說一般是親情故事和偵探小說的「推理模式」的結合體。父子之情、男女之愛、兄弟之義常常是他小說中的故事元素，這些親情元素纏綿、動人、曲折而又煽情，撫觸的是讀者心靈的柔軟之處，它使得王晉康的小說具有婉約之風。偵探小說的「推理模式」是指他的小說中的敘事方式。他的小說一般是採用倒敘的方式，開篇是一種奇異的自然現象的表現，就如推理小說的開頭懸念設案；發展是奇異的自然現象產生原因追溯，就如推理小說

的破案過程；結尾是自然現象的科學解釋，就如推理小說的結案說案。始終充滿著好奇心，是王晉康小說閱讀的推動力。中國當代科幻小說向類型小說靠攏，說明科幻小說作家開始注重故事性，注重市場效益和讀者的反應，其結果是：好看了！

現代主義文學思維的科幻小說代表作家是韓松。對科幻小說的創作，韓松曾有這樣期盼：「科幻還應該更奇詭一些，更迷亂一些，更陌生化一些，更出人意料一些，更有技術含量一些，更會講故事一些，更有思想性和社會性一些，這樣，就還會不斷吸引新的讀者。」〔註25〕如果說劉慈欣和王晉康屬於「更會講故事」那類作家，韓松則屬於奇詭、迷亂、陌生化和出人意料的那類作家。他的敘事有著現代主義的變異風格。無論是時間敘事還是空間敘事，連貫性是基本原則，而韓松打碎的就是小說敘事的連貫性，跳躍性的思維在詭異的事件中穿行，乃至於晦澀。他的很多作品甚至是要到讀完之後，回過頭來對閱讀思維重新復合才能明白作者為什麼如此敘寫，例如他的名作《高鐵》、《地鐵》幾乎都是主人公的意念敘述，閱讀過程中覺得情節很散亂，讀完小說之後回想那些散亂的情節碎片，就感到很貼切，因為作者寫的是科技的發展對人意念產生的壓迫，壓迫之中的人的意念自然是跳躍而迷亂。現代主義文學都十分迷戀文字的組合，韓松創作同樣如此，他特別喜歡用一些具象化的文字進行陌生化組合，達到刺激讀者感官的效果，例如，他將地鐵站的建築比喻成「巨大的墳冢」，進入地鐵當然也就進入了墳場，將地鐵站牌比喻成墓碑，坐上飛馳的地鐵上當然也就如在墳場中穿行。既然是墳場，誰又能在墳場中活動呢？當然就是那些鬼魅了：「仔細一看，嚇著一哆嗦，原來，乘客們正擠在一起埋頭吃東西。他們拿著的是人手、人腿和人肝⋯⋯大家吃得滿嘴鮮血淋漓。」他的小說文字更是詭異：「這時，漆成軍裝綠的列車從地窖中鑽出了浮胖的、蛇頸龍似的頭來，緊接著是胖脹得不成比例的身軀，大搖大擺，慢慢吞吞停下」；「他定睛去看女人，發現她的頭髮間生出來大把的銀絲。彷彿霜打的冬樹；眼角綻出了火星裂谷似的深黑色皺紋；口紅和容妝正在雪崩般脫落，她的臉孔已然變化成了一種迷彩掩映下的冰地鬼魅。」用這樣的語言寫美感，很容易使人想到波特萊爾的《惡之花》。詭異的敘述、詭異的語言組合敘述著詭異的故事、描述著詭異的人物，始終保持著敘事和文

〔註25〕韓松《高鐵》，新星出版社2012年，第133頁。

字的新奇性和壓迫感，是韓松小說的閱讀推動力，他注重的是意念的傳達和讀者的本能反應，其結果同樣是：好看了。

從文學的角度分析，科幻小說中人物形象的複雜性均不夠，他們往往成爲了小說情節中的符號，或者是科技的被擠壓者，或者是科技的復仇者、對抗者。相比較而言，王晉康的小說人物形象還算豐滿，他很善於在現實生活的客觀需求和在科技發展的主觀願望中寫生死兩難的情感捨棄。當然，對韓松來說，人物形象的塑造也許並不是他的追求，人物形象在他筆下也就是一種情感的表現。

第六節　中國當代網絡小說論

網絡小說是當下中國閱讀量最大、讀者最多的文學類型，受到了管理層和批評界越來越多的關注和重視。文學批評的有效性建立在批評對象的契合性上。網絡小說是新媒體發展過程中的派生物，用我們慣有的文化思維、文學思維和批評標準並不契合網絡小說的創作特徵，這是當下中國網絡小說批評最爲突出的問題。怎樣建立科學的批評標準是中國網絡小說研究當務之急的事情，而科學的批評標準又是建立在批評對象性質的確認上。這就是本文所致力思考的問題。

如果對網絡小說進行細分，網絡小說大致上分爲三種類型，一種是網絡上所刊登的文學作品。從這個意義上說，網絡只是文學作品的儲存器和寫作工具；第二種是在網絡上進行創作的原創作品，這是接受並利用網絡的功能在網絡上展開的文學思維和文學書寫。這是當下中國網絡文學的主要類型；第三種是完全利用網絡的功能所進行的文字編碼或頁面轉換，它只能稱作爲網絡的文字遊戲。我所要論述的是第二種的網絡小說。

網絡小說是網絡中的一種信息。因此，對網絡小說首先要有一種互聯網的思考。

互聯網的主要功能是一種信息平臺，是用鏈接的方式將信息源和信息傳播構成一種網絡系統，使信息的採集和發佈達到最大化。1988 到 1992 年一批北美的具有文學興趣的留學生在 UNIX 網絡中接受信息之餘進行文學創作，並互相傳送。1991 年《華夏文摘》在這個系統上誕生，這是全球第一家華文電子週刊，也是中國網絡小說最早的創作平臺。1991 年第 4 期《華夏文摘》

發表的少君的《奮鬥與平等》據說是現今能找到的最早的中文網絡小說。1995
年萬維網開始出現漢語詩歌網站。1997 年網易公司提供個人免費網頁。網絡
小說開始盛行。

在信息平臺上創作小說實際上存在著三對「誤差」。一是真實與虛擬的誤
差。信息的採集和傳播是一種真實的顯現，並以其事實顯示它的生命力，文
學的創作則是一種虛構的想像，並以其深入的人生感悟顯示它的穿透力。二
是渠道與信息的誤差。互聯網就是一個信息的輸送渠道，互聯網最大的功能
就是將最大化的信息傳播至個人空間，而文學創作是一種個人行為，是表達
人生感悟的一種信息。三是即時與感悟的誤差。對即時發生的事件進行即時
發佈是信息的生命所在，而文學創作是觸於心、動於形的抒情想像，醞釀中
感悟是觸發文學創作的動力。在信息平臺上創作小說，小說自然就有很強的
「信息平臺」的特色。文學創作就不會將通過文學形象進行深刻的人生哲理
思考或者充滿著浪漫情懷的人生情愫抒發（雖然可以做到）作為基本條件，
那種平面化的文學構造和新聞性的故事敘述就有存在的合理空間，因為這些
平面化的文學構造和新聞性的故事敘述與網絡信息平臺的性質更加切合，事
實上，這樣的文學構造和故事敘述正是中國網絡小說的主體。既是一種渠道，
小說創作就是一種信息流量，小說創作者自然追求傳播的最大的點擊率，那
種既可以寄居自我的感情，又能夠得到大眾青睞的創作模式自然就被寫手們
所追求。在即時性的信息平臺上創作小說，靈感的觸發自然就會即時化和碎
片化。網絡小說創作可以沉澱，可以玄思，但是即發性的當代社會人生的思
想掠影似乎有著更多存在的理由。

與其他媒介相比，互聯網最重要的特徵是鏈接。鏈接帶來了互動，互動
帶來了豐富多彩。在鏈接的互聯網上進行文學創作給創作的過程帶來了革命
性的變化：小說創作公眾化了。平等、自由、開放，由於鏈接的功能，互聯
網也就是一個公共領域。根據哈貝馬斯對公共領域的解析，公共領域的核心
是給社會成員享有平等權利和機會，是給社會成員對公眾事務參與和發表意
見的可能。當一個寫手進行小說創作時，在互聯網中就是一個公共事務。當
一部小說受到關注時，就會激起讀者參與的激情，參與者越多關注度就越高，
讀者的激情就會如旋風般提升。網絡的鏈接此時將發揮巨大的作用，寫手的
每一天更新都會引來眾多的跟貼。無論是贊和踩，這些跟貼都努力地發表自
己的意見。讀者們都成為了小說的關注者，更重要的是他們成為了這部小說

創作的參與者。寫手們對這些意見顯然十分關注。道理很簡單，網絡上的寫手依靠著點擊率而生存，讀者關注就是他們的飯碗，他們將這些意見看作是自我創作小說的資源，並取最大的公約數將這些意見融進於小說的創作之中。從這個意義上說，讀者實際上是網絡小說創作中的隱藏寫手。網絡小說創作實際上由兩類作者完成，始作俑者是顯性寫手，發展和結尾是顯性作者和隱藏作者共同完成。這樣的創作方式完全顛覆了傳統文學創作中的個人性（儘管有時有編輯的意見）。於是我們在網絡小說創作中就看到了這樣的現象：小說中所表現的思想情緒就是一種公眾意見，是一種普識性的社會思潮，個人獨特人生見解和價值判斷，在網絡小說創作中並不受歡迎；小說美學流行的是一種社會認可的形態，那種獨創的美學形式，網絡小說創作也不受歡迎；小說語言流暢而至淺白，符號而至諧趣，網民們需要的語義和語態的共通性和大眾化，而不是充滿著個人色彩奇異的語言搭配或者散發著地域氣息的方言傳達（雖然有這樣的方言小說，如《繁花》，但它已趨於小眾）。互動，既給網絡小說創作提供了豐富多彩的素材和極為廣闊的人脈，構成了網絡小說特有的閱讀網，卻也迫使著網絡小說創作形態的大眾化、流行化和大眾化。

　　通過媒介讓人們知道身外的事。中國古代社會依靠的是走街串巷的商旅或者是走四方的戲班子，人們需要親眼所見、親耳所聞瞭解信息。到了現代社會，報紙、雜誌、電影、電臺、電視的出現，人們瞭解的信息量越來越大，而獲取信息的空間越來越窄小。到了互聯網時代，信息量的傳播達到最大化，而獲取信息的空間達到最小化，也就是一間斗室，一臺電腦，關門閉戶，就暢遊其間。自由的鏈接帶來的是網絡小說作者的草根化，誰都可以成為寫手；獲取信息空間的私密性催生了網絡小說作者的潛意識的衝動，在一個個人空間似乎怎麼樣都可以。特別是當網絡文學中大多數的寫手和讀者都是青年人的狀態下，充滿著情緒衝動的狂歡化自然就會出現，巴赫金所說的那種「翻了個的生活」「反面的生活」自然就成為了網絡小說的主要的生活題材，「翻了個的生活」或「反面的生活」是以不同於日常生活而存在，其中蘊含著創造力的釋放。文化的多元和學識視野的開闊使得網絡小說寫手們有了創造的能力和條件，很多經典的網絡小說也確實給人耳目一新。然而，「翻了個的生活」或「反面的生活」又是以反抗規矩和秩序而顯示出特色。在這些「翻了個的生活」或「反面的生活」中原來壓抑在潛意識中的各種欲望似乎有了合理化的寄予體，可以堂而皇之的表達出來，並且成為支撐網絡小說寫作和網

絡小說閱讀的情緒支撐源。殺伐心理與武俠類、玄幻類小說；好奇心、窺私欲與偵探類、懸疑類小說；愛情幻想與情愛類小說；性愛心理與色情小說；爭勝心態與職場類、穿越類小說；財富心理與盜墓類小說……隨影隨行、互為抬哄、吐槽踩贊、眾聲喧嘩，狂歡情緒怎麼能不產生呢？

作為一種媒介，互聯網產生了互動網遊，建立了鏈接的私人空間，如QQ，發佈著私人話語，如博客。嚴格地是說，網絡小說只是互聯網眾多功能的一種表現形式而已。既然同時存在於互聯網上，互聯網的眾多功能就是一個整體，它們之間的互相影響自成必然。網遊也在互聯網中的情節表訴，它與網絡小說的創作密切互動，很多網絡小說的情節推進與畫面想像來自網遊的啓發。電腦是互聯網的操作平臺。由電腦符號所構成的電腦話語以及各種裝飾品，如魔法表情、首頁動畫、顏色皮膚等等，在電腦的寫作中已成為了共同意會的某種暗示、情趣和所指，網絡小說是敲鍵盤「敲」出來的，這些鍵盤符號和電腦裝飾品轉化為小說語言，自然而又順勢。

既然眾生喧嘩是網絡小說的特性，網絡小說產生泡沫就是一種常態。問題是除了泡沫之外，網絡小說有沒有思想內容呢？創作實踐告訴我們，網絡小說不但有思想內容，而且很深刻，很強烈。當下中國網絡小說最風行的文類是玄幻、懸疑、穿越、後宮職場、盜墓和大陸新武俠。只要對這些小說稍加閱讀，就會感受到一股思想情緒撲面而來。

人性暢快淋漓的釋放幾乎是每一部網絡小說最為突出的形態。或者是醜惡，或者是陰謀，或者是機關，或者是陷阱，或者是陳規陋習，小說的主人公所面臨的都是壓迫和壓抑。這些壓迫和壓抑都被道德和規矩包裹著，因此有著正當性。破除這些壓迫和壓抑是網絡小說主人公展示自我形象的最主要的方式，甚至不惜將自己變幻成反面人物。正面人物要遵守道德和規矩，反面人物就可以任意揮灑人性，因為是壞人啊，自然就無所顧忌，例如很為流行的玄幻小說《誅仙》中的主人公張小凡，做正面人物處處受制於道德和規範，人性就要收斂，乾脆就變成鬼屬，成為了一個惡人，於是想幹什麼就幹什麼，人性毫無節制。網絡小說都表現出一種強烈的願望，人為什麼不能活得自由自在呢？《誅仙》開頭就是這樣一句話：「天地不仁，以萬物為芻狗」，一切事物的運行都應該順其自然，本沒有什麼仁慈正反之說，更何況那些所謂的仁慈和正反都是人為為他人設置的，在實際生活中顯得那麼虛偽和醜陋。

不擇手段地競爭以搏取上位，在網絡小說中總能得到大量的「贊」，無論

是後宮小說《後宮・甄嬛傳》，還是職場小說《杜拉拉升職記》都曾引起閱讀的瘋狂。這類小說作者都是將主人公從善良變成惡毒寫成是客觀的逼迫，或者客觀環境造成，或者競爭對手的陷害，可是留給讀者最深刻的印象還是成功來自不擇手段。這樣的閱讀印象並不好，可是爲什麼還有那麼多人喜歡？仔細閱讀就會發現那些最後不擇手段獲取上位的人，都有兩個共性：一是他們都是弱者，在競爭中逐步變成強者；二是他們都是通過個人努力，在競爭中成爲了向心力。不在於結果，而在於過程。對那些即將踏入社會的青年學生和那些在正在各種職場中打拼的年輕人來說，這些通過一個個鮮活的形象和曲折的情節演繹的故事就是一部部生動的教科書和一次次的寫實體驗，就如《杜拉拉升職記》的廣告語所說：這是一部職場寶典。認可了過程，感受到實際，手段如何，結果如何，也就都不重要了。

網絡小說都彌漫著一股財富觀念，發財和迅速地發財是湧動其中的潛動力。那些懸疑小說的謎底大多與財富有關，那些盜墓小說更是奔著財富而去。迅速地獲取財富對當下大多數人來說有著巨大的吸引力。財富只是一個目標，不足爲奇。網絡小說財富觀念的特別之處是它的獲取財富的路徑和手段。這些路徑和手段不外兩種，一種是偶得，即：天上掉下一塊大餡餅；一種是冒險，即：虎口拔牙或狼窩中搶崽。前者是運氣，後者是拼搏，兩種看似矛盾的路徑和手段在網絡小說中卻得到了高度的統一，即：滿足和迎合了很多人的現實中的期待和願望。偶得就是機會，冒險就是能力。每個人一生中都有發展的機會，就看你能不能、敢不敢、會不會把握；機會變成現實，需要的是勇氣、果敢、富於犧牲精神等各種能力。機會人人都有，能力高低不同，只有抓住機會的高能力者才能成功。這樣的人獲取財富理所當然，他們是人們心目中的成功人士。

敬仰成功，歌頌成功，崇拜成功幾乎是所有類型的網絡小說的共同價值取向。那種通過人們日常生活的描述追尋人類生命的終結價值的文學思考，被大多數網絡小說所摒棄，它們要的就是成功。這種只論結果，不論思想的情節描述，自然使得網絡小說文化平庸，思想淺薄。問題是在這些追尋成功的網絡小說中，我們有感受到什麼呢？首先是成就感。小說的主人公基本上都是目標明確、意志堅定，爲了情感的佔有，或者財富的攫取，或者權力的獲得，克服著一個接一個的障礙前行著，最後達到目標（結果是喜劇還是悲劇並不重要）。一次次地戰勝對手或者戰勝自我，就是一種成就感的疊加，最

後達到目標就是成就感的昇華，讀者與主人公一起充滿著快感。其次是實際性。什麼是成就，成就就是克服障礙、戰勝對方，直截了當，甚至理由都懶得尋找。舉個例子，傳統的俠義小說中獲取錢財，還要找個「不義之財，人人皆可得之」的理由，網絡小說中那些盜墓小說獲取錢財，根本就沒有這些說教，直奔錢財而去，錢財在此，能者得之。再次是現實性。網絡小說中也寫文化，但是這些文化基本上是爲了增強主人公的功力或者是增大主人公前行的阻力而設置，所以顯得神秘而玄虛，很少與生命價值、生活價值聯繫在一起。人生很現實，成功就是最大的享受，其他都是虛無而多餘。

我們無法爲網絡小說的思想情緒概括出什麼中心思想，也無法爲網絡小說的思想情緒分析出什麼理論和體系，它們是雜亂的，是無序的。但是它們的特徵也相當鮮明：第一，網絡小說所反映出來的思想情緒具有反傳統、反常態、反權威的性質，循規蹈矩和聽從安排被看成是僵化和無奈，看成是人生生活的煩惱所在。在別樣的生活中表現別樣的思想情緒成爲了基本形態，反傳統構成了特別的個性，反常態構成了傳奇的生活，反權威構成了追求的目標，以傳統文化、文學觀念評判，網絡小說的思想情緒就是一種叛逆。叛逆也恰恰是網絡小說寫手創作的新意和動力所在。第二，網絡小說所反映出來的思想情緒基本上屬於非理性的情緒化表達，具有自由主義和個人主義的傾向。小說的主人公隨著寫手們的鍵盤任意馳騁，讀者在本能的滿足中快意地閱讀，那種道德的評判、理性的思維都過於沉重，更別說是掩卷長思和讀後思索了。第三，網絡小說的思想情緒常常以一種趣味化、遊戲化的形態出現。儘管是叛逆和非理性，網絡小說的思想情緒的表達從來不與傳統、常態和權威發生直接和明瞭的對抗，有時候它們還借助傳統、常態和權威的殼販售自己的思想。它們與傳統、常態和傳統的對抗表現在別一樣的情緒的趣味中和戲謔的語言表達中。第四，網絡小說的思想情緒具有青春化、草根化的性質。年輕人是網絡小說寫作和閱讀的主要人群，而這些年輕人大多數處於人生奮鬥階段，充滿著各種欲望的潛意識和活出精彩的奮鬥目標，寫手如此創作，讀者如此閱讀。從這樣的意義上說，網絡小說成爲了很多年輕人成長過程中的精神享受。

網絡不僅僅是網絡小說思想情緒傳播渠道，也是製造網絡小說思想情緒的合謀者。它不僅使得網絡小說的思想情緒變成了一種文類的特徵，也使得網絡小說的思想情緒在鏈接中漫延開來，在反覆地眼球轟炸中厚重起來，終

而成爲了一種強大的社會思想情緒。同樣由於是網絡，常常使網絡小說的思想情緒出現「羊群效應」而具有著波段性的特點。《武林外傳》式的戲謔情緒是對金庸式小說一本正經的反叛，戲謔式情緒渲泄顯示出個人主義的自由，於是玄幻式武俠小說一哄而上；玄幻小說的上天入地太不著譜了，流行一陣之後一些理性的科學性思維要求回歸，於是《三體》式的科幻小說開始走紅。網絡小說的思想情緒如波浪，起伏翻滾前行，網絡也就成爲了小說思想情緒的聚集者和推動者。

網絡小說的思想情緒的根源說到底還是來源於社會，在網絡時代變成了強大的思潮。很值得提出的是，這樣的社會思潮在廣大民眾中（特別是青年群體）有著很強的感召力和親和力，視而不見或者不切合實際的自以爲是的批評都是不可取的批評態度。

美國學者西摩・查特曼（Seymour Chatman）在《故事與話語》中將敘事結構分成兩個系統：故事和話語。「故事是敘事表達之內容，而話語是該表達之形式。」〔註26〕根據作者描述，故事是由行動中的事件、人物、背景的實存以及將事件和人物聯繫在一起的情節組成，而話語則是能夠傳達故事的媒介。作者這樣的敘事結構分析給我們理解網絡小說文本很大的啟發。

從故事角度分析，網絡小說的是中國現當代通俗小說的延續，是中國現當代通俗小說的美學拓展。

玄幻小說可看作爲武俠小說和神魔小說的結合體。以人物成長作爲情節線索，玄幻小說走的是傳統武俠小說的套路；以神界、魔界及其打鬥作爲人物活動的主要空間，玄幻小說接受的是神魔小說的影響。玄幻小說弱化了武俠小說所宣揚的俠之大者爲國爲民的理念，弱化了神魔小說中的神仙的尊嚴和道貌岸然，強化的是個人的理念的茫然、突圍和自由，強化的是人物成長中的逐漸成熟。所以，事件總是與個人境遇有關，武功總是出神入化，情節總是阻礙和克服的循環往復，最後，人物在頓悟中昇華。例如蕭逸的《飄渺之旅》、蕭鼎的《誅仙》。

懸疑小說可看作爲偵探小說和推理小說的結合體。懸念和解謎，懸疑小說還是運用偵探小說基本元素構造故事情節；推理和設證，懸疑小說還是運用推理小說的情節遞進構成故事發展。與偵探小說和推理小說不同的是，懸

〔註26〕西摩・查特曼（Seymour Chatman）著，徐強譯《故事與話語》，中國人民大學出版社 2013 年版，第 10 頁。

疑小說不再局限於刑事案件偵破，不再局限於謎團的設置和線索的迷惑，也不注重偵探的聰慧和神勇，它強調的是神秘氛圍的設置以及所營造出的文化溯源，因此，懸疑小說要求的是對讀者心理的衝擊和心靈的熨染，而不僅僅是好奇心的刺激與滿足。例如蔡駿的《第十九層地獄》、那多的《那多靈異筆記》。

張恨水、瓊瑤式的言情浪漫，網絡小說將其繼承了下來，然而，它們已不是道德的評判指標或者是人生終極理想，而只是作為一種青春的線索存在於個人情感的抒發和人生目標的追求中。沒有什麼道德和非道德之分，也沒什麼純真和雜亂之別，它就是一種青春的混合劑，與青春的迷茫、青春的衝動、青春的痛苦、青春的快樂一起湧動，因此網絡小說將之稱之為青春小說。例如安妮寶貝的《告別薇安》。

歷史環境、歷史人物、歷史事件，網絡歷史小說延續了下來，但是，歷史的真實，這個曾經為歷史小說視作為生命的元素卻被網絡歷史小說摒棄了。小說的主人公是從當代社會穿越到古代社會，不僅具有當代人的眼光，當代人的觀念，當代人的知識，更重要的是他（或她）還知道歷史發展的趨勢，他（或她）是小說真正的主人公，歷史只是成為了他（或她）發揮自我才情的背景，是當代生活的參照系，成為小說的主要引睛處，是否真實並不重要。正因為如此，網絡歷史小說就被稱作為穿越小說，強調的主人公的當代性，或者稱作為架空歷史小說，說明是歷史真實的不實在。例如金子的《夢回大清》、桐華的《步步驚心》。

傳統社會小說中的社會黑暗的揭露在網絡社會小說中繼續進行著，不過，那些社會黑暗的揭露很少與社會批判結合起來，而是被視作為一種社會常態，視作為社會生存和發展的規則。受制於這些規則並有深刻的認識，利用這些規則並取得上位，就成為了網絡社會小說人物成長、成熟以及情節設置的基本思路。例如李可《杜拉拉升職記》、趙趕驢《趙趕驢電梯奇遇記》。

網絡上的後宮小說在傳統的通俗小說的譜系中被稱作為宮闈小說，只不過宮闈小說中的那些韻事和醜聞的描述已經被演化成為競爭的手段和欲望的表達；網絡上的盜墓小說在傳統通俗小說中屬於黑幕小說，挖掘別人的祖墳，盜取別人的財寶，黑幕小說中作為不恥的行為揭露之，盜墓小說卻堂而皇之地表現，並將其過程作為情節的設置。例如流瀲紫的《後宮·甄嬛傳》、天下霸唱的《鬼吹燈》、南派三叔的《盜墓筆記》等。

由於具有後發的優勢，將傳統通俗小說中經典的故事情節綜合起來表現是網絡小說常用的手段。例如《誅仙》，序章講述一番天下玄理，引入正文，這是中國傳統小說的常用手法，我們在《三國》、《水滸》、《西遊記》中都可以看到；在第一章和第二章中引出一個調皮而聰明的孩子張小凡出現以及兩個功力相當的老道打鬥，這顯然是受《神雕俠侶》等金庸小說開頭的影響；至於兩個老道打鬥中的氣場和奇異的武功描述那就具有李壽民《蜀山劍俠傳》的味道了。當然，網絡小說自有特色，《誅仙》開頭是「時間：不明，應該在很早、很早以前。地點：神州浩土。」並不注重時間、地點，告訴你講的就是一個無根的虛擬故事，這是網絡小說典型筆法。源傳統的通俗小說而來，並將其引入新的天地，網絡小說實際上就是互聯網時期的通俗小說。

更值得分析的是網絡小說的話語系統。根據西摩‧查特曼在《故事與話語》中的分析，話語就是一個表達平面，是小說敘事結構的一個組成部分。當不同的媒介與故事結合在一起的時候，就會形成具有媒介特點話語系統。根據這樣的理論，報紙故事、期刊故事、電影故事、電視故事都有自己的話語系統，網絡小說當然也有自己的話語系統。這是網絡給予小說的特有元素，並與故事一起構成了網絡小說的結構。我將網絡小說話語系統分成兩個部分，一是內部平臺，一是外部平臺。

先說內部平臺。網絡小說中的人物形象是寫手實現自我的欲望（或理想）的行動符號。既然是自我的，情緒化、欲望化，甚至有些自戀傾向是網絡小說形象的思維特性；既然是符號的，單一化、片面化，甚至有些固執任性是網絡小說形象的行為特性。紙質媒體所追求的那種內涵豐富充滿多重意味的生動性格的細節網絡小說中幾乎見不到，因此網絡小說也就鮮有豐富複雜的人物形象。信息化、個人化、情緒化網絡特徵制約著網絡小說塑造人物形象的規定動作，深刻性、哲理性、複雜性人物形象的塑造不是網絡寫手們最求的目標，因為，這些這些形象塑造並不適合網絡寫作。

互動型的創作方式形成網絡小說冗長的長篇結構。作為一種追求新聞性的信息平臺，網絡小說表現為說故事理所當然。問題是為什麼會這麼冗長呢？百萬字的網絡小說也就算短的了。原因是兩個，一個是網絡小說是依靠作品吸引讀者（而非紙質小說具有作者的品牌因素），並以作品的點擊率獲取經濟報酬。當一部作品吸引了讀者眼球時，寫手們是不會輕易結束而放過好不容易聚結起來的人氣；另一個原因是具有人氣的小說常常是在作者和讀者的互

動中完成，互動型的創作方式既是寫手們聚集人氣的手段，也為小說創作創
造力無盡的話題和無盡的創作思路。

規律性的千字波段形成了網絡小說波浪化的情節滾動。網絡小說面臨著
最刁鑽的讀者，只要覺得不好看或者不合胃口，讀者馬上就會輕點鼠標（或
者手機轉換鍵）換過，哪怕他還是你上部作品的忠實讀者。為了抓住讀者，
具有人氣的網絡小說一定是設計抓住讀者的開頭，千字一個小高潮，萬字一
個大高潮，一層一層地波浪式滾動。網絡小說的讀者並不在乎小說是否結構
完整，也不在乎情節似曾相識，在乎的是在閱讀時是否獲得了閱讀快感。千
字一停，萬字一變，這樣的情節起伏滾動最符合讀者的閱讀習慣。

故事形態構成了網絡小說的敘述語言。既然是說故事，傳奇和突變自然
就成為了網絡小說的寫作中心，製造緊張的故事情節並且說清楚來龍去脈成
為了網絡小說語言承擔的主要任務，因此敘述性也就成為了網絡小說語言最
鮮明的特徵。網絡小說很少大段的環境描述，複雜的心理描寫幾乎沒有，人
物性格刻畫不是重點，形象化、意象化的語言只會造成閱讀障礙。

再說外部平臺。網絡寫作是一種屏幕寫作，為了清楚地快速閱讀，短章、
短節、短句是自然的選擇。紙質媒體上經常出現的大段整頁的情節描述，網
絡小說中幾乎不見。網絡小說又是一種鍵盤寫作，鍵盤符號也就常常成為了
小說，這一方面是為了新奇，一方面也是為了表述的便利。不過這樣的鍵盤
語言在早期的網絡小說中比較流行，例如痞子蔡的《第一次親密接觸》，在當
下的網絡小說中很少運用。

網絡小說的批評是一種文學的批評，其批評標準應該有其深遠廣博的文
學視野；網絡小說的批評又是「網絡小說」的批評，其批評標準要有契合性。
在當下中國，網絡小說批評的契合性顯得更為重要。

網絡文學批評標準的建構需要明確的價值標準。網絡小說創作具有大眾
性，是大眾文化背景下的群體創作。網絡小說創作並不需要什麼門檻就可以
進入。作品良莠不齊、泥沙俱下的狀態是一種客觀存在，類型繁多、形態複
雜是一種常態。與精英文學集中批評一些優秀作家和優秀作品不一樣，網絡
小說的批評還需要具有甄別良莠、披沙礫金的能力，因此需要建立一種價值
觀念作為批評的導向。網絡小說世界各國均有，中國尤其繁盛。在中國，網
絡小說創作應該以社會主義核心價值觀作為批評導向。以社會主義核心價值
觀作為網絡小說的批評導向，不僅僅是時代的需要，而是它契合於網絡小說

的創作實際。網絡小說所表現的是一種社會情緒，僅僅用人的文學加以規範顯然不夠，它需要一種社會價值判斷。社會主義核心價值觀是以中華民族爲主體，融合中國傳統文化與當代世界文化的發展趨勢，從國家、集體、個人三個層面提出的社會主義公民的素質要求，具有很大的覆蓋面和包容性。網絡小說的創作是大眾寫作，寫作者有著不同的社會思想訴求和人生價值判斷，其內容巨大而繁雜，社會主義核心價值觀爲這些巨大而繁雜的內容提供了最爲適當的空間。例如由於電視劇而紅火的網絡小說《後宮・甄嬛傳》，用社會主義價值觀衡量之，小說中宣揚的愛國、誠信、友善的向上的精神就應該讚揚之，小說中表現出來的傾軋、腹毒、算計的手段就應該引導、批評之。從公民的角度提出要求，既提供了各種訴求自由表達的途徑，又爲傳播社會正能量的確定劃下了底線。

　　大眾文化視野是網絡小說批評的文化建構。大眾文化有傳統性特徵，網絡小說的批評應該弘揚傳統的優秀文化。中國傳統文化有很多表現形態，表現儒家思想爲主的中國傳統文化是其主要特徵。歌頌精忠報國，具有強烈的愛國主義情感，這是做人的大節；修身養性、見賢思齊、謹愼篤學，有著明確的道德要求，這是做人的小節。大眾文化具有時效性的特點，網絡小說要想獲得很好的市場效果，就必須追逐、描述、表現這些時代問題，因此，網絡小說就有了當代社會現實的情緒反應的特點。網絡小說的批評要行之有效就要具有中國現代大眾文化的視野，科學地解釋網絡小說創作中的傳統性、故事性和娛樂性。如果我們僅僅站在人道主義的立場上用充滿著批判和質疑精神的精英文化的視野批評網絡小說，或者用精英文學的批評方式辨析網絡小說的深邃的哲理性、多重的文化性和遠瞻的歷史性，就很難說到點子上。

　　網絡小說是文學，也是一種信息，只不過是具有文學色彩的信息。因此網絡小說的批評必須具有網絡的視野。用純粹文學的角度分析信息的採集與傳播，信息的採集與傳播中的各種特徵都將被視作爲不足和弱點，如果用信息平臺的角度看待網絡小說，網絡小說的那些不足和弱點都將獲得理解，它們都是網絡小說的特徵。網絡小說的批評者不僅應具有文學研究的素質，也應該具有媒介研究的素質，對網絡媒介的形成、產生過程和傳播功能有著一定的研究，自然會體會網絡小說的媒介特徵，自然能深入到作品的內部，對網絡小說的得失進行科學的批評。

　　從形態上說，網絡小說是中國現當代通俗小說在新媒體上的延續。既然

是通俗小說，通俗小說的很多美學特徵就會成為被網絡小說延續下來。市場生存是通俗文學的生命線。現當代通俗小說作家是依靠市場存活的作家。中國現代文學中的那些著名的通俗小說作家，如李伯元、吳趼人、徐枕亞、包天笑、周瘦鵑、張恨水等人都是職業作家，都是依靠市場的拼搏獲取生存的經濟資本。當代中國網絡小說作家更是在市場中拼搏，他們大多被稱作為「寫手」，市場決定著他們的優勝劣汰。市場化的創作不僅僅是給網絡小說帶來了數量上的最大化，也是促使網絡小說創作能夠良性循環的動力。網絡小說的批評應該始終關注著創作市場的變化，維護通俗，理解媚俗，反對惡俗。「好看」是通俗小說的美學特徵。為了獲取市場的最大化，通俗小說創作追求愉悅的勸誡或者是愉悅的滿足。因此講故事是通俗小說最為重要的美學形態。同樣是市場的壓力，網絡小說創作也還是以講故事作為主要的表現形態。只有故事才有最大化的讀者，只有最大化的讀者網絡小說才有最大化的生存空間。與通俗小說一樣，網絡小說講故事是其生存發展的必然選擇。既然是講故事，類型化與模式化就必不可少。中國故事基本上以題材分類。既然是題材分類，網絡小說自然就會類型化，玄幻、穿越、懸疑、校園等等，當下中國的網絡小說基本上都是在一定的題材內展開文學構思，並且以題材作為依據形成類型化的小說特徵。類型小說在長期的創作中就會產生一些套路，這些套路又被實踐證明特別能夠吸引讀者，並屢試不爽，小說的模式化也就產生了。模式化是網絡小說美學最為人詬病之處，卻不能簡單否定，因為模式化實際上是每一類小說自我的一套招式，是網絡小說美學上最鮮明的特點。否定了一種模式就沒有這一類網絡小說，否定了模式化也就沒有了網絡小說。

　　文學批評有其終結性，那是人的思維和人性的剖析和刻畫，從而對人的發展進程的警示或者發展事件的文學記載。文學批評更需要適應性，不同的文學類型有著不同的批評標準，就如棋類，雖然象棋和圍棋都是棋，但是各有路數，也各有評判標準。不瞭解各自的路數和評判標準，再深刻的批評都是隔靴搔癢。

附錄　對話湯哲聲：學術的快樂在於拓展和發現

〔本期嘉賓〕

湯哲聲，文學博士，現爲蘇州大學教授、博士生導師、蘇州大學現代通俗文學研究中心研究員、國家社科重大項目「百年中國通俗文學價值評估、閱讀調查及資料庫建設」首席專家。主要從事於中國現當代大眾文化與通俗文學研究。主要著作有《中國現代通俗小說流變史》、《中國現代通俗小說思辨錄》、《中國當代通俗小說史論》、《邊緣耀眼——中國現當代通俗小說講論》等。

問：您是當代中國通俗文學研究的代表學者之一。我注意您堅持現代文學的「雙翼論」，並且對中國現當代小說格局進行了重新思考，請您說說什麼是「兩翼論」。

答：中國現代小說發展史的「雙翼論」是我的老師範伯群教授提出來的。他的基本觀點是新小說和通俗小說是中國現代文學的「一體兩翼」，正因爲有了這樣的「一體兩翼」，中國現代文學才能展翅飛翔。我承接了老師的觀念，並以此爲基點作了一些拓展。

新小說和通俗小說作爲兩條系列存在於中國現代文壇上，這是不爭的事實，這就迫使我們不得不對現有的中國現代小說史進行重新思考。中國現代小說史產生於 20 世紀五十年代，形成於 20 世紀八十年代初，此後中國現代小說史雖然編寫不斷，但總體思路並沒有離開既有的格局。它們都是以新小

說的價值取向和作家作品作爲批評對象，略提或不提通俗小說系列，這樣的小說史只能是中國新小說史。而「雙翼論」強調將通俗小說系列放置於編史的系列之中，現有的中國現代小說史的格局將作出必要的調整。

20 世紀以來，中國走向了現代化之途。新小說代表了時代的精神，它們是 20 世紀的小說主流，其地位是不容置疑的。但是，「主流」從來就是和「非主流」相輔相成的。事實上，通俗小說對中國現代小說的流變起著相當重要的作用。例如，中國現代小說史上的白話小說在清末民初時的通俗小說中就大量存在，而決非等到 1918 年魯迅的《狂人日記》才宣告出現。小說的變革畢竟不同於歷史變遷，不能以某一重大歷史事件爲轉折點，而很多的前期鋪墊其實並沒有在現有的中國現代小說史中反映出來。小說史的編寫需要對文學現象整理和淘洗，但決不是對一些作家作品全部地摒棄而不提。小說史的編寫同樣需要文學史觀，但是將符合本土文化心理而爲本民族讀者所歡迎的文學現象列入批判對象顯然是不合情理的。正是當前文學史的諸多不足促使我們重新思考現當代小說格局。

問：那麼在新的文學史格局中，其特別之處、變化之處究竟在哪裏？您可以向大家描述一下「雙翼論」是一個怎樣的文學史嗎？

答：舉個的例子，中國現代文學的起點要發生變化。如果按照「雙翼論」的方法讓通俗文學入史，那麼中國現代文學的起點不應是 1917 年 1 月，而應該是晚清，1872 年比較合適，因爲這一年《申報》創刊。雖然之前也有一些報刊，但是作爲中國現代最有影響力的大眾報刊，《申報》具有代表性。通俗文學具有媒體性的特徵，通俗文學入史，就要考慮到媒體性的要素。如果是這樣的思路，中國現代文學的發生應該有兩個階段，第一階段是從現代通俗文學開始，它的高峰就是我們常說的晚清的文學改良；第二階段是新文學，它的高峰是「五四」文學革命。

如果我們將通俗小說系列列入編史的視野之中，變化當然還有很多。我們不僅能夠清楚地看到中國傳統小說如何地在新時期變型變化，看到中國新小說被讀者接受的心理過程，更能看到中國小說形態的基本確立和發展走向。通俗小說入史也使得中國小說史具有了完整性和全面性，使得這個時期的文學現象有了立體感。中國現代小說不僅僅是農民題材和知識分子題材的作品，還有大量的社會言情、武俠偵探、歷史宮闈、滑稽幽默等作品。中國現代小說史不僅僅是意識形態的表現或個人感情胸臆的抒發，它還表現了廣

大民眾的政治願望、社會要求、生活企盼和道德標準。中國現代小說史不僅僅是啓蒙文學的記載，它還有消遣愉悅的成份。

總的說來，「雙翼論」文學史是一個「比翼雙飛」的文學史，既要描述和分析新文學的發展歷史，也要描述和分析通俗文學的發展歷史。這不是爲某一種文學現象爭地位、爭名分，這是現代中國文學現象的客觀實在。更主要的是，它能夠比較準確地描述現代中國文學發展的歷程，可以看到新的文學現象層出不窮地出現，可以看到各種文學現象的糾纏爭鬥和互相依賴。這樣的文學史才是基本客觀、立體的文學史。

問：您強調通俗文學入史，但有一個非常基本、卻也十分重要的前提，那就是我們得首先將通俗文學與新文學區別開來，才能更清楚地完善文學史的新格局。所以在您眼裏，雅文學與俗文學的各自特徵是什麼，它們之間的分界線究竟是什麼？

答：雅俗文學的區分比較複雜，就連「通俗文學」與「雅文學」的術語也是約定俗成。雅俗問題如果放在古代是很好解決的事。文人文學是雅文學，民間文學是通俗文學，以這樣的標準來劃分中國古代文學似乎並沒有什麼問題，但以此來辨析 20 世紀中國文學，卻有很多文學現象無法說清。

民國初年徐枕亞用駢文體寫了小說《玉梨魂》，用詞典雅艱奧，是一部典型的文人作品，但被認爲是通俗文學；四十年代趙樹理用說書體創作了許多小說，用詞淺白，老少皆宜，卻被認爲是雅文學。張恨水被認爲是通俗文學作家，他的作品被稱爲報章小說，可是同是報章小說的魯迅的《阿 Q 正傳》卻被看成是 20 世紀雅文學的經典之作。另外，通俗文學一旦跨到另一個文化圈就成爲了精英文學，舉例說，丹尼爾・迪福（DanielDe-foe）的《魯濱遜漂流記》，瑪格麗特・米切爾（Marga-ret Mitchell）的《飄》，這樣的作品在美國都是通俗小說，在中國都成爲了精英小說；同樣中國的《三國演義》、《水滸演義》、《西遊記》是通俗小說，一出國門也就成爲了精英小說。對文化的陌生往往導致了文學文本從俗變雅。所以，用中國古代文學的雅俗文學的標準來劃分 20 世紀中國文學作品顯然是行不通的。

問：您現在有更好的辦法來劃分這兩者嗎？

答：其實現在很難把這兩者完全分離出來，但是我們可以通過他們各自的文化特性，找到方法加以區分。要規定 20 世紀中國雅俗文學的劃分標準，

首先應該瞭解中國現代文學有別於中國古代文學的特性。他們的特性我在文章中也曾經寫到過，那就是：「新小說與通俗小說分別代表了西方現代和中國傳統兩大文化價值體系。」中國的新小說是以西方的現代人文精神作爲內蘊的；而中國通俗文學是中國傳統文化在 20 世紀的文學反映，它是中國傳統的人文精神的延續，具有傳統性，與此同時，它也是中國傳統文化與現代生活相結合的進一步發展，也蘊含著現代意義。

具體說來，「五四」新文化運動深刻的文化內涵就是用西方的文化觀重新審視和評估中國的傳統文化。對「德先生」和「賽先生」的提倡就是要用西方的倫理道德觀取代中國傳統的倫理道德觀。在這樣的文化觀念中產生的中國新文學也就是用西方的文化觀念建立起來的中國文學。到了 20 世紀二十年代後期，「人的文學」開始要求和思想意識形態結合起來，並逐步地成爲了中國新文學的主導意識。自在「五四」時期登上文壇之後，新文學也就取得了中國文學的正宗的地位，成爲了中國的主流文學。這條主流文學發展線索代表著精英文化和主流文化，從而成爲了 20 世紀中國文學中的雅文學。

然而，我們沒有忘記，遭受新文學批判的中國傳統文學在 20 世紀同樣繼續發展著。傳統文學作家並不像新文學作家那樣有明確的綱領和眾多的社團，而是一些堅持中國傳統文化的文人，他們以雜誌爲中心聚集在一起進行文學創作。傳統文學作家同樣強調文學要「警世覺民」，但其內涵與新文學作家不同。他們不是想用新的價值觀念創造出新的文化內涵的文學來，而是想用中國的傳統的價值觀念創作出新的世俗道德文學來。他們也注重文學對讀者的影響，但影響的方式與新文學不同，他們不以教育啓蒙的方式啓迪讀者，而是以一種消遣、趣味的方式潛移默化地感染讀者。在 20 世紀中國文學中，傳統文學並不佔主導地位，但卻擁有大量的讀者，是文學的閱讀主體。這一條文學系列也就被稱之爲通俗文學。

任何概念的形成建立在事物的適應性上。以作家、作品來辨析中國古代文學的雅俗，能夠說明中國古代文學的雅俗現象；而我們現在以文化作爲 20 世紀中國文學的雅俗標準，中國現代文學的雅俗之分就相對清楚了。我們能夠清楚地辨明那些僅僅借鑒通俗文學常用手法的新文學作品不能算是通俗文學：「五四」時期胡適、周作人等人提倡的「平民文學」，三十年代「左聯」所進行的「文學大眾化運動」，四十年代初展開的「民間文學形式的討論」以及 1949 年之後那些很流行的「紅色經典」作品，一直到「文化大革命」時期

所要求的文學的「工農兵方向」等都不是通俗文學，它們只是爲宣揚西方文化或政治意識形態而展開的通俗化的運動。同樣凡是宣揚中國傳統文化的作品，不論它是白話的還是文言的，不論是民間創作還是文人加工的都應該是通俗文學；金庸的小說、瓊瑤的小說借鑒了許多現代藝術表現手法，要求個性自由和人格自由，但它們還是宣揚中國的傳統文化，它們都是通俗文學作品。

其實，各國的通俗文學都是以各國的傳統文化作爲基本的表現形態，因此通俗文學都具有強烈的民族性，各民族有各民族的通俗文學。牛仔英雄、心靈的敘述、欲霸天下、與科技共舞……美國的通俗文學浸透著「美國精神」；紳士遺風、不列顛的驕傲、間諜與偵探、迷你裙和方格裙……英國的通俗文學浸透著「英國精神」；富士山與櫻花、武士道與藝妓、倫理與血緣、插花與茶道……日本的通俗文學浸透著「日本精神」。明白了這個道理，也就明白了爲什麼像丹尼爾·笛福（Daniel Defoe）的《魯濱孫飄流記》、瑪格麗特·米切爾（Margaret Mitchell）的《飄》這樣的作品在英美兩國就是通俗小說，在中國就是精英小說；同樣，中國的《三國演義》、《水滸傳》等作品在中國是通俗小說，而一出國門也就成爲了精英小說。從一個文化圈進入另一個文化圈，通俗文學就會由俗變雅了。值得注意的是，這兩種文學有自己獨立的文化體系，但並非全無交叉。

問：這剛好也是我所好奇的，您認爲這些年，雅文學與俗文學的發展軌跡怎樣發展？是否有交叉合流的趨勢？

答：是的。在相當長的時期內中國的通俗文學與雅文學就以這樣的關係存在於中國文壇上，你寫你的，我寫我的，各不相干。這個局面首先是由通俗文學打破的。自 20 世紀三十年代開始，通俗文學趨向雅文學。三十年代初張恨水創作的《啼笑因緣》把社會壓迫和人的命運引入了通俗文學的創作之中，開闢了通俗文學創作的新天地。之後，寫人的命運、人的思想情緒逐步地成爲此時的武俠小說、偵探小說和社會小說創作的中心。通俗文學是市場的小說，此時，藝術品位較高的雅文學在市場上能夠流行，通俗文學向雅文學靠攏也就勢所必然。這個時期，雅文學對通俗文學還是抱著排斥的態度。這種態度反而給變化中的通俗文學提供了發展的空間。

雅文學開始融進通俗文學的要素是從四十年代開始的。巴金的《寒夜》，雖然還是寫家庭的破碎，但與《家》比較起來，對家庭的血緣關係和親情關

係有著明顯地留戀；老舍的小說世俗性一直很強，到了此時寫《四世同堂》等小說時，市民的文化氣息已佔據主導的地位。

如果說再分析徐訏、無名氏、張愛玲、蘇青等四十年代新進的通俗文學作家作品的話，雅俗界限、美學界限就相當模糊了。他們進行文學創作時根本就沒有考慮通俗文學和雅文學的概念，他們完全是根據自己的美學見解來創作作品。這說明了長期並存的通俗文學和雅文學不僅互相滲透，而且開始合流了。

通俗文學與雅文學合流的趨向在 1949 年的港臺文學中得到了發展，並在改革開放以後的中國文壇上得到了確認。瓊瑤、金庸等人的作品我們可以從文體上區分他們的作品是言情小說和武俠小說，但從美學上是很難分哪些藝術手法是通俗文學的，哪些藝術手法是雅文學的。20 世紀八十年代之後，中國大陸文學復蘇了。不少作家繼續沿著雅俗合流的創作道路前行，並創作出很多優秀的作品，通俗文學中的人的地位以及對人性的剖析明顯地加強。雅文學不再僅僅寫一個「人生片段」，而是熱衷於構造一個個「傳奇故事」。無論是通俗文學還是雅文學，幾乎都是在中國特有的人文環境和血緣關係中開展人性的挖掘和人性的批判。文學創作的實踐證明了一個事實：在中國傳統文化中可以寫人，在傳奇故事中同樣可以寫人。這樣的事實在九十年代後期的實踐中越發得到了加強。唐浩明的《曾國藩》、二月河的「帝王系列」、王朔的小說、王安憶的《長恨歌》、陳忠實的《白鹿原》、莫言的《檀香刑》等小說，人性的價值不是在於中國傳統的文化對立和衝突中實現，而是在中國傳統文化的協調和融合中完成的。情節的敘述不僅僅是「人生片段」，還是一個個的傳奇故事。堅持了寫人為中心的創作模式，人物形象的描寫和人物性格的刻畫也就成為了作品的創作中心，承認了中國傳統文化，構造人生傳奇故事，世俗生活的氣息也就相當地濃厚，所以說，九十年代以後中國很多的優秀文學作品既較深刻地反映了生活，也有很強的可讀性。這就是通俗文學與雅文學合流的結果。

所以說，由分而合是 20 世紀中國雅文學與通俗文學的發展趨勢。通俗文學與雅文學作為文學的兩種表現形態還將繼續下去，但是通俗文學與雅文學的交融與互動使得這兩類文學的美學界限越來越模糊。我們已經很難絕對地說什麼是通俗文學所有，什麼是雅文學所有。在當今時代，既符合世界發展大勢又符合中國國情的文化觀念日趨成熟，讀者的文化修養和精神需求日趨

提高，更主要的是融有通俗文學和雅文學要素的文學作品已成為了中國文學創作的主體，原有的通俗文學和雅文學的劃分標準就越來越失去了合理性，並必將要發生變化。但是無論怎樣變化，有一點是可以明確的，通俗文學和雅文學的互動總能給中國文學的創作帶來新的境界。

問：您說得真好，我們也十分憧憬這一文學創作新境界的到來。提到通俗文學，我也注意到一些現象。自從網絡在我們生活中佔據了重要角色之後，當代中國通俗文學創作是越發的繁榮了，讀者群也在不斷的擴大。但是比較之下，當代通俗文學的批評卻顯得頗為冷落，即使是那些很零落的批評文章有些也很難說服讀者，您認為出現這一現象是什麼原因造成的？

答：是批評家們不夠努力麼？顯然不是。在我看來，是眾多的批評家對通俗文學的性質認識不夠，以至於對通俗文學的批評方法掌握得不夠準確。中國通俗文學批評的滯後，除了批評的標準不科學外，還有眾多的批評家們對通俗文學的態度。有些批評家們只要一論及通俗文學馬上就與「庸俗」聯繫了起來。為什麼會形成這樣的狀態，我看原因有三個：一是從既有的概念和原則出發看待通俗文學，特別是以「五四」新文化批評「鴛鴦蝴蝶派」的理論評論中國所有的通俗文學，並以「五四」新文化的捍衛者自居；二是他們總是用精英文學的批評方法批評通俗文學；三是他們根本就沒有看過通俗文學，並擺出不屑一看的姿態。這三種態度有著一個共同的缺憾，那就是脫離實際。他們對中國通俗文學也缺乏發展的眼光和變動的思維，並不瞭解通俗文學的性質，不瞭解當今中國通俗文學的實際狀態。所以說，這些批評家的批評文章要麼言辭激烈內容空泛，要麼自說自話隔靴搔癢。

問：您認為解決這一問題的關鍵在哪裏？

答：我認為要想做好通俗文學批評，首先最重要的一點就是要建立合理的文學史觀。這樣的文學史觀應該是既能超越雅俗，又能統領雅俗；既包括文化觀念的變動，也包括社會結構、文化市場、讀者構成等諸多要素；既能闡釋外來文化的影響，也能注意到中國傳統文化演進的文學史觀。批評者的文學史觀念是最重要的。

問：除了建立合理、全面的文學史觀之外，研究者們總會直接面臨著使用何種批評方法進入的問題，您曾提出要用不同於雅文學的批評方法來批評通俗文學，那麼，這種批評方法的特點是什麼？

答：我先闡述我的文學批評觀。我始終認為文學批評的標準有其終結性和適用性之分。人性和人生的價值是文學批評乃至於整個社會科學的終結性標準，這是統一的。文學作品就是要表現人類的生活和思想情感，敘事作品（特別是小說）應該塑造生動鮮活的人物形象，並通過生動鮮活的人物形象表現人的思想情感，這是文學創作與批評的終極目標，無論是精英文學還是通俗文學，其創作與批評都應該根據這樣的終極目標。

但是作為一個個體，作家的生活體驗和文學體驗不可能是一個模式，它們一定是多樣的，作家多樣的創作狀態決定了文學批評不可能有一個放之四海而皆準的理論，決定了文學批評的方式、原則、理論一定是多樣的。同樣是「五四」作家，葉聖陶有著更多的中國傳統文學的體驗，他的作品側重於現實主義；郁達夫有著更多的日本文學體驗，他的作品側重於浪漫主義，把葉聖陶的批評用於郁達夫身上就不適合。同樣的，假如我們用精英文學的創作和批評的標準要求通俗文學，通俗文學就一錢不值，最後只能是消滅通俗文學；同樣偏要以通俗文學的創作和批評的標準看待精英文學，精英文學就不可理喻，最後只能降低精英文學的格調。

因此文學批評還有著一個適用性的標準。所以，對於中國通俗文學有效的批評不能僅僅用「五四」以來中國文學批評界一以貫之的精英意識，而是要結合、參照中國大眾文化和大眾意識，並以此來建立中國通俗文學的批評標準。米用斗量，布用尺度，講的就是這樣的道理。

問：您提出了一個「適用性」的標準，我覺得十分有意思，能具體談一談通俗文學「適用性」批評的特點嗎？

答：簡單說來，就是「布用尺度，米用斗量」，也就是說，不同的文學類型由於追求的價值取向不同就有不同的美學特徵，這就決定了不同的文學類型創作和批評的適應性。所以，它們應該用不同的批評標準衡量，這是進行文學批評能夠適用、有效的基本出發點。只有建立了這樣的批評標準，我們對通俗文學所追求的文化價值和審美機制才能夠理解。反之，用精英意識所要求的社會批判和文化批判來要求通俗文學，通俗文學就顯得相當地淺薄和無聊。同樣的，如果從通俗文學的批評標準出發，通俗文學很多的創作方式就可以接受，而不是偏要用精英文學所喜好的創作方式要求之。例如武俠小說的創作，如果用現實主義的原則評判，武俠小說確實不合情理，有在峽谷生活幾十年情態不變的人嗎？起碼也應該是一個白毛女了；有身居山洞幾十

年而體格健壯者嗎？起碼也應該得一個關節炎；有喝蛇血而功力大增嗎？搞不好會被寄生蟲感染；至於坐在冰山上就能漂洋過海更是荒誕不經……根據這樣的思路推演下去，武俠小說簡直是胡說八道。問題在於武俠小說恰恰不是現實主義，而是大眾文化形態的產物，它不追求環境的真實性，而追求環境的奇異性；它不追求人物形象塑造中細節的合理性，而是在誇張的人物的行為舉止中表現出人文精神；它不追求創作風格的冷靜和客觀，而是追求想像力的豐富和瑰麗的色彩。從這樣的思路出發，我們對武俠小說寫的那些奇景、奇境就會有合理的理解，對武俠人物很多怪異的行為就會有欣賞的眼光，就會對武俠小說的想像力有一種平常的心態。在創作風格上，精英意識要求的是更多的獨創和新穎，如果從這樣的批評標準出發，通俗文學的模式化和大量地複製性自然就要受到批評，但是模式和複製正是大眾文化的特徵，它們的存在文化才能「大眾」得起來。如果從通俗文學的批評標準出發，我們不但能看到通俗文學的模式和複製的合理存在，還能對這些模式和複製進行深入地研究和探討。

問：最後，您能總結一下如今的通俗文學研究還有哪些發展的空間，後學者可以進行哪些針對性的填補。另外，可否給以後的通俗文學研究者們提一些建議？

答：學無止境，前人研究的領域也可以重新審視。任何學術都是當代意識的反映，隨著時代發展一些看似已有結論的學術領域一定會有新的發現。另外，通俗文學的創作實踐也在不斷地增添新的內容，例如網絡文學。當下中國網絡文學的創作的火熱與評論的淡漠形成很大的反差。再例如當代那些「新紅色經典小說」，學術界的綜合評價也還不夠。通俗文學研究不能粗俗。我認為三個方面的準備是必須的，一是需要對雅文學研究加以關注，要有雅文學的研究的素質；二是要掌握通俗文學的批評標準，才能有準確而切合實際的切入點。這個問題上面講得很多了；三是要靜下心下，多看點書。通俗文學作品的塊頭都比較大，不認真地閱讀一些經典作品，容易空泛。對於通俗文學的研究，我個人正在往當代大眾文化與通俗文學研究的方向轉移。當代大眾文化與通俗文學豐富多彩，很多現象很值得研究。我很期盼有更多的同道者前行。

（載《文化與傳播》2015 年第 6 期，作者：吳茜雯　韋奇星）

後　記

　　2010 年本人作爲主持人的「現代通俗文學與大眾文化思潮、文化產業發展的關係研究」獲批國家社科項目（10BZW079）。經過 3 年的專項研究，該項目於 2012 年結項，等級爲優秀。本書爲該項目最終成果。

　　根據研究計劃，該項目設定了四個方面的研究方向，一是現代通俗小說的理論思考；二是現代通俗小說的世俗風情；三是現代通俗小說的文化傳播；四是現代通俗小說的作家作品研究，也就是書中的四章。爲了成果出版的創新性，本書對結項成果中部分內容與之前出版成果的交叉重疊部分作了刪減，但其核心觀點和基本面貌未作改動。現代通俗小說思考是對之前有關通俗小說的文化、新文學的關係、新聞性和開放性以及批評標準研究的進一步完善。隨著現代通俗小說創作成果和創作平臺的不斷的翻新，這樣的思考還有很大的完善空間。以往我們對現代通俗小說的社會意義和思想意義有過不少論述，這本書中強調現代通俗小說還具有表現世俗風情的特點。世俗風情的特點也正是現代通俗小說不同於現代新文學的一個重要的側面，是具有大眾文化色彩的現代通俗小說的美學優勢。現代小說的是情節小說，故事性強。有著好看的故事的通俗小說自然會成爲其他大眾文藝改編的底本，也成爲市場上最爲熱鬧、最有效的運作類型。本書對現代通俗小說的優秀作品的電影、戲曲、曲藝的改編進行了案例分析，對現代通俗小說和商業電影的廣告運作進行的梳理。現代通俗小說是市場的小說，在市場中改編和運作就是現代通俗小說市場性的具體呈現。現代通俗小說的新創作作品精彩紛呈，特別是網絡成爲創作平臺之後，各種新的類型小說各顯風采。以往我們對現代通俗小說的老類型小說分析批評較多，在本書中主要分析網絡平臺出現後的新的通

俗小說的文類，力圖展現當下中國通俗小說的面貌。本書所作出的各種努力基於中國現代通俗小說的理論研究和作品創作所出現的新的變化。與這些新變化相比較，本書所展現出來的成果遠遠不夠。不過，本書的這些研究搭住了中國現代通俗小說新變化、新進展的脈搏，也預示著基本確定中國現代通俗小說研究的新方向。有了方向，就有了目標，就有了新的研究思考的空間，就有了新的研究成果產生的可能。

2008 年本人在北京大學出版社出版了《中國現代通俗小說思辨錄》，是我多年通俗小說研究中的一些心得。本書是我這 8 年來的一些新的理論和文類研究心得，所以將之命名爲《中國現代通俗小說再思錄》。作爲附錄，我將廣西大學《文化與傳播》雜誌對我的專訪列在書中，其目的也在於對自己學術研究的一個階段性總結。學術研究無止境，總結只是一個逗號而已。

多年來一直帶著博士生、碩士生，與他們上課或討論各種科研論題。這些授課和討論師生相得益彰。我是在傳授知識，他們的發言卻也常常給我啓發。他們會根據我的建議進行博士論文或碩士論文的寫作，我也會在他們的知識梳理、材料論證和觀念成型中看到一些新的發現。本書有些章節就是在這樣的學術環境中完成。當老師做科研工作最大好處就是有個交流的平臺，我很珍惜。

2015 年下半年，受聘於澳門大學中國語言文學系任客座教授。我是頂著火辣辣的太陽來，迎著冷颼颼的寒風走。澳門好像沒有秋天。澳門的氣候不宜人，特別對我這個來自江南的人來說，感受頗深。不過，澳門大學橫琴校區環境整齊而莊重，學校圖書館書籍不多，但是電子查閱十分強大。澳門大學橫琴校區的建設據說花了很多錢，但確實物有所值。在外校兼職或客座，最大的好處是心無旁騖地做自己科研工作，很多積稿得以完成。這次來澳門大學也是這樣，包括本書在內完成了很多拖了幾年的科研計劃。所以很感謝朱壽桐教授的邀請和澳門大學的聘任。在此記載，算是澳門紀念。

感謝李怡教授和臺灣花木蘭文化事業有限公司，使得本書得以出版。感謝我的愛人孫莉辛勤地操持家務，感謝胡明宇、石娟、韓穎琦、王瓊瓊等學生爲我做了很多事情，讓我在澳門能夠安心科研和教學。

湯哲聲

2015 年 12 月 13 日於澳門大學教師宿舍